神剣

人斬り彦斎

葉室 麟

角川文庫
23742

目次

安政《あんせい》七年（一八六〇）三月三日――

雪が降っていた。

花のように舞い落ちる牡丹雪《ぼたんゆき》だった。未明からの雪は降り積もり、江戸《えど》の街を白一色にした。

この日、江戸城桜田《さくらだ》門外で短銃の轟音《ごうおん》とともに異変が起きた。水戸《みと》、薩摩《さつま》藩を脱藩した浪士十八人が大老井伊直弼《いいなおすけ》の登城行列に襲いかかり、直弼の首級をあげたのである。

水戸藩では〈安政の大獄〉により、藩主斉昭《なりあき》父子が処罰されたことに憤激する藩士たちの間で井伊直弼を討つべしとする意見が高まった。こうして桜田門外にて井伊直弼は討たれたのである。

井伊直弼を討つという本懐を果たした浪士たちは血まみれの衣服で血刀を下げて引

き揚げた。

行列の駕籠《かご》脇には首の無い井伊直弼の遺骸《いがい》が無惨に取り残された。

浪士たちのうち、井伊直弼の首をあげた薩摩の有村次左衛門《ありむらじざえもん》は和田倉《わだくら》門近くの辰《たつ》の口《くち》にあった若年寄、遠藤但馬守《えんどうたじまのかみ》の屋敷にさしかかったとき、背中に受けた傷からの出血に耐えかねて門前に座り、井伊直弼の首を傍らに置いて切腹して間もなく果てた。

そのほかの者のうち四人は老中脇坂中務大輔《わきさかなかつかさたいふ》の屋敷に自訴した。さらに別の四人は細川越中守《ほそかわえっちゅうのかみ》の屋敷の門をくぐり、玄関にたどりつくと、傷のため頽《くずお》れるようにへたりこんで、

「われらは、元水戸藩士でござる――」

とかすれ声で叫んだ。

だが、後が続かない。ただいま、井伊掃部頭《かもんのかみ》様を討ち取り申した、と言っているのだが、声が出ないのだ。

とはいえ、血まみれの着物で顔や手などに返り血を浴びた凄《すさ》まじさで、ただ事ではないとわかる。だが、門番の足軽たちは居すくむばかりで奥に走る者はいない。

たまたま門前に出てきた徒士《かち》も水戸浪士たちの様子を見て恐れ、近寄ろうとはしなかった。

その時、異変に気づいたのか、玄関に頭を青々と剃《そ》りあげた五尺（約一五〇センチ）

足らずの小柄な茶坊主が出てきた。色白で顔立ちは女人ではないかと思うほどととのった美貌《びぼう》だった。
しかし、外見に似ず肝が据わっているらしく、血に染まった浪士たちの様子を見ても眉《まゆ》ひとつ動かさず、顔色も変えない。
玄関先まで下りてくると躊躇《ちゅうちょ》することなく、浪士たちに近づき、
「いかがされましたか」
と声をかけた。細川屋敷に自訴したのは水戸浪士の、
大関和七郎《おおぜきわしちろう》
森五六郎《もりごろくろう》
杉山弥一郎《すぎやまやいちろう》
森山繁之介《もりやましげのすけ》
ら四人だった。
和七郎たちは茶坊主らしい若い男が放胆にも近づいてくれたことを喜び、桜田門外で井伊大老を討ったことを告げた。
真剣な表情で聞き入っていた男はしだいに頰を紅潮させ、目を輝かせると、
「まことによう、おやりなさいましたな」
と外様《とざま》大名に仕える身としては不穏当なことをあっさりと言った。そして四人に向

かい手をつかえて頭を下げた。

「まことにあなた方は天下の義士でございます。ただいまより、お世話をさせていただきます」

男は静かに言い切ると、すぐに小者《こもの》を呼び寄せ、浪士たちを玄関脇の小部屋に上げると、傷の手当てや茶、湯漬けなどの手配りをした。さらに奥へ入ると、留守居役の吉田《よしだ》平之助《へいのすけ》を連れてきた。

吉田は緊張した表情で浪士たちから自訴状を受け取ると、幕府の大目付に届け出た。これにより、四人は細川家預かりとなった。

玄関で応接した茶坊主の男はその後も四人から離れず、細やかな気配りをした。そのうえで、

「御酒を差し上げてもよろしゅうございますが、傷に障りましょうな」

と言った。和七郎は喜び、

「何の、酒をいただけるなら、少々、傷に悪《あ》しかろうともかまいませぬ。のどがひりついて飢え死にするかと思うほどでござる」

と答えた。茶坊主はうなずいて、すぐに台所から熱燗《あつかん》の酒を運ばせた。

和七郎は思いがけず手厚いもてなしを受けて恐縮し、杯を干した後で、

「かようにお振る舞いをいただき、後でご公儀の咎《とが》めを受けられたなら申し訳なく存

ずる」

と言った。

茶坊主は微笑を浮かべて答えた。

「細川家は元禄《げんろく》のころ、吉良《きら》家に討ち入った赤穂《あこう》浪士が預けられた際、手厚くもてなしたと伝えられております。義士を遇するにためらうことはいらぬと存じます」

忠臣蔵《ちゅうしんぐら》として名高い赤穂浪士の吉良邸討ち入りがあった後、幕府は赤穂浪士を細川家と松平《まつだいら》家、毛利《もうり》家、水野《みずの》家の四家に預けた。

細川家では大石内蔵助《おおいしくらのすけ》以下十七名を芝白金《しばしろかね》の藩邸に引き取ると、藩主細川綱利《つなとし》がさっそく対面した。細川家は浪士たちに好意的で食事は二汁五菜、酒、菓子を出したうえ、衣服、風呂《ふろ》まで行き届いた世話をした。

幕府の裁きにより大石内蔵助始め浪士たちが切腹すると、藩主綱利は幕府から浪士たちがいた部屋を清めるようにとの指示があったにも拘《かか》わらず、

「わが藩の守り神である」

としてそのままにしておいたという。

だが、赤穂浪士と違って仮にも幕府の大老を殺《あや》めた水戸浪士を義士と呼んで憚《はばか》らない茶坊主の豪胆さには目を瞠《みは》るものがあった。

和七郎は居住まいを正して、

「失礼ながら、そこもと名は何と言われる」
と訊《き》いた。茶坊主は落ち着いた様子で名を、
——河上彦斎《かわかみげんさい》
と告げた。和七郎たちはその後、取り調べを受け、翌年の文久《ぶんきゅう》元年（一八六一）七月に伝馬町《てんまちょう》獄舎で斬首された。
だが、水戸浪士たちが細川屋敷で出会った彦斎は、後に尊攘《そんじょう》派の志士として激烈な活動を行い、
——人斬り彦斎
として京洛《けいらく》に勇名を轟《とどろ》かせることになる。

一

細川屋敷に飛び込んできた水戸浪士と会った彦斎は、十月には、藩主慶順《よしゆき》の帰国の供をして熊本に帰った。

彦斎はこの年、二十七歳。帰国の道すがら、かつて熊本で会ったひとりの男に思いを馳《は》せていた。男の名は、

——吉田松陰《よしだしょういん》
である。

十年前——

嘉永《かえい》三年（一八五〇）十二月。

夕焼けで空が紅に染まっている。

十七歳の彦斎は、城下から南へ五里離れた下益城《しもましき》郡山崎《やまさき》の村へ向かっていた。

九州、肥後《ひご》の熊本藩五十四万石、御花畑《はなばた》表御掃除坊主の彦斎は五尺に足りない小柄な背丈で女人のようにほっそりとした体つきだ。

色白でととのった顔立ちの美男だが、清雅な趣がある。

彦斎が道を急いでいるのは、近頃、師事した熊本藩の兵学師範宮部《みやべ》鼎蔵《ていぞう》が山崎の池《いけ》

部啓太《べけいた》という数学と砲術の師範の屋敷に赴いていると聞いたからだ。

彦斎はこの日、お城から下がって自宅に戻り、木綿の着物に着替えて袴《はかま》をつけた。下駄を履いて、大きめの竹笠《たけがさ》を被《かぶ》った。

宮部鼎蔵は、池部屋敷で長州《ちょうしゅう》から来た山鹿《やまが》流軍学師範の男と会おうとしているのだという。鼎蔵自身、山鹿流の軍学者であるだけに、長州から来た人物との話は後学のためになるに違いない。そう思って彦斎は山崎まで行くことにしたのだ。

明日は非番だから今夜、池部屋敷に泊まっても不都合はなかった。むしろ夜を徹してふたりの軍学者の話を聞きたかった。

やがて山崎の里に入り、通りかかった村人に訊《たず》ねると池部屋敷はすぐにわかった。あたりを田畑に囲まれ、築地塀《ついじべい》をめぐらした屋敷の門をくぐると竹笠を脱いで玄関前に立ち、

「お頼み申します」

と澄明な声で訪《おとな》いを告げた。奥でひとが動く気配がして、やがて玄関に女人が現れた。

「どちら様でございましょうか」

と問われて可憐《かれん》な声だと思いつつ彦斎は頭を下げた。

「わたしは御花畑表御掃除坊主の河上彦斎と申します。兵学師範の宮部鼎蔵先生に師事いたしておりますが、本日、宮部先生がこちらにおられると聞いてうかがいました。

お取次ぎくださいますでしょうか」

「宮部様は当家にてお客様と会われておいでです」

「はい、存じております。お客人は長州の山鹿流軍学者の方とうかがっております。わたしも先生ともどもお話をうかがえればと思って参りました」

それは──、と言いかけた女人は少し言葉を切ってから、

「お客人にも、宮部先生にも失礼ではございませんでしょうか。おふたりは今日が初対面だとのこと。おたがいに交友を深められるかどうかは、これからだと存じます。それなのに宮部先生のお弟子が押しかけられてはご迷惑かと存じます」

やわらかな声音だが、きっぱりとした物言いだった。礼を失していると指摘されて彦斎は顔を赤らめながらも、決めつける言い方にむっとして、顔を上げて女人を見た。

すらりとした背丈で緋色《ひいろ》地に草花模様を散らした着物を着ている。

年は彦斎より、ひとつかふたつ上かもしれない。瓜実顔《うりざねがお》で口元が引き締まっている。涼しげな目と形がよく朱色が艶《つや》やかな唇が印象に残った。

彦斎はさらに頬が染まる思いがしたが、

「礼をわきまえず、まことに申し訳ございません。このまま帰るべきかとは思いますが、できれば宮部先生のご意向をお聞きいただけませんでしょうか」

ともう一度、頭を下げて言った。

「うかがって参ります」

女人は素っ気なく言って、奥へ下がろうとした。彦斎はあわてて声をかけた。

「もし、お手数をおかけして申し訳ございません。お名前をうかがってもよろしゅうございますか」

女人は訝《いぶか》しそうに彦斎を見つめたが、ふと微笑を浮かべた。

「わたくしは由依《ゆい》と申します」

会釈した由依は背を向けて奥へ向かった。その背を見送りながら、彦斎は、

(ゆい、と言われるのか)

と胸の中でつぶやいた。ゆいとはどのような文字なのであろうか、と思いつつ、自分が半ば陶然としていることに気づいた。

細川家中でも美少年で知られる彦斎は城中に上がると、ときに奥女中から付け文を送られたり、衆道《しゅどう》(男色)を好む藩士から声をかけられることがあったが、相手にしたことはない。だが、会ったばかりで、しかも手厳しく言われた由依には不思議なほど魅《ひ》かれるものがあった。

だがそう感じたとき、彦斎は何という惰弱者か、と胸の中で自らを罵《ののし》った。仮にも軍学を学ぼうとする者にとって、女人に心奪われるなど、あってはならないことだ。

彦斎が慚愧《ざんき》の念を抱いていると、由依が戻ってきた。

「宮部先生とお客人がお会いになるそうでございます」

由依の口調には打って変わって懇切なものがあった。彦斎はほっとしつつ玄関の式台に上がった。

由依に従って奥座敷に行くと、鼎蔵と池部啓太、さらに長州からの客人と思える若い男が膳《ぜん》を前に置いて酒を酌み交わしていた。

鼎蔵はもともと益城郡西上野村《にしうえのむら》の医家の出で医学を学んだが、十八歳のころ兵学に興味を持つようになり、叔父《おじ》に山鹿流軍学を学んだ。

鼎蔵の兵学の素養は藩の上層部も知ることとなり兵学師範として登用された。この年、三十一歳になる。

池部啓太は、もともと天文や暦、和算を学んだ学者だが、砲術を高島秋帆《たかしましゅうはん》に学んで砲術家となった。五十歳過ぎの温厚な人物で鼎蔵とは日頃から親しく交際していた。

鼎蔵は彦斎が押しかけてきたことを気にしていないらしく、

「おお来たか。学問の先達の話を聞くのはよいことだ。吉田殿は俊才だ。教えを請うがよい」

と言った。啓太も傍らでにこにこしている。長州からの客人はふたりの気に入ったようだ。彦斎は隣室で手をつかえ、額を畳にこすりつけるように頭を下げた。

「宮部先生に師事いたしております。茶坊主の彦斎と申します。せっかくのご歓談の邪魔をいたし申し訳ございません。もし、かないますならば、お話をうかがわせていただきとう存じます」

長州人はわずかな酒で顔を赤くしていた。薄い痘痕《あばた》がある細面で目も細い。口もとに微笑を浮かべている。

年は二十歳ぐらいではないだろうか。

鼎蔵と同じ、三十歳ぐらいの学者がはるばる長州から訪れたのだろうと思っていた彦斎はかすかに失望を覚えた。しかし、頭を下げた彦斎に向かって長州人が発した言葉は明朗なものだった。

「さようにかしこまらなくともよろしゅうございます。わたくしは若輩でひとの為になるような話はできません。ただ、わが国の将来について、ともに語り合うひとを求めておりますゆえ、大いに談じましょう」

颯々《さっさつ》と風が吹くような口調だった。

しかも、わが国の将来を語り合おうという、壮大さに彦斎は驚いた。二十歳ほどにしか見えない若者でありながら、天下に目を向けているのだ。

鼎蔵は杯を手に笑った。

「まことに吉田殿の言われることを聞いていると、蓋世《がいせい》の気概がおのずから湧いてくる。おのれも何事かをなさねばならぬという気になってくるから不思議なものだ」

長州人は、何を言われますか、と手を振った。

そして彦斎に顔を向けて口を開いた。

「わたくしは長州藩士にて藩校の明倫館《めいりんかん》で山鹿流軍学師範を仰せつかっております吉田寅次郎《とらじろう》と申します。このたびは九州遊学のお許しを得て、佐賀、長崎をまわり、熊本に参ったしだいです」

茶坊主の彦斎に対し、いささかも身分を軽んじることのない誠実さが伝わってくる話しぶりだった。

彦斎は感激して、寅次郎の話に耳を傾けた。

この夜、寅次郎が鼎蔵や啓太と語り合ったのは、

——アヘン戦争
についてだった。言うまでもなく清国《しん》へのアヘン密輸出に端を発したイギリスの侵略戦争である。

イギリスはインド産のアヘンを清国に輸出することで莫大《ばくだい》な利益を得ていた。このため清国はアヘンの代金として銀が流出することとアヘン中毒が蔓延《まんえん》することに苦しんでアヘンの輸入を禁じた。

欽差《きんさ》大臣に任じられた林則徐《りんそくじょ》はアヘン密輸を取締り、イギリス領事とイギリスやアメリカのアヘン商人を商館に監禁し、アヘン二万余箱を押収して廃棄した。これに反

発したイギリスは、清国に遠征軍を派遣して武力を行使して内陸まで攻め込み、南京《ナンキン》に迫った。

軍事力において西欧列強に劣る清朝はついに屈服して南京条約を締結し、香港《ホンコン》の割譲、広州《こうしゅう》、福州《ふくしゅう》、廈門《アモイ》、寧波《ニンポー》、上海《シャンハイ》の開港、没収したアヘンの代価を支払うことや軍事費一二〇〇万ドルの賠償などに応じて屈辱的な講和を行った。

この後も清国にとって不利な条約が押しつけられ、さらにイギリスにならってアメリカやフランスも同様な条約を結んだ。

わが国の天保《てんぽう》十一年から十三年にあたる西暦一八四〇年から一八四二年にかけて行われた戦争である。

アヘン戦争が終わったのは、わずか八年前のことだ。アヘン戦争について語る寅次郎の舌鋒《ぜっぽう》は鋭かった。

「アヘン戦争を対岸の火事と見ることはできません。やがて異国の矛先はわが国に向かい、備えがなければ、わが国は亡びるほかありません」

鼎蔵は吠《ほ》えるように野太い声で応じた。

「まさにその通りである」

温厚な啓太も厳しい表情で、

「このままではいかん」

とつぶやいた。

彦斎の目は三人の話を聞くうちに爛々《らんらん》と輝いた。寅次郎の一語、一語が身に染みて体が熱くなるのを感じた。

これが彦斎と吉田松陰との初めての出会いだった。


この夜、鼎蔵と寅次郎は徹宵して語り合い、彦斎はひと言も聞き漏らさなかった。

翌朝、彦斎が池部屋敷を辞去しようとすると由依が玄関にやってきた。

啓太と昨夜、話していたおり、由依は国学者林桜園《はやしおうえん》の縁者だと告げられた。

病を得て近くの温泉に湯治に来ており、池部屋敷に仮寓《かぐう》していたが、治癒したため間もなく桜園のもとに帰るのだという。

桜園は横井小楠《よこいしょうなん》とともに肥後を代表する学者だが、独身で子はいない。このため遠縁の娘で早くに父母を亡くし、孤児となっていた由依を引き取り、本当の娘同様に育ててきたらしい。

「桜園先生は神がかりなひとで、由依殿にもややその気がある。奇妙なことを言われても気にせぬことだ」

啓太は、彦斎が由依から何事か言われたのを察するかのように言った。

「さようなことはございませんから」

さりげなく彦斎は答えたが、由依が気になるのは啓太が言うようなことではない、と思った。胸の内でひそかに、

（ひょっとして、これが恋か――）

　とも考えていたが、朝になって顔を合わせた由依には艶めいた気配は微塵《みじん》もなかった。客を見送ろうとするだけのようだ。

　それでも、昨日より彦斎に親しみを覚えているのか、

「昨夜のお話はお為になりましたか」

　とさりげなく訊《き》いてきた。彦斎は力を込めて答えた。

「たいそう、為になりました。よき話をうかがったと思っております」

「よいお話でも、聞いただけではしかたがございませんね」

　やわらかな口調でありながら、由依の言うところは手厳しかった。

　茶坊主の彦斎が天下国家の話を聞いたところで役には立たないのではないか、という意味が込められているようだ。

　彦斎は由依をじっと見つめた。

「あなた様は、ひとを外見と身分でご覧なさいますか」

「さて、わたくしのことはよくわかりませんが、世間はそうなのではないかと思います」

表情を変えずに由依が答えると、彦斎はにこりとした。

「世間のことはどうでもよろしいかと思います。昨夜、吉田寅次郎様はわたしの身分にこだわらず、話してくださいました。それゆえ、わたしには吉田様のおっしゃりたいことが胸にはっきりと伝わったのです。それが無駄になるとはわたしは思いません」

彦斎はゆっくりと頭を下げてから、背を向けて玄関から出ていった。彦斎を見送る由依の口もとには、いつしか微笑が浮かんでいた。

彦斎は天保五年（一八三四）、熊本藩士、小森貞助《こもりさだすけ》の次男として生まれた。弘化《こうか》元年（一八四四）、十一歳のときに藩士河上彦兵衛《げんべえ》の養子となった。このとき、彦斎は他家の養子となることを寂しがったが、母の和歌《わか》は、「姓が変わろうとも血を分けた親子であることは変わりません」と諭した。

十六歳のとき熊本城下にある御花畑の掃除坊主として召し抱えられると、その後、家老付き坊主補助へ昇格した。

このおりに、幼名の彦次郎《げんじろう》から彦斎と名をあらためた。年少の頃から文武に励んできたが、なぜか剣術は師につくことがなかった。

女人のようにやさしげな風貌《ふうぼう》をしているが、性格は激しく、剣術の師につき、叱咤《しった》されて稽古《けいこ》することを好まなかった。

このため、熊本藩で盛んに行われていた伯耆《ほうき》流居合の見取り稽古をして学んだ抜刀術を自邸で日夜練磨した。

ちなみに熊本藩の藩祖細川忠興《ただおき》は伯耆流の開祖片山《かたやま》伯耆守久安《ひさやす》と親しく、伯耆流を家中に広めるとともに居合のために、刀身は二尺一寸(約六三センチ)、柄《つか》も普通の物より短く七寸(約二一センチ)のものを作らせた。さらにこの刀は茶人でもあった忠興の好みを加え、堅牢《けんろう》で雅《みやび》な趣のある拵《こしら》えにしたため、〈肥《ひ》後拵《ごごしらえ》〉と呼ばれた。

刀身と柄が短いため、抜き打ちの場合に有利で、片手で切り込めば五寸ほど切先が延びるという。

後に彦斎が抜き打ちを得意とし、右腕を前に、左足を後に退《ひ》いて、右足を曲げて立った構えでの片手斬りや片手突きを行う独特の技を身につけたのは、用いたのが〈肥後拵〉の刀だからだ。

独り稽古のため、彦斎は自らがどれほどの腕前かを知らず、たまに藩校時習館《じしゅうかん》の武芸所で同年配の者と稽古をすると、竹刀であっさり打ち据えられた。しかし、彦斎は、

「竹刀と真剣の勝負は別だろう。剣はひとを斬れてこそだ」

とまったく動じないで独り稽古を続けた。

彦斎が剣を自得しようとしていることを嘲笑《ちょうしょう》する者は多かったが、熊本藩に伝わる宮本武蔵《みやもとむさし》の二天一流を修行している某が、

「二天様（宮本武蔵）も剣は自得されたのだ。独り稽古で剣を学ぶのは、むしろ本道ではあるまいか」

と言った。いずれにしても彦斎は独り稽古を続けたが、小柄で女人のようにやさしげな容貌は変わらなかった。このため、周囲の者は彦斎が剣を自得しようとしていることを忘れた。

剣の修行は、茶坊主としては不要なことではあったが、彦斎には心中、期するところがあったのだ。

吉田松陰と出会い、彦斎の運命はゆっくりと動き始めていた。

二

嘉永四年三月——

彦斎は藩主の参勤交代の供をして江戸に赴いた。十八歳になっていた。彦斎に二カ月遅れて、五月には宮部鼎蔵が家老有吉頼母《ありよしたのも》に従って江戸に出てきた。

驚いたことに由依も一緒だった。

江戸藩邸で奥女中を務めるためだという。

藩邸の大廊下で会った彦斎が、おひさしぶりです、と頭を下げて挨拶《あいさつ》すると、由依

はかすかな笑みを浮かべて、

「わたくしが出府してびっくりしておられるのでしょう。江戸に出てくることができるのは、ご自分だけだ、と思うておられたのではありませんか」

「決して、さようなことはございません」

彦斎はさりげなく答えながら、由依はなぜ、こんな話し方をするのだろう、と思った。林桜園の遠縁で養女同然の身の上だというだけに、桜園から学問を教え込まれているのかもしれない。

桜園は国学だけでなく儒学、仏教、天文、地理、歴史に精通していた。朝に国学を講じ、夕に仏書を説き、和歌を教えるかと思えば兵学を論じるという。

由依にどのような学問を授けたのか測り難いものがあった。

桜園は、書を読み、知識を広げることだけを学問とは思っておらず、ひととしての道を極めることこそ肝要だと考えているらしい。ある肥後人が入門の際、

「わたしは書物を読むことは好きではありませぬ」

と言ったところ、桜園は微笑して、

「書物は読まなくともようございます」

と答えたという。このころ桜園はすでに五十歳を過ぎていた。門人は、桜園の人となりについて、

——内豪にして外温

と評していた。また、桜園の風貌は、

——目は爛々《らんらん》と輝き、鼻が大きく下唇はあごまでたれる

という異相だった。

しかも桜園は時にひとり部屋に端座して、ぶつぶつとつぶやいている。弟子たちが何事だろうと隣室で耳をそばだてると、桜園は神と対話しているのだった。

このことが信じられるか、あるいはただの奇人だと思うかによって桜園の評価は分かれるだろうが、門人たちは桜園には神が見えるのだと信じた。

彦斎の国学の師である轟武兵衛《とどろきぶへえ》は桜園の弟子である。それだけに、彦斎は桜園についての噂を耳にしていた。

そんな噂を考え合わせると、由依がただならぬ風情を持っているのもあたり前のことのように思えた。

この年はさほどのこともなく過ぎていくかに見えたが、年末になって珍事があった。

鼎蔵は、やはりこのころ、江戸に遊学していた吉田寅次郎と再会し、親交を深めていたが、十二月になって奥羽《おうう》にともに旅行することになった。同行するのはほかに友人五人がいた。

ところが、この旅行にあたって、寅次郎は脱藩したのだという。このことを彦斎に知らせたのは、由依だった。

翌年、一月――

彦斎が藩邸の奥座敷で開かれる茶会の支度をしていたところ、茶道具を運んできた由依がさりげなく近寄り、

「吉田様のこと、お聞きになられましたか」

と囁《ささや》いた。彦斎が頭を横に振って、

「知りません」

と答えると、由依は声をひそめて、寅次郎が脱藩したと告げた。寅次郎は藩に旅行願いを出していたが、道中を通行するための藩が発行する〈過書手形〉が旅立ちの日に間に合わなかった。

だが寅次郎は友人たちと共に旅立つ約束を破ることに耐えられず、脱藩して旅立ったのだという。

彦斎は絶句した。肥後で出会った寅次郎は明朗で、誠実な男だとは思ったが、友人

との旅の約束のために脱藩するとは乱暴に過ぎる。

彦斎があきれていると、由依は体を寄せてきて言葉を継いだ。由依の香りが彦斎を包んだ。

「吉田様はご友人との約束を守るため脱藩されたということですが、わたくしはそれだけではないのではないか、と思っております」

「ほかに何があるというのですか」

彦斎は首をかしげた。由依が何を言おうとしているのか、彦斎には見当もつかなかった。

「吉田様は水戸に行かれたのです」

水戸と聞いて、彦斎ははっとした。

事実、寅次郎は鼎蔵より先に江戸を発《た》って水戸に赴き、ある藩士のもとに二十数日にわたって滞在するのだ。

水戸徳川《とくがわ》家は二代藩主光圀《みつくに》が、『大日本史』の編纂《へんさん》に取り組んで以来、学府として知られていたが、会沢正志斎《あいざわせいしさい》、藤田東湖《ふじたとうこ》というふたりの碩学《せきがく》が出るに及んで、尊王論が盛んとなっていた。

文政《ぶんせい》七年（一八二四）に水戸藩内大津《おおつ》村に、イギリスの捕鯨船員十数人が水や食料を求めて上陸するという事件が起きた。

このとき、幕府は上陸したイギリス人の要求をうけいれ、弱腰を見せた。水戸藩士たちはこれに憤激して攘夷論《じょうい》が高まった。

尊王論と攘夷熱が結びついて尊王攘夷が唱えられるようになったのは、この時からである。

イギリス人が上陸した翌年、会沢正志斎は、『新論』を書いて尊王攘夷を鼓吹した。寅次郎は、正志斎の『新論』を読んで感激しており、脱藩してまで旅に出たのは水戸に赴き正志斎の謦咳《けいがい》に接するためではないか、と由依は話した。

尊王攘夷という言葉が彦斎の耳を強く打った。

正志斎は、『新論』において、天皇を中心とする国体について述べた。さらに地球が丸いこと、世界には、ムガール帝国、トルコ、ロシア、ゼルマニア（神聖ローマ帝国）、ペルシア、清などの帝国があり、これらの帝国はそのうち世界宗教戦争に突入するだろうとしている。外敵が迫るわが国がいかにあるべきかを説く書だった。

寅次郎は九州遊学の際、平戸の学者、葉山左内《はやまさない》から『新論』を教えられ、出府した機会に水戸を訪れたのだ。

寅次郎が会った正志斎はほっそりと痩《や》せて温厚な学者だったが、該博な知識を持ち、説くところは炎が出るかのようだった。

寅次郎の水戸行は、尊王攘夷が全国に燎原《りょうげん》の火のごとく広がる魁《さきがけ》となるものだった。

由依はさらに言葉を重ねる。

「尊王を唱えることは公儀の禁忌にふれることでございますから、吉田様は御家に迷惑がかかることを恐れて、脱藩の形で水戸に向かわれたのではないでしょうか」

「もし、そうだとすると、恐ろしいほどの胆力です」

彦斎は、肥後で会った寅次郎の誠実そうな顔を思い浮かべながら讃嘆《さんたん》した。

「そうなのですが、これからは吉田様のような方が大勢現れるのかもしれません」

「何のためにでしょうか」

彦斎は首をひねった。

「わたくしには、わかりません。ただ、桜園様はさようにおっしゃっておられます」

由依から桜園の名を聞いて彦斎は深くうなずいた。

桜園は尊王攘夷を早くから唱えていた。

このの ち安政元年（一八五四）には水戸に赴いて藤田東湖と対面している。

東湖は水戸学の学者として世に名高いだけに九州から出てきた老学者を軽んじるところがあったのだろう、滔々《とうとう》と自説を語り、桜園に意見を開陳させなかった。

桜園もまた黙りこくったまま辞去して、後にひとから東湖について訊《き》かれても、ひややかに笑みを浮かべただけで語らなかった。桜園にとって東湖は論じるに足る人物ではなかったようだ。

彦斎は由依の顔を見つめ、押し殺した声で訊いた。

「ひょっとしてあなたは、桜園先生から命じられて尊王攘夷の志がある者を捜しているのですか」

由依はゆっくりと頭を横に振った。

「さようなことはございません。ただ、わたくしは美しきひとに出会いたいと思っています」

「美しきひととはどのような？」

「ゆるがぬひとでございます。たとえ、肉が裂け、骨が砕かれようとも、自ら信じた道を行くひとです」

「もし、そのようなひとが現れたならどうなさいますか」

「その方にお仕えするのが、わたくしの宿命であろうか、と思っています」

由依は静かに答えた。

「なるほど。しかし、そんなひとがいるでしょうか」

「吉田寅次郎様はそんなひとかもしれません」

由依は微笑んで、彦斎の傍を離れていった。

鼎蔵が江戸藩邸に戻ったのは四月に入ってしばらくしてからのことだった。

彦斎は鼎蔵から、吉田寅次郎はどうなったかを聞いた。

鼎蔵の話では、やはり寅次郎は水戸に滞在し、その間に会沢正志斎と何度か面談し、正志斎について、まさに、

——人中の虎
であると感嘆したという。

寅次郎は間もなく長州藩邸に戻り、罪人として国許《くにもと》へ送り返された。

彦斎は五月になる前に藩主の供で帰国したため、その後、寅次郎がどうなったかについては知らなかった。

彦斎が再び、寅次郎の噂を耳にしたのは二年後のことだ。

嘉永七年、二十一歳になった彦斎は、藩主の参勤交代で江戸に赴いた。前年、アメリカのペリー提督率いる艦隊が来航していた。

ペリーは翌年、条約締結のために再び訪れると予告しており、彦斎が向かった江戸は緊張が高まっていた。

果たして正月十六日、ペリーの艦隊が江戸湾に再び現れた。ペリーは幕府に対して強硬な姿勢で交渉に臨んだ。幕府は押し切られて箱館《はこだて》開港の許可状を出すにいたった。

このとき、寅次郎は下田からペリー艦隊に近づき、アメリカに行くため密航しようとしたという。

当然ながらペリー艦隊はこれを許さず、寅次郎の目論見《もくろみ》は失敗して幕吏に捕えられた。その後、寅次郎はまた、国許に送り返され、獄に投じられたという。

この話を彦斎は由依から聞いた。

由依は話しつつ、目を潤ませてため息をついた。

「何という方なのでしょう。国のために命を投げ出すことを何とも思っていらっしゃらないのです」

彦斎はうなずきつつ、由依が寅次郎に心を寄せる様子を見て、かすかに妬《ねた》ましいものを感じた。

(わたしは吉田寅次郎のように生きられるだろうか)

自らに問いかけてみるが、容易に答えは出そうになかった。それだけに、自らを励ますように、

「わたしもいずれ、吉田様のようなことをしてのけよう」

と言った。由依は黒々とした目で彦斎を見つめた。

「貴方《あなた》様にさようなことができますでしょうか」

「なぜそう思うのですか」

彦斎は由依を睨《にら》み据えた。

「だって、そのお姿でございますから」

由依の目に微笑が浮かんだ。彦斎はいまも変わらず、頭を剃《そ》りあげた茶坊主の身なりだった。およそ国事を論じる姿ではなく、上士や重役たちの機嫌をとりながら、細々と生きていくしかないと思っているのだろうか。

「なるほど、そうかもしれません。だが、時が至れば――」

「時が至れば、どうなのでしょうか」

「わが道を進むことになる」

彦斎はきっぱりと言った。大言壮語しているとは思わない。当然のことを言っただけだ、としか思えなかった。

「それではわたくしも、彦斎様の時が至るのを見させていただきましょう」

「見て、どうするのです」

「彦斎様の生き方を見れば、わたくしの生き方も見えて参ると存じます」

由依は相変わらず、挑みかかるように彦斎を見つめるのだった。

三

幕府が異国に怖気《おじけ》づいてアメリカと和親条約を結んだのを皮切りに、次々各国と条約を結んでいく様を見た彦斎はしだいに尊王攘夷《そんのうじょうい》の考えを深めていった。

安政三年（一八五六）五月、彦斎は江戸を発《た》ち、熊本に戻った。帰国した彦斎は、林桜園の原道館《げんどうかん》に入門した。

桜園は頑迷な尊攘家ではなく、異国の軍備がわが国に勝り、戦になれば敗れることも知悉《ちしつ》していた。二十三歳の時に自ら蘭学を学んでおり、弟子たちにも蘭学を勧めた。

その上で桜園は尊王攘夷について弟子たちに、

「兵は怒である。ひとびとの怒りが盛んなときに戦端を開けばよい。必ず敗けるだろうが、上下心を一にして百敗して挫《くじ》けなければ国を取られることはない」

と説いた。

国に戻った彦斎が原道館に入ると、桜園は大いに喜んだ。

「そなたには、この世でなさねばならないことがあるようだ」

彦斎は桜園の顔をしっかりと見つめて訊いた。

「それは何でございましょうか」

「悲しむことだな。この世を、そしてこの国を悲しむならば、おのれが何をなすべきか、およそ見えてこよう」

桜園はにこりとして言った。

二年後——

安政五年三月、彦斎はまた藩主に随従して出府した。

江戸藩邸に入ると、いつの間にか由依が目の前に現れた。すでに二十代の半ばになっているはずだが、相変わらず、しっとりとした美しさを湛《たた》えている。

「彦斎様、お国では何かなすことがございましたか」

由依がかすかに揶揄《やゆ》するかのような口調で訊いた。

「桜園先生の門人となって、歌ができました」

「お歌が――」

少し考えてから由依は、どのような和歌ができたのか、聞かせて欲しいと言った。

「いいですとも」

あっさりと答えた彦斎は、一首を口にした。


我こころ人はかくとも知ら雲の思はぬ方に立ちへだつ哉

「わたしが物を習いに行っている家に美しい女がいるのです。その家に通うのはその女のためだろうとひとに言われたことを母に告げたら、もはや、その家には行くなと言われました」

にこやかに笑いながら彦斎が言うと、由依は戸惑ったように眉《まゆ》をひそめた。

「物を習われるとは、いかなることでしょうか」

由依に訊《き》かれても彦斎は平然として応じない。

「そうだ。こんな歌もできましたよ」

彦斎はまた、和歌を口にした。


うき名とや我が身をしらで立ちしより恋といふ路をふみにぞ初めにき

「わたしが、その女人に心を寄せていることは知らぬ間に噂になっていたようです。それが恋の始まりだったのでしょうね」

彦斎が、恋という言葉を口にすると、由依は目を伏せた。その様には艶冶《えんや》な風情があった。彦斎はそんな由依を見つめながら、さらに言葉を継いだ。

「もう一首あるのですよ」

駄目押しをするかのように彦斎は和歌を詠みあげた。


うき名とや我が身をしらで立ちしより恋しく人を思ひ初めけり

由依は頬を染めてうつむいた。

彦斎はあからさまには言わないが、物を習いに行っている家とは、熊本に帰ってから通い出した林桜園の原道館であることもわかっていた。

彦斎が詠んだ三首の和歌は、ことごとく自分を思って作られた歌だと由依には感じられた。それだけに身も世もあらぬ思いがして、何と言っていいかわからなかった。

彦斎は静かに話を続けた。

「由依様、わたしは桜園先生の教えを受けてわかったことがございます」

「どのようなことでしょうか」

「尊王の大義とは、国を恋い慕うことだと思うのです」

「国を恋い慕うのでございますか」

由依は目を瞠《みは》った。

「さよう、名も命も金もすべてを投げ捨てて、ひたすら国を恋い慕うのが尊王だと思うのです。そこまで闇雲にならねば尊王の大義は果たせないのではないかと思うのです」

彦斎は考えながら言った。

「それが、あなたが桜園先生から学んだことでしょうか」

「はい、さようです。そのためにわたしは命を捨てることになるでしょう」

彦斎はきっぱりと言い切った。

由依は息を呑《の》んで彦斎を見つめるばかりだった。

この年六月、大老井伊直弼は、勅許《ちょっきょ》を得ずに日米修好通商条約の調印を断行し、違勅問責のために登城した水戸老侯徳川斉昭らの三家の諸侯を処罰した。

井伊直弼は外交ばかりでなく、将軍継嗣問題でも朝廷の期待する一橋慶喜《ひとつばしよしのぶ》を斥《しりぞ》けて紀伊《きい》藩主徳川慶福《よしとみ》（後に家茂《いえもち》）を継嗣とするなど専横を極めた。

孝明《こうめい》天皇は幕府の条約調印に激怒し、全国的に反幕府の気運が盛り上がったが、直弼はこれに対して弾圧をもって臨み、いわゆる〈安政の大獄〉を起こした。

長州の吉田寅次郎も捕われ、長州から江戸まで送られた。

寅次郎はこのころ、松本《まつもと》村の実家で幽閉の身だったが、村塾を開いて藩の若侍や村の子供たちを教えていた。

いわゆる松下村塾《しょうかそんじゅく》である。門人からは、

高杉晋作《たかすぎしんさく》

久坂玄瑞《くさかげんずい》

ら長州尊攘派を率いる英傑が輩出した。寅次郎はこのころ弾圧を予感して、

——今の幕府も諸侯も最早酔人なれば扶持《ふち》の術《すべ》なし。草莽崛起《そうもうくっき》の人を望むほか頼み

なし
と唱えるようになっていた。

寅次郎は後に続く者を信じつつ〈安政の大獄〉で刑死した。

由依は寅次郎の刑死を彦斎に伝えて涙を流した。

「やはり、あの方は世のために命を捧《ささ》げてしまわれました」

「それが最も美しき生き方だと、由依様は思われていたのではありませんか」

彦斎に問われて、由依は頭《かぶり》を振った。

「わたくしにはわからなくなりました。それほどまでにしてなさねばならぬことが、この世にあるのでしょうか」

由依は涙ぐんだ目で彦斎を見つめた。

「わたしはあると思います。吉田様は草莽崛起と言われたそうです。草莽の力でこの世が変わる。これほど美しいことがありましょうか」

彦斎が諭すように言うと、由依は倒れかかるように彦斎にすがった。彦斎は由依の体を抱きしめた。

由依は嗚咽《おえつ》した。その夜、彦斎は、刀を持ち、ひそかに藩邸の庭に出て白刃を一閃《いっせん》、二閃させた。

月明に彦斎の色白でととのった顔が浮かび上がった。

〈安政の大獄〉で尊攘派を弾圧した大老井伊直弼が桜田門外で水戸、薩摩浪士に討ち取られるのは二年後のことだった。

四

万延《まんえん》元年（一八六〇）十月――

彦斎は藩主慶順に従って熊本に帰った。国許《くにもと》に戻った彦斎を林桜園門下の同志である大野《おおの》鉄兵衛《てつべえ》が訪れた。

鉄兵衛は彦斎より一歳年下である。熊本藩士の飯田《いいだ》家の次男に生まれ、大野家の養子となっていた。穏やかな学者のような風貌《ふうぼう》だが、落ちくぼんだ目の眼光が鋭い。藩主の参勤交代の供をして江戸に出た際、朱子学《しゅしがく》、陽明学《ようめいがく》を学び、帰国後、林桜園の塾に入った。彦斎とは同門の知友として親しく交わってきた。

鉄兵衛は後に彦斎らとの尊王攘夷《そんのうじょうい》運動により藩から投獄される。獄を出た後は、神官を目指して飽託《ほうたく》郡内田《うちだ》村の新開《しんかい》大神宮の神官太田黒《おおたぐろ》氏に婿入りして名を伴雄《ともお》と改める。

明治九年（一八七六）、一党を率いて熊本鎮台を襲撃、占領する〈神風連《じんぷうれん》の乱〉を

起こす、

——太田黒伴雄
である。鉄兵衛は、彦斎に負けない激しい気性だが、神を奉じ、神意を受けて行動することを自らに課している。〈神風連の乱〉のおりにも神意を伺う、

——宇気比《うけい》
を行った。宇気比については桜園が、『宇気比考』を著している。

桜園によれば、皇御国《すめらみくに》はそもそも言霊の佐《たす》け幸《さきわ》う国であり、言挙げすれば、天神地祇《ち》《ぎ》の助けを蒙《こうむ》ることができるとする。それゆえ、宇気比は神事の根本義である、と桜園は唱える。

〈神風連の乱〉に際しては神社で祝詞《のりと》をあげ、決起について、可也《かなり》、不可也、と書いた紙を丸めて、神意を伺った。最初は、

——不可也
が出たため断念したが、数年後に神意が下り、決起するのだ。

乱の際、太田黒伴雄は政府軍の銃弾を胸に受け、義弟の介錯《かいしゃく》によって死につく。乱の成否や戦闘の勝敗にも心を奪われることなく、常に神意を体現した神軍として進むのだ、という気概にあふれ、神色自若として落ち着き物静かであったという。

彦斎のもとを訪れた鉄兵衛は、桜田門外の変で大老井伊直弼を討ち果たした後、熊

本藩江戸屋敷に庇護《ひご》を求めてきた水戸脱藩志士たちの様子を詳しく聞いた。

聞き終えた鉄兵衛の顔に感動の色が浮かんでいた。

「まことに見事な方たちであるな」

鉄兵衛は感嘆して言った。彦斎はうなずいて、

「まことにそうだ。しかし、わたしは水戸の方々を褒める言葉を控えている。これからも言わないであろうと思う」

「ほう、なぜだ。彦斎のことだ、まさか、藩の思惑を考えてということではあるまいと思うが」

目を鋭くして鉄兵衛が問うと彦斎は微笑んだ。

「さようなことではない。ひとが命を投げ出して成したことを褒めるのは、自らが命を捨てる覚悟がないゆえだ。ひとは命を捨てて事を成さんという思いがまことにあれば、ひとの決起を聞いて、おのれがなすべきことに思いをいたすだけで、軽々とひとを褒めることなどできぬ。されば、自らがなした後にこそひとを褒められるのだが、そのおりには死んでいるであろうから、つまるところ、ひとを褒めそやすことはできまい」

「なるほど、命を捨てた者を褒めるのは、死ぬつもりがない者だ、ということか」

鉄兵衛はうなずいた。

「違うと思うか」

彦斎はやわらかく訊《き》いた。鉄兵衛は頭を振った。

「いや、その通りだと思う。生を貪《むさぼ》り、生き長らえようと思いながら命を捨てる者を褒めるのは浅ましいことだな」

「言うなれば、自らのかわりに死んでくれて有り難し、と思っているのだ。先に死んだ者を褒める言葉はわが死だけであろう」

彦斎がきっぱりと言うと、鉄兵衛はにこりと笑って、

白鳥の天駆けりけむあととめてみのなきからをよになのこしそ

と詠じた。ふたりの師である桜園の和歌だ。

ひとは神《かん》ながらの古道を履《ふ》んで、直ぐに清く生きれば、現世を脱して、白鳥の如く天に昇り神となることができると桜園は説いた。この世に遺《のこ》すのは自らの精神の抜け殻である遺骸《いがい》だけなのだ。

この日、彦斎と鉄兵衛はそれ以上語らなかった。なすべき覚悟があれば、あらためて語ることもなかった。桜園門下では、

——言挙げ
したからには、必ずなさねばならぬ。

口にしたことは言霊として神に伝わり、神への誓約となるからである。

翌年正月――

彦斎は妻を娶《めと》った。藩士の娘三沢《みさわ》ていだった。

彦斎が妻帯したことを彦斎の母、和歌はことのほか喜んだ。彦斎が河上家の養子となってからも和歌はなにくれとなく世話をしており、ていが彦斎の面倒を見てくれることが嬉《うれ》しかったのだ。

婚礼の夜、寝所で彦斎と向かい合ったていは、幾久しく、よろしくお願いいたします、と手をつかえた後、にこりとして、

「お会いして安心いたしました」

と言った。ていは清楚《せいそ》でおとなしく見えるが、物の言い方はしっかりとしており、明るい人柄のようだった。彦斎はやさしく答える。

「何に安心いたしたのだ」

「彦斎様はお茶をなされるのに、時おり、荒いご気性が見受けられるとうかがって、申し訳ないことですが案じておりました」

「そうか、赤犬斬りのことだな」

彦斎はうなずいた。

数年前のことだが、桜園の塾から同門の男たちと連れ立って帰っていたときのことだ。この日、彦斎は羽織袴《はかま》姿で帯刀していた。

男たちは武芸自慢を始めたが、その中のひとりが、

「腕試しに野犬を斬ろうと思っても、生き物は難しい。こちらの思い通りには動かぬゆえ、なかなか難しい」

と言った。それぞれが、野犬は斬れるか、斬れないかと話すうちに、ひとりが黙して歩いている彦斎に向かって、

「お主は茶坊主だが、日頃、帯刀して歩いておる。さぞや剣の腕前に覚えがあるのだろう。野犬ぐらいは斬れるであろうな。それとも茶杓《ちゃしゃく》を手にするようなわけにはいかんか」

とからかうように問いかけた。茶坊主でありながら帯刀している彦斎を軽んじての言葉だった。これに対して彦斎は、

「斬る気があれば斬れましょう」

と言葉少なに答えた。

男たちは、彦斎の言葉に鼻白んで、

「ならば、いま斬ってみせろ」

「口先だけなら何とでも言えるぞ」

「茶坊主の分際で生意気な」

と口々に言った。九州育ちの血気盛んな男たちだけに罵《ののし》る言葉も荒かった。だが、彦斎は冷静な表情で、

「たとえ野犬といえども、無益な殺生はいたしたくありません」

と言うだけだった。

男たちは、彦斎の言葉を鼻で嗤《わら》って話柄を変えた。だが、しばらく歩いてから町角を曲がったとき、大きな赤犬が吠《ほ》えつき、いきなり男たちに飛びかかってきた。

赤犬は真っ赤な口から泡を吹いており、嚙《か》まれれば病となる犬かもしれなかった。

突然のことに男たちは狼狽《うろた》えて逃げ惑った。

そのとき彦斎は風のように赤犬に向かって跳んだ。彦斎が地面に降り立ったとき、赤犬は血汐《ちしお》を撒《ま》き散らし、胴を両断されていた。

男たちは、彦斎の腕前に息を吞《の》んだ。後にこのことを聞いた宮部鼎蔵は、

「彦斎ならば、それぐらいのことはするだろう。あの男をうっかりからかって怒らせぬがよいぞ」

と言って笑った。その後、彦斎を軽々しく嘲弄《ちょうろう》する者はいなかったが、不気味な茶坊主がいる、と家中で噂になっていたのだ。

ていは彦斎を見つめて、

「わたくしは、彦斎様は茶をなされ、学問も深いお方だと聞いておりました。時に刀を振るって荒き振る舞いもされるとうかがって、どのような方かと思うていましたが、お会いしてみれば、尋常な方ですので安堵《あんど》いたしました」

とほっとしたように言った。彦斎は、はっはと笑った。

「わたしは、これ見よがしな乱暴は嫌いだ。しかし、自らがなさねばならぬことがあれば、命がけでなそうと思っている。それは心得ておいてくれ」

ていは少し首をかしげた。

「それは、天子様への忠義ということでございましょうか」

近頃、熊本藩でも尊王論が高まっていることをていは知っているらしい。

「そういうことだ」

彦斎があっさり言うと、ていはあらためて手をつかえた。

「承ってございます」

彦斎は興味深げにていを見た。

「わたしが尊王の道を歩いてもかまわないのか。天子様に忠義を尽くすことが御家の為にならぬこともあるかもしれぬが」

ていは微笑んだ。

「わたくしは難しいことはわかりませぬが、ただ、武士は忠義をなすものだと心得ています。たとえ、天子様のお為であれ、お殿様への為であれ、まことの忠義に変わりはないと存じます」

ていの言葉を聞いて、彦斎は、

(よい嫁をもらった)

と満足した。ていには、彦斎の母、和歌に似たところがあると思った。ひとを包みこむやさしさである。ひととひとの結びつきはおたがいの間に浄《きよ》いものが流れるかどうか、だと彦斎は思っていた。いま、ていと交わした言葉のひとつひとつに浄いものがあった、と彦斎は感じていた。


この年の夏、彦斎は江戸藩邸の由依が京に赴き、公家《くげ》の三条実美《さんじょうさねとみ》の屋敷に仕えたことを伝え聞いた。

三条実美は後に尊攘派公家の筆頭に数えられるようになるが、この時期はまだ朝政に意見を述べるなどしていない普通の公家だった。

由依が三条家に仕えることになったのは、尊王の志が厚い由依自身の望みによるものだった。

おりから開国か攘夷《じょうい》かをめぐって熊本藩でも朝廷の意向を探る必要を感じており、由依が京に出ることを願い出ると、藩では三条家につながりをつけたのである。

実美の父である三条実万《さねつむ》は、大老井伊直弼の〈安政の大獄〉のおりに辞官落飾して京、郊外の上津屋《こうづや》村に隠棲《いんせい》した後に没しており、実美は朝廷において父の代わりに発言するようになっていた。

また、実美は三条家の四子であり、嗣子ではなかった。だが、嗣子の公睦《きんむつ》が病死した後、家士の富田《とみた》織部《おりべ》らが推して嗣子となった。

富田は、政《まつりごと》への関心が深く、実万を支えており、

――胡蝶《こちよう》のゆめ

と題した意見書を実万に提出して、アメリカの恫喝《どうかつ》外交に屈した幕府を非難し、全国の諸大名に役割を与えて国政を大変革することを論じていた。

この考えに従って富田は諸大名と交わりが深く、熊本藩では富田を通じて三条家に由依を送り込んだのだ。

(由依殿は京にいるのか)

彦斎は京に上りたいという激情めいた思いにかられた。それは、帝《みかど》のために何事か成し遂げたいという思いであったが、由依に会いたいという思いも重なっていた。では、由依への恋かと言えばそうではない、と彦斎は自分に言い聞かせた。激動しようとする時勢への恋、あるいは帝を慕い奉る、

――恋闕《れんけつ》

の思いなのかもしれない。

恋闕とは古語にはないが、久留米《くるめ》の神官で尊攘派志士の巨魁《きょかい》となる真木和泉《まきいずみ》が、筑《ちく》前《ぜん》の志士、平野國臣《ひらのくにおみ》を、恋闕第一等の人と称《たた》えたことでよく知られるようになる語だ。闕とは皇居の門のことで、天皇を深く敬い慕う尊王の心を表すという。

そんな思いにかられた彦斎は毎晩、庭の立木を木刀で撃った。

夜遅くまで、彦斎の屋敷からは、かん、かん、という木刀が樹木を撃つ音が響いた。いつの間にか、屋敷の庭の立木の真ん中は木の皮が剝《む》けて白くなっていた。

それは時局のなかで奔馬のように駆けようとする彦斎の心そのもののようでもあった。

五

彦斎がていを娶《めと》ったころ、熊本に京の公家中山《なかやま》家の家司《けいし》を務めた尊攘家の田中河内《たなかかわちの》介《すけ》が訪れた。

河内介は尊攘の志厚く、中山家を離れて諸国を遊説して時局を動かそうとしていた。このとき、彦斎たちは熱心に話を聞いたが、河内介の話は肥後の尊攘派を動かすまでにはいたらなかった。

この年の十二月、熊本を訪れたのは、炎のような弁舌を振るう、

――清河八郎《きよかわはちろう》
だった。清河は庄内《しようない》藩の裕福な郷士の家に生まれ、十八歳のとき江戸に出て東条一《とうじよういち》堂《どう》の塾に入門して学問を学び、剣は北辰一刀流《ほくしんいつとうりゆう》の千葉周作《ちばしゆうさく》に学んだ。

その後、学問と剣を教える塾を開いたが、江戸でも文武をともに教えることができるのは清河塾だけであった。

〈桜田門外の変〉に衝撃を受けた清河は、熱烈な尊王攘夷論者となり、幕臣の山岡鉄《やまおかてつ》太郎《たろう》（鉄舟《てつしゆう》）らと〈虎尾の会〉を作って横浜《よこはま》外人居留地の焼き討ちを計画した。ところが、この密計を幕府に嗅《か》ぎつけられた清河は、密偵らしき町人を斬り捨てて幕府から追われる身となった。

関西、四国、九州へと旅を重ね、真木和泉、平野國臣らと交わりを結んだ。各地をめぐり歩く清河は尊攘運動の高まりを目の前にして、薩摩藩が動くと力説することで、各地の尊攘志士を煽動《せんどう》していた。

熊本に入った清河は、このころ兵学師範を免じられて故郷の七滝《ななたき》村に隠棲していた宮部鼎蔵や轟武兵衛らを説いてまわった。京では、粟田口青蓮院宮《あわたぐちしようれんいんのみや》の令旨が下り、中山中将忠愛《ただなる》が立つことになっている。それに呼応して薩摩藩も動くことになっているから、京に上れ、と説いた。

だが、それぞれが一家言を持ち、ひとの弁口にたやすくのらない肥後尊攘派は清河の説くところを、

——軽薄である

と見るものが多かった。鼎蔵自身、隠棲している身であることも憚《はばか》って慎重だった。このため、鼎蔵は彦斎たちに自重するように言うにとどまった。

清河は彦斎の家を訪れて失望を口にした。

「肥後は加藤清正《かとうきよまさ》公の国ゆえ、さぞや英雄豪傑がそろっているかと思ったが、いっこうにさような者は見当たらぬ。当てがはずれましたな」

剣客でもある清河は、がっちりとした体をゆすって慨嘆した。

清河の目から見れば、小柄で婦女子のようなととのった顔立ちの彦斎も英雄豪傑からほど遠い茶坊主に過ぎないと見えているようだ。

彦斎は、清河が言い放つ郷党の先輩への悪罵《あくば》も聞き流して酒を勧めた。

豪酒家の清河は幕府に追われて諸国を流浪している身であることも忘れたかのように、杯を傾けた。

清河が北国生まれらしい色白の端正な顔を赤らめ、熟柿《じゅくし》臭い息になった様子を見計らって、彦斎はいくつかの質問を試みた。薩摩が決起するかについて清河がどれだけのことを見聞きしているかを知るためだ。

「薩摩は立つ――」

清河は何度も断言したが、どうやら清河自身の希望を込めて言っているようだ。それを聞くにつれ、

（宮部先生が立とうとされないのは当たり前だ）

彦斎はひややかに清河を見つめた。元来、彦斎は清河のように才気走り、口が達者な男を好まない。男子たるもの言葉によらず行いによって志を示すべきだと思っている。

酒を勧められるままにしだいに酔っていく清河を見ているうちに、彦斎は、この男、いまなら斬れるな、と思った。

清河は江戸で剣術道場を開いていたというが、彦斎は少しも恐れなかった。ただ、自分が床の間の刀掛けから刀をとり、清河に斬りつけるまでの体の動きを綿密に考えた。

部屋の中だけに振りかぶるわけにはいかない。刀を抜きざま、胸を刺すか横殴りに斬りつけるかである。

胸を刺す為には刀を抜いて構えるというふたつの動作をしなければならない。その間に身動きされれば、腕や腹を刺してしまい、一太刀で息の根を止めることはできない。だとすると、刀を抜き打ってすくいあげるように首筋を斬るしかないだろう。

彦斎は片膝《かたひざ》を立て、すくいあげるように清河の首を斬る自分の姿を思い浮かべた。

――斬れる

胸の中でつぶやいたとき、清河の首に赤い筋が走るのが見えた。

血が迸《ほとばし》る。

殺気を感じたのか清河が不意に顔を上げた。額に汗が浮いている。何気なく首をなでた。

彦斎が見たのは幻である。

ほっとしたかのように清河は杯を口に運んだ。その様を見ながら、彦斎はゆっくりと口を開いた。

「もはや、だいぶお過ごしになられました。きょうはそれぐらいにされた方がよくはありませんか」

清河は素直に杯を置いた。そして、日頃の傲岸《ごうがん》な言動には似つかわしくないほどの気弱さで、

「なにやら背筋が寒くなりました。まるで首を斬り落とされたような気がする」

とつぶやいた。

「尊王攘夷のためなら、いつ首を失おうとも惜しくはありますまい」

彦斎は薄く笑いを浮かべた。清河は、なぜかぞっとした。清冽《せいれつ》な氷塊を見たような思いだった。

「まあ、その通りだな」

清河は気が抜けたような表情で言った。

間もなく清河は熊本を去った。煽動が成果をあげられなかったためか、後に書き認《したた》めた『潜中始末』という文章で、肥後の尊攘派について、

――英雄豪傑の深く相結ぶべき程の者ならねば
と自らを英雄豪傑と称したうえで罵《ののし》った。その中で彦斎に対しては、いまだ事に慣れず、風貌《ふうぼう》もひとの上に立つ者のようではない、と難癖をつけたうえで、

――此国《しこく》の風を脱して、少しく果断のある者
と渋々認めている。

彦斎の何かを恐れたのかもしれない。

清河が熊本を去った後、薩摩の国父島津《しまづ》久光《ひさみつ》が兵を率いて上洛《じょうらく》するという報《しら》せが熊本に入った。

宮部鼎蔵は驚き、ひそかに薩摩に潜入して動きを探った。

薩摩藩では賢君として知られた島津斉彬《なりあきら》が病死した後、尊攘派は逼塞《ひっそく》していたが、

ったのだ。

久光に近づいた大久保一蔵《おおくぼいちぞう》（利通《としみち》）らの必死の工作により、時勢に乗り出すことになった。

久光自身は幕府と朝廷が手を結ぶ公武合体策を薩摩藩の主導で進めるというつもりだったが、諸国の尊攘派には薩摩藩が攘夷《じょうい》のため決起すると伝わった。

宮部鼎蔵も久光の上洛は間違いないと知ると、清河に煽《あお》られていただけに、

「こうしてはいられぬ」

と焦った。ある日、彦斎が鼎蔵の家を訪ねると、すでに数人が集まって協議していた。茶坊主の身分をわきまえて末座に控えた彦斎に床の間を背に座った鼎蔵が声をかけた。

「彦斎、わたしは立つぞ」

彦斎は鼎蔵の顔を見た。色白な彦斎の顔に見る見る血が上った。

「それでは――」

「京に上る」

言い放った鼎蔵はにこりとした。

「長州の吉田松陰が生きておったなら、脱藩してでもとっくに京に出ておっただろうな」

「さようでございます。吉田様ならば」

彦斎は松陰こと吉田寅次郎の顔を思い出した。

松陰はすでに〈安政の大獄〉でこの世を去った。松陰に続く日が来ようとしているのだ、と彦斎は思った。


文久二年（一八六二）一月――

宮部鼎蔵は上京した。二月には京から中山中将の檄文《げきぶん》を持ち帰って肥後尊攘派のひとびとを感奮させた。

もはや、尊王攘夷の決起が目の前に迫っているのだ、と誰もが思っていた。

一方、三月に入って薩摩の島津久光も数千の兵を率いて鹿児島を出発、上洛の途についた。

三月二十二日、薩摩藩の行列が熊本藩領内を通った。

このとき、彦斎は領内の川尻《かわしり》に赴いた。

鼎蔵から、薩摩の本心を探れ、と命じられたからである。彦斎は川尻の薩摩藩宿舎を訪れ、玄関で久光側近の者に面会を求めた。

同志から薩摩尊攘派の頭目は西郷吉之助《さいごうきちのすけ》（隆盛《たかもり》）と大久保一蔵だと聞いていた。

西郷か大久保に会えないだろうかとしつこく頼むと、ひとりの武士が宿舎の奥から出てきた。

青ざめて見えるほどの白皙《はくせき》で目がすずしく鼻筋がとおっているが、意志の強さをあらわすように口元は引き締まっている。

武士は、久光様の命により、西郷や大久保は他藩の者と会うことを禁じられている、と冷たく言い放った。

彦斎は逆らわずに、

「さようでございますか。無理ないことと存じます。ただ、われらは薩摩様が京にて尊王攘夷の兵を挙げられるのかどうかを知りたいのです。お教えいただけませんか」

と言った。

武士は不思議なものでも見るようにじっと彦斎を見つめた。武士は小声で、さようなことを、と言ったようである。

さらに何と言ったのか彦斎にはよく聞こえなかった。頭を下げて、

「申し訳ございません。よく聞こえませんでした。今一度、お聞かせ願いたい」

と頼んだ。すると、武士はひややかな笑いを浮かべた。

「さようなことを他藩の者に話す馬鹿がいるであろうか、と申した。いや、さらに申せば、訊《き》きに参る者も馬鹿だ」

今度ははっきりと聞こえた。彦斎は武士を睨《にら》み据えた。

「ほう、さような妄言、聞き捨てなりませんぞ」

彦斎の目に殺気が走った。しかし、武士は彦斎の頭に目を遣《や》った。

「そなた頭を剃《そ》っているではないか。髷《まげ》を落とし、頭を剃るのは法外の者として俗世を出た証《あかし》であろう。ひとに嘲《あざけ》られて怒るようでは修行が足りぬな」

「わたしは茶坊主ですから頭を剃っています。あくまでお役目でのこと、さすれば俗世を捨てたわけではありません」

「茶坊主なら茶を点《た》てておればよい。政《まつりごと》に首を突っ込めば、その坊主頭がすっ飛ぶことになるぞ」

武士は云い捨てると背を向けて奥へと入っていった。武士の背を見送る彦斎に、かたわらにいた下士が慰めるように言った。

「久光様から他の藩の方に会うことを固く禁じられております。大久保様もあのように言われてあなたが二度と会いにこなくなるようにするしかないのです」

彦斎は下士に礼を言いながら、いまの武士が西郷と並ぶ、薩摩尊攘派の指導者大久保一蔵なのか、と悟った。

宿舎の玄関を出ると、すでに日が暮れかけ、山の端が夕焼けで薄紫色に輝いていた。

彦斎は歩きつつ、薩摩藩の考えは底が知れないと思った。大久保一蔵の冷徹な顔が空に浮かんでいる気がした。

島津久光は上洛を果たしたものの、京に尊攘派志士が集結し、薩摩尊攘派と結ぼうとしていることを知って激怒した。

久光は伏見寺田屋《ふしみてらだや》に集まっていた有馬新七《ありましんしち》ら尊攘派の鎮圧を命じ、いわゆる、

——寺田屋事件
が起きる。久光は有馬らと同じ尊攘派の藩士に鎮圧を命じた。このため寺田屋では同志が相討つ惨劇となった。

肥後尊攘派は上洛の好機を失った。


このころ、京、三条実美の邸《やしき》で由依は奥仕えの女中を務めていた。

三条家は久我《こが》家とともに〈清華《せいが》筆頭〉の格式を誇る家柄である。実美も温厚な風貌に似合わず、芯《しん》は強く、誇り高い人柄だった。

そんな実美が近頃、朝政に関心を高めていることを由依は知っていた。そのきっかけとなったのは、島津久光の上洛《じょうらく》という大きな事件だったが、もうひとつ、由依がひそかに実美に届けた一通の書簡だった。

これは、もともと福岡藩士平野國臣が薩摩藩の柴山愛次郎《しばやまあいじろう》と橋口壮助《はしぐちそうすけ》に宛てた書簡だった。しかし、その論ずるところが優れていることから、

——培覆論《ばいふくろん》
としてひそかに志士の間で読まれていたものだ。実美がある日、〈培覆論〉の存在

を知り、肥後出身の由依に訊《たず》ねたところ、由依が知人の尊攘派志士から入手したのだ。

〈培覆論〉とは皇国の基を培い、幕府を転覆させるという意だという。

その説くところは、今回の島津久光の上洛が、かつて島津斉彬が越前《えちぜん》の松平春嶽《まつだいらしゅんがく》らと謀って水戸出身の一橋慶喜を将軍に擁立し、そのうえで人材を登用して幕政改革を行おうとしたひそみにならおうとしているのだ、として、

——幕府をいかに扶《たす》け候とも徒《いたずら》に骨折にてとても行われ間敷

と述べている。すなわち幕政改革は望むべくもないとして王政復古を主張し、それ以外にこの国を救う術《すべ》はないとする論だった。

もともと三条家の家士、富田織部が唱えたのも、

——大復古して時とともに大変革する

という体制変革の王政復古論だったから、実美にとって平野國臣の論はわかりやすかった。

なにより、外国の圧迫によって危機に瀕《ひん》しているこの国を救うには王政復古しかな

いという主張は、公家《くげ》としての誇りを抱いている実美にとって耳に心地よかった。

実美は〈培覆論〉を読み終えた後、しばらく呆然《ぼうぜん》としていたが、やがて由依を呼んで訊ねた。

「この論を書いた平野國臣は筑前の者やそうやが、九州には尊王の志厚い者がおるのか」

由依は声をひそめて答えた。

「おりまする。筑前の平野國臣様、久留米の真木和泉様、わたくしの故郷である肥後には宮部鼎蔵様――」

言いかけた由依は、息をととのえてからもうひとり、

――河上彦斎
の名を告げた。

実美はさりげなくうなずいて、そのような頼もしき者たちにいずれ会うてみたいものや、とつぶやいた。

由依は喜んでこのことを国許《くにもと》への手紙で報《しら》せた。しかし、彦斎には手紙を出さなかった。

(あのひとは、誰に言われなくとも、いずれ国事に尽くすため京に出てくるに違いない)

由依には、なぜかしら京の街を闊歩《かっぽ》する彦斎の姿が見える気がしていたのだ。

小柄な彦斎が行くところ、嵐が巻き起こるのではないか。

由依はそう思って微笑んだ。

六

文久二年七月——

左大臣一条忠香《いちじょうただか》より、熊本藩主細川慶順に内勅が下された。

薩摩、長州、土佐《とさ》とともに国事を周旋せよという沙汰《さた》だった。島津久光の上洛に呼応して決起しようとした目論見《もくろみ》が頓挫《とんざ》した肥後尊攘派はその後、京の公家に懸命に働きかけて、ようやく内勅を得たのだ。

しかし、藩はすぐには動こうとしなかった。これに切歯扼腕《せっしやくわん》した彦斎は茶坊主の身分でありながら、藩政府に建白書を提出した。

曰《いわ》く、諸藩では脱藩が相次いでいるが、これまで熊本藩に脱藩がないのは君臣一和挙藩勤王の方針が定まっているからだ、としたうえで、しかしながら内勅が下りながら動かないようでは、世の物笑いを受け藩の面目を失い、心外千万な取沙汰まで流布されることになると訴え、早々に上洛することを求めた。

藩ではやむなく藩主の連枝である長岡左京亮《ながおかさきょうのすけ》を上洛させることにして、随従者十八人の中には宮部鼎蔵、轟武兵衛、住江甚兵衛《すみのえじんべえ》ら名だたる尊攘派を入れ、彦斎もまた、供に加わった。

このとき、彦斎は髪を伸ばすことを許され、ようやく武士らしい姿となることができた。

彦斎は喜んで、歌を詠んだ。

黒髪は生ひて昔にかへれどもなでにし人のいまさぬぞうし

彦斎は勇躍して文久二年十一月、京に向かった。

京に着いて三条縄手下ル《さんじょうなわてさが》小川《おがわ》邸の宿舎に入った彦斎は、三条邸の由依を訪ねた。邸の小部屋で面会した由依は髪を御所風に結いあげて、公家に仕える女人らしい身なりになっていた。

由依は彦斎に会うなり、頭に目を止めた。

「髷《まげ》を結われましたか」

「まだ髪が短いですから、小さな髷です」

彦斎は恥ずかしげに答えた。

「いえ、お似合いでございます」

由依はゆったりと笑みを浮かべた。このとき、女中が茶を運んできたが、彦斎を見ると頰を染め、茶碗《ちゃわん》を置くとあわてて下がっていった。

台所に戻った女中は、たったいま見た彦斎のことを朋輩《ほうばい》たちに、

「まるで牛若丸《うしわかまる》様のようでした」

と声をひそめて言った。

小柄な彦斎は女人を思わせる顔立ちだけに、鞍馬《くらま》の山にいた若き日の源《みなもとの》義経《よしつね》である牛若丸を思わせるものがあったのだろう。

由依は彦斎に言った。

「此度《こたび》はよう上洛なさいました」

「ようやく王事に尽くせるからには、もはや国には戻らない覚悟です」

彦斎がきっぱり言うと、由依はうなずいた。

「それでこそ、彦斎様だと存じます。しかし、いまの京はとても物騒なところでございます。彦斎様の身に大事なければよいがと思っております」

このころ尊攘派の志士による、

――天誅《てんちゅう》
が京都市中で荒れ狂っていた。

尊攘派志士たちに憎まれたのは、公武合体策として行われた十四代将軍家茂へ孝明天皇の妹和宮《かずのみや》を降嫁させた一件に関わった公家や女官たちで、

四奸二嬪《しかんにひん》

と呼ばれた。

岩倉具視《いわくらともみ》
千種有文《ちぐさありふみ》
富小路敬直《とみのこうじひろなお》
久我建通《たてみち》

が四奸であり、

今城重子《いまきしげこ》
堀河紀子《ほりかわもとこ》

が二嬪だった。

三条実美や姉小路公知《あねがこうじきんとも》は尊攘派の憎悪がさらに広がることを懸念して、彼らを弾劾し、役職罷免、廷外退去の処分とした。〈四奸二嬪〉の六名は、人目を忍んで洛外《らくがい》へと逃げ出していった。

これがきっかけとなったかのように尊攘派志士たちは天誅を繰り返していた。

この年、七月二十日には、〈安政の大獄〉の際、井伊直弼の腹心、長野《ながの》主膳《しゅぜん》に協力

したとされる九条家の家臣、島田左近《しまださこん》が斬殺された。

島田の首は四条河原《しじようかわら》に曝《さら》され、死体は首がないまま高瀬《たかせ》川に浮かんでいた。

島田左近を斬ったのは薩摩尊攘派の田中新兵衛《たなかしんべえ》だった。

閏《うるう》八月には、やはり長野主膳の手先だったとされる目明しの文吉《ぶんきち》の首が三条河原で曝された。

文吉を殺したのは土佐勤王党の岡田以蔵《おかだいぞう》だった。これらの天誅について当初、〈安政の大獄〉で苦しめられた尊攘派公家《くげ》の中には、

――快事である

として喝采《かっさい》を送る者もおり、中には尊攘派の指導者に天誅を唆す公家までいた。しかし、暗殺はしだいに敵対する公家などに止《とど》まらず、尊攘派内部の対立にまで広がった。

閏八月二十日夜には越後《えちご》出身の志士本間精一郎《ほんませいいちろう》が木屋《きや》町で暗殺者に命を奪われていた。

この日、本間は木屋町三条の知人宅を訪ねた後、先斗町《ぽんとちよう》や四条の料亭に上がって帰途についたところ、いきなり暗闇から飛び出た数人の男たちに斬りつけられ、抜刀して戦ったが、刀が鍔元《つばもと》から折れたため斬殺された。

本間は清河八郎とも親しかった志士だが、才子で弁口達者なことを志士仲間から嫌

われ、ついには裏切り者の汚名を着せられて殺されたのだ。

襲った者たちの中には土佐の岡田以蔵、薩摩の田中新兵衛がいたといわれる。

由依が案じるように言うと彦斎は笑った。

「わたしは大丈夫です。案じなければならないのは、わたしの敵となる者たちでしょう」

「さようなおっしゃりようは、以前と変わられませんね」

嬉《うれ》しげに由依は言った。

「わたしはいつも同じです。未来永劫《えいごう》、変わることはありますまい」

由依は彦斎の目を見つめながら、たしかにこのひとは変わるということを知らないだろう、と思った。しかし、世の中は常に変わり続けている。ひとは変わることでしか生きられないかもしれない。もし、そうだとすると決して変わることのない彦斎を待ち受けているのは悲しい境遇ではないのか。

由依はふと思い出したように言った。

「ですが、天誅は容赦がありません。女人でさえ先日、狙われましたから」

「女人を――」

彦斎は眉根《まゆね》を曇らせた。

十一月十四日の夜、島原《しまばら》遊郭に近い借家にいた村山《むらやま》たかという女人が尊攘派志士によって連れ去られた。

翌日の早朝、たかは三条大橋の柱に素足に着物一枚という姿のまま荒縄で縛り付けられていた。縛られた、たかの傍らには、

——此《こ》の女、長野主膳の妾《めかけ》にして、戊午《つちのえうまの》年より以来、主膳の奸計《かんけい》を相い助け、稀《まれ》なる大胆不敵の所業これあり、罪科を赦《ゆる》すべからずに候えども、その身女子たるを以《もっ》て、面縛の上、死罪一等を減ず

と書かれた高札が立てられていた。

たかはこの日から三日三晩、生き晒《さら》しとなった。

「何でも村山たかという女人は昔、芸妓《げいぎ》だったそうですが、そのころ井伊直弼様の寵《ちょう》愛《あい》を受けたということです。そのころの井伊様は、三百俵の捨扶持《すてぶち》で〈埋木舎《うもれぎのや》〉と名づけた小さな屋敷で暮らす身の上だったそうですが、さようなおりに睦《むつ》み合った男女が後に井伊様は〈桜田門外の変〉で討たれ、たか女は三条大橋でさらし者になるとは、ひとの運命はわからないものですね」

由依は嘆じるように言った。だが、彦斎は別な感想を抱いたのか、顔色が白くなっていた。

由依は彦斎を見つめた。

「彦斎様、いかがなさいました」

「女人まで狙う天誅はわたしの好むところではありません」

彦斎はきっぱりと言った。

「さようでございましょうね」

「天とは清浄にして公明正大なものです。強き悪に罰は下りましょうが、弱き者を誅《ちゅう》して快哉《かいさい》を上げるのは天の名を騙《かた》る所業です」

彦斎はしばらく目を閉じて考えた。その様子を見て、由依は不安になり、

「彦斎様――」

と声をかけた。ようやく彦斎は目を開けた。

「まことの天誅がいかなるものか見せねばなりますまい」

彦斎はひややかにつぶやいた。

その声音の厳しさに由依は慄然《りつぜん》とした。

三日後の夜――
先斗町の料亭〈ひさご〉の二階で尊攘派らしい武士たち十数人が集まり、酒を飲んで気炎を上げていた。

集まっているのは、薩摩、長州、土佐の尊攘派だった。

近頃の天誅は三藩が集まって行うことが多く、おたがいの顔を知っておくために開かれた酒宴だった。

世話役の武士たちが盛んに酒を運ばせ、芸者を呼ぶのは集まっている男たちがいずれも〈人斬り〉を重ねて殺伐としていたからだ。言葉の行き違いで、いつ乱闘になるかもしれない危うさがあった。

床の間を背にして長い足を投げ出して座っているのは薩摩の田中新兵衛、窓にもたれるようにして杯を傾けているのは土佐の岡田以蔵だった。

新兵衛は鹿児島城下の薬種商の息子だとも漁師だったとも言われるが、いずれにしても武士ではなかった。しかし、薩摩に伝わる示現流《じげんりゅう》をひとり稽古《げいこ》して会得したという。

このため薩摩尊攘派に目をかけられ、仲間に入れてもらうと、率先して天誅《てんちゅう》を行っていた。そのため〈人斬り新兵衛〉と呼ばれた。

一方、岡田以蔵は土佐の郷士だった。土佐勤王党の頭目である武市《たけち》半平太《はんぺいた》の師匠である一刀流の麻田《あさだ》勘七《かんしち》に学んで剣才を現し、

——撃刺、趫捷《きょうしょう》なること隼《はやぶさ》の如し

と言われた。隼のような激しい剣を使う男だった。その後、以蔵は武市の弟子となり勤王党にも加わったのだ。仲間うちで〈人斬り以蔵〉と呼ばれる。

ふたりとも藩士とは言い難い身分だけに天誅によって自らの居場所を築くしかなかった。それだけに屈折したものがあり、酒を飲めば乱酔し、荒れた。

この夜もいつしか一座の者たちの間に殺伐とした空気が流れ始めた。世話役の男が巻き添えになるのを恐れて階下に降りていくと、入れ違いに女中がふたり、大刀を抱えて上がってきた。

女中たちは新兵衛と以蔵の前に行くと、

「お刀どす」

と言って差し出した。

料亭に入った際にはまず刀を預けて座敷に上がる。ふたりとも無腰だった。

「どういうことだ」

新兵衛が怒鳴るように言うと、女中が怯《おび》えたように、

「お刀をお持ちするように言われましたんどす」

以蔵はゆっくりと刀をとり、

「誰から言われた」

と訊《き》いた。その間に新兵衛も素早く刀をとった。

女中たちは口々に答えた。

「九州の訛《なま》りのある御方でしたから、てっきりお仲間かと思いました」

「小柄で女子《おなご》のように美しいお顔のお侍どした」

新兵衛と以蔵は顔を見合わせた。新兵衛がまわりの男たちに低い声で言った。

「何者かが襲ってくるぞ。それもわしと岡田以蔵に刀を渡したからには、よほど腕に自信のある奴だろう」

新兵衛が言い終わらないうちに、廊下から疾風が巻き起こった。膳《ぜん》が飛び、芸者たちが悲鳴を上げるのと同時に蠟燭《ろうそく》の火が次々に斬られ、真っ暗になった。

「明かりをつけろ」

以蔵が叫んだ。

動こうとした男が悲鳴を上げて転倒した。

「足をやられた」

男がうめき声とともに言うのと同時に、座敷の端にいた男がうわっと叫んで横倒しに倒れた。芸者がまた悲鳴を上げる。さらにもうひとりの男が、悲鳴とともに仰向《あおむ》けに倒れる。あたりに血の匂いが漂った。新兵衛が刀を構えたまま、

「皆、伏せろ。わしと以蔵だけで戦う」

と叫んだ。その声を聞いて男たちと芸者や女中が身を伏せた。そのとき、月が雲間

から出て月光が窓から差し込んできた。

新兵衛と以蔵は同士討ちを避けるため、とっさに遠くに離れた。すると座敷の真ん中に男がひとり立っているのが見えた。

羽織袴《はかま》姿の小柄な男で手に刀を持っている。白刃が月光に光った。

「何者だ。貴様は幕府の犬か」

以蔵がわめくように言うと、小柄な男はくくっと笑った。

「違う――」

新兵衛が示現流独特の蜻蛉《とんぼ》と呼ぶ刀を肩に振りかぶる構えをとりつつ、

「わしらに恨みがあるのか」

と言った。

「ある――」

「ならば、やはり幕府の犬ではないか」

以蔵が腰を低くして下段の構えで言うと、小柄な男は静かに答えた。

「わたしの恨みはひとの恨みではない。天の恨みだ」

「どういうことだ」

新兵衛が不気味に押し殺した声で言った。

「天誅の名によって、弱き者を殺す汝《なんじ》らは天の名を騙る者だ。愚かな人殺しに名を騙られたことを天は恨んでおる」

「馬鹿な、わしらは尊王攘夷《そんのうじょうい》の天誅を行っているのだ」

以蔵は腹立たしげに言った。小柄な男は右足を前に出して腰を落とし、後ろに左足を伸ばす奇妙な構えをとった。

「お主らには尊王の大義がなく、攘夷の志もない、ただの人殺しだ。斬り捨てるべきだが、仮にも尊攘派を名乗るからには命はとらぬ。お主らの誇りを斬る」

小柄な男が言い終わる前に、

──チェスト
新兵衛が凄《すさ》まじい勢いで斬りつけた。小柄な男はしなやかな身動きでこれをかわすと、踏み込んだ新兵衛の足の甲に刀を突き刺した。

新兵衛がうめき声とともに転倒すると、飛びついて刀を奪い、窓から外へ放り投げた。

「おのれ──」

以蔵が下段から掬《すく》い上げるように斬りつけたとき、小柄な男の体は天井に跳び上がった。さらに両足の指と片手で天井の桟をつかんでやもりのように動いた。

目を瞠《みは》って呆然《ぼうぜん》とした以蔵の背後に小柄な男は飛び降りた。以蔵が振り向いたときには首筋に刀が突きつけられていた。

男は以蔵の首にすっと薄い切り傷だけをつけて刀を引いた。

「こやつ――」

以蔵が刀を横殴りに叩《たた》きつけたときには、小柄な男は窓から飛び出していた。

音もなく屋根瓦《がわら》の上を走っていく。月光に照らされた小柄な男の背に向かって以蔵が叫んだ。

「卑怯《ひきよう》者、名乗らぬか」

小柄な男は走りながら叫んだ。

――彦斎

七

この年、十二月になって、尊攘派の跳梁《ちようりよう》に業を煮やした幕府から京都守護職に任じられた会津《あいづ》藩主松平容保《まつだいらかたもり》が藩兵一千を率いて上洛《じようらく》、京は緊張に包まれた。

明けて文久三年（一八六三）一月には熊本藩主細川慶順が勅を奉じ、数百の兵を率いて上洛した。

一月二十七日、京都東山の翠紅館《すいこうかん》に水戸、長州、土佐、対馬《つしま》、津和野《つわの》藩に加え、熊本藩の尊攘派有志二十余人が集まって会合を開いた。

このうち、土佐藩からは土佐勤王党の領袖《りようしゆう》である、

武市半平太
長州藩からは、吉田松陰門下の俊秀、
久坂玄瑞
ら名だたる志士が出席した。熊本藩からは尊攘派の代表格として、
宮部鼎蔵
が参加し、彦斎も一座に連なった。会合では盛んに時局が論じられた。
このころ朝廷が孝明天皇の妹、和宮を降嫁させた引き換えに幕府に攘夷の実行を迫っていた。
将軍家茂も上洛することになっており、尊攘派の力が最も強まった時期だった。それだけに集まった志士たちは、談論風発、すでに天下を掌《てのひら》の上で動かしているかの如き口吻《こうふん》で意見を戦わせ合った。
彦斎は両膝《りょうひざ》に手を置き、かしこまって志士たちの議論に耳を傾けていたが、自らは何も言おうとしない。
中央の席には武市や久坂らとともに鼎蔵が座り、ひときわ野太い声で論じていたが、ふと末席の彦斎に目を遣《や》った。
「どうした、彦斎、おのれの考えを述べてみよ」
鼎蔵に声をかけられても、彦斎は前を向いたまま、

「考えは論ではなく、一刀に託したいと存じます」

と短切に答える。鼎蔵は苦笑した。

「さようなものかな」

彦斎は平然としてなおも口を閉じた。

やがて酒宴になった。この際、上席に座っていた武市半平太が、隣の宮部鼎蔵に、彦斎をあごで差しながら、

「時に熊本藩には河上彦斎というご仁がおられると聞き及びましたが、かのひとでございますするか」

と訊《き》いた。よく通る強い声だ。武市は、この年、三十五歳。

土佐の郷士の生まれだが、一刀流を学び道場を開いた。学問にも優れており、尊王攘夷の志に燃えて門弟たちと土佐勤王党を結成した。

その後、藩内で力を蓄え、京に出た。身長六尺、鼻高く、あごが長い。目に異彩があり、顔面蒼白《そうはく》にして冷静沈着で、およそ喜怒哀楽の感情を顔に表さない。

土佐の志士、中岡慎太郎《なかおかしんたろう》は薩摩の西郷吉之助と比べても誠実さでは引けをとらない、と評した。この席でも風格は他の者を圧している。

昨年十月、朝廷が攘夷督促の勅使として三条実美を江戸に差遣した際、武市は副使姉小路公知諸大夫《しょだいぶ》、柳川左門《やながわさもん》と名のって随従した。

このとき、武市は狩衣《かりぎぬ》に朱鞘《しゅざや》の太刀を佩《は》いたという。土佐の郷士の身分でありながら勅使の供をして江戸城に乗り込むという破天荒な振舞いをしてのけたのだ。

武市は、ただならぬ気を発していた。しかし盟友である坂本龍馬《さかもとりょうま》に比べて印象にやや暗いところがあるのは、武市が藩政を動かすために佐幕《さばく》派の参政吉田東洋《よしだとうよう》を暗殺したからかもしれない。

武市は京に出てからも門人の岡田以蔵に暗殺を命じ、あたかも京における天誅《てんちゅう》の、

——黒幕

と呼ばれる存在になっていた。それだけに薩摩の田中新兵衛も武市を神の如く崇拝しており、武市は新兵衛と義兄弟の契りを結んでいた。武市に訊かれて、鼎蔵は末席にいた彦斎を呼び、

「この者が彦斎でござる」

と紹介した。武市はじろりと彦斎に鋭い眼光を注ぎ、

「去年、わたしが江戸に行っておる間のことだが、わが藩の同志、岡田以蔵と薩摩藩の田中新兵衛が料亭にて会合中、異なる者に襲われたそうな」

と低い声で言った。鼎蔵が顔を強張《こわば》らせたが、彦斎は顔色も変えず、

「さようでございますか」

と素っ気なく答えた。武市は粘りつくような物言いを続けた。

「襲った者の顔は暗闇ゆえ、よくわからなかったが、それでも小柄で華奢《きゃしゃ》な体つきで、あたかも女人ではないかと思うほどの優しげな顔をしていたそうな」

「暗闇でのことならさようにくわしくはわかりますまい」

彦斎はあっさりと言ってのけた。半平太はどっしりと構えて言葉を継いだ。

「いや、岡田以蔵と田中新兵衛は名うての人斬りだ。夜目が利くゆえ、めったに見損ないはせぬであろう。以蔵の話によれば曲者《くせもの》は、立ち去る時に彦斎と名のったそうだ。肥後の河上彦斎、お主ではないのか」

武市の厳しい声音は座敷に響きわたり、皆が粛然となった。だが、彦斎はかすかに首をかしげて、ふふっ、と笑うだけだった。

「何がおかしいのだ」

武市に睨《にら》み据えられて、彦斎は軽く頭を下げた。

「失礼いたしした。ただ、武市様ほどのお方が喧嘩《けんか》騒ぎに目くじらを立てられるゆえ、思わず笑ってしまったのでござる。なるほど、料亭にて騒ぎはあったのでございましょうが、死人が出ておらぬのであれば、酔余の喧嘩沙汰《ざた》と同じではございませんか。わたしがやったかどうかなど詮議《せんぎ》は無用。事を荒立てては、岡田以蔵、田中新兵衛という尊攘派の人斬りの二枚看板に傷がつきましょう」

よどみなく彦斎が言ってのけると、武市は苦い顔をして口を閉じた。いまにも、武

市が、

——以蔵を呼べ
と口にするのではないか、と一座に緊張が走った。鼎蔵が身じろぎして口を開いた。

「皆はこの河上彦斎という男を知らぬゆえ、さようなことを申すのだ。この男の心底は鏡の如く澄み切っておる。一点の曇りもないのだ」

だが、武市はひややかな笑みを浮かべて、

「さてどうでしょうか」

とつぶやいただけだ。そのとき、武市の隣に座っていた偉丈夫がからからと笑った。

長州藩の久坂玄瑞だった。

久坂玄瑞は家禄《かろく》二十五石の藩医の次男として生まれ、この年、二十四歳。

吉田松陰に師事して、松陰の妹文《ふみ》を妻に迎えた。松陰の松下村塾では、高杉晋作とともに双璧《そうへき》と呼ばれた。松陰は久坂を評して、その才を、

——縦横無碍《むげ》
であるとして、

——高からざるに非ず、且つ切直人に逼《せま》り、度量亦窄《またせま》し。然れども自ら人に愛せらるるは、潔烈の操、之《や》れを行るに美才を以《もっ》てし、且つ頑質なきが故なり

と評した。久坂の器は高く、かつひとに直接迫るが度量はやや狭いとしている。それでもひとに愛されるのは行うところが汚れておらず、頑《かたく》なではないからだ、という。松陰が〈安政の大獄〉で非業の最期を遂げると、遺志を奉じて激烈な尊攘運動を展開しており、かねてから武市に、

――草莽《そうもう》志士糾合義挙の外には迚《とて》も策無之事《これなきこと》（略）乍失敬《しつけいながら》尊藩も弊藩も滅亡しても大義なれば苦しからず

もはや、草莽の志士を糾合して決起するしか時局を打開する道は無く、そのためには土佐藩も長州藩も滅亡しても大義のためだからやむを得ない、と覚悟のほどを明らかにしていた。昨年十二月には江戸のイギリス公使館の建物を焼き討ちするなどしていた。

それほどの久坂が笑声をあげただけに、武市も謹直な顔で久坂の言葉を待った。

久坂は、いや、ご無礼した、と頭を下げたうえで、

「さすがの武市先生が一本取られましたな。なるほど、酒席での喧嘩を咎《とが》めてもしかたありますまい」

となだめるように言った。

「ただの喧嘩ならばよいが。この男には、何か含むところがあるのかもしれぬ」

武市は手酌で杯に酒を満たしながら言った。久坂は彦斎に顔を向けた。

「河上殿にはなんぞ、岡田以蔵や田中新兵衛に含むところがおありか」

「それはあります」

彦斎はにこりと笑った。武市がじろりと彦斎を睨み、久坂はやや鼻白んだ顔になった。

「ほほう、含むところがあると申すか」

困ったように玄瑞が言うと、彦斎はまっすぐに久坂を見返しながら、

「天誅とは神の下したもう罰でございましょう。ところが、彼の者たちは町人の目明しづれや、長野主膳の手先となっていた女人を斬り、いたぶっています。これを天誅と唱えるは僭称《せんしょう》にして神を冒瀆《ぼうとく》するものにござろう。されば、人斬りですらあらず、ただの人殺しにござる」

きっぱりとした彦斎の言葉に座は騒然となった。何人もの男たちが立ち上がり、

「無礼だ」

「天誅を人殺しと謗《そし》るとは何事だ」

「こ奴は幕府の犬だぞ」

と怒号した。いずれも、いまにも刀を抜いて斬りかかりそうな形相だった。彦斎は

ひややかな笑みを浮かべて黙っている。鼎蔵が彦斎をかばおうと膝《ひざ》を乗り出したとき、

「わかり申した」

と言って武市がうなずいた。

「おわかりいただけましたか」

彦斎は追い討ちをかけるように鋭い言葉を発した。武市は膝に手を置き、軽く頭を下げてから、

「いかにもわかり申した。ただ、岡田以蔵も田中新兵衛もやりたくて人殺しの所業をいたしておるのではござらん。言うなれば大義のため、あえておのれを捨て、泥に手を突っ込んでいる。その苦衷を察してはいただけまいか」

と丁重に言った。

岡田以蔵を使って天誅を繰り返している武市の胸中にも忸怩《じくじ》たるものがあるのかもしれない。

彦斎はしばらく考えたが、やがてゆっくりと頭を横に振った。武市が言った以蔵と新兵衛に情けをかけてやって欲しいという言葉を拒んだのだ。

まわりの男たちはほうと一斉にため息をついた。あたかも、天誅《てんちゅう》が神の意に沿うものかどうかは、彦斎の考えしだいで決まるかのようだった。

「わかり申した」

武市は深沈たる表情でうなずいた。彦斎は念を押すかのように、

「天誅をなすは神の意に従う者のみでございまするぞ」

と厳かに言った。

「わかり申した」

三度、同じ言葉を口にした半平太は微笑を浮かべていた。彦斎はしばらく武市を見つめていたが、不意に立ち上がり、末席へと戻っていった。

その姿を久坂がじっと見つめている。

やがて一座では時勢を論じる声が再び高くなった。

その中で、話がある志士に及んだ。この男は関東の富農の息子で国学を学び、上洛《じょうらく》して尊攘派として活動した。

弁舌に長《た》けていることから名を高くしていた。だが、金に汚く、祇園《ぎおん》のある料亭を脅して金品を差し出させただけでなく、白昼、料亭の主人の娘に乱暴を働いたという。

その後、男は料亭を出ていかず、あたかも入り婿であるかのように振る舞っているらしい。しかも夜な夜な、祇園に出入りして尊王攘夷《そんのうじょうい》の志を吹聴し、公家《くげ》への遊説も行っているようだ。

男があたかも乗っ取ったかのような料亭は、志士たちがいる屋敷からほど近いという。

話を聞いた武市が、杯を口に運びながら、

「その奴は似非《えせ》尊攘浪人だな。斬らねばなるまい」

と、ぽつりとつぶやいた。そばに岡田以蔵がいれば、武市のつぶやきを聞き逃さず、男を斬りに走るだろう。

末席にいた彦斎は、懐紙を取り出して三枚に引き裂いた。

さらに女中に筆と硯《すずり》を持って来させると、引き裂いた一枚の紙にたったいま耳にした男の名を記した。傍らの杯洗に酒を注ぐと、三枚の紙を浮かべた。

彦斎が鋭い目で見つめていると、やがて二枚が杯洗の底に沈み、一枚だけが浮いたままだった。

男の名が記された紙片だった。

彦斎はにこりと笑うと立ち上がり、廊下へ向かった。鼎蔵が訝《いぶか》しげに訊《き》いた。

「彦斎、どこへ行くのだ」

「厠《かわや》でございます」

彦斎はかすかに首をかしげて答えた。彦斎が座敷を出ていくと、男たちはまた杯を応酬し、熱を込めて時勢を論じた。やがて、女中たちの騒ぐ声が聞こえ、ひとりの年《と》増《ま》の女中が青い顔をして座敷の敷居際に来て膝をついた。

「騒々しい。何事だ」

久坂が叱りつけながら問うと、年増の女中はあえぐようにして息をととのえてから、

「大変でございます。こちらのお客様が三軒ほど離れた料亭に入られまして、その店に居座っていたご浪人をお斬りになられました」

「それはまことか」

久坂はちらりと武市を見た。先ほど、皆で噂していた似非尊攘浪人が彦斎によって斬られたのだと察していた。

女中はなおも語った。彦斎は料亭に入るなり、そこの女中に、

「この店に厄病神が取りついているそうだな」

と声をかけた。女中が戸惑いつつ二階に通じる階段に目を遣《や》ると、彦斎は、

——二階か
とつぶやいて階段を上っていった。彦斎は二階の座敷をひとつひとつ検《あらた》めた。奥の座敷の襖《ふすま》をからりと開けると三十過ぎででっぷりと太った羽織袴《はかま》の武士が芸者を押さえ込もうとしている。彦斎は澄んだ声をかけた。

「この店に入り込み、傍若無人に振る舞っている尊攘浪人とはお前のことか」

武士が目をむいて、それがどうした、とわめいた。

その時には、彦斎は片足を前に出し、片足を後に退《ひ》いた構えで居合を放っていた。武士の首は胴を離れて飛んだ。芸者が悲鳴をあげるのを背中に聞いて、彦斎は料亭を

出ると何処かへ立ち去った。
彦斎が京で、
——人斬り彦斎
と呼ばれるようになったのはこの夜からである。

八

しとしとと雨が降っていた。

闇の中で熱いものが蠢《うごめ》く。

彦斎は大和《やまと》国添下《そえしも》郡の農家の離れにいる。昼間から雨戸を閉め切り、床の中で彦斎は女人を抱擁していた。

豊かな黒髪を畳に這《は》わせ、雨戸の隙間から漏れる光に白い肌を浮かび上がらせたのは、三条家に仕える由依だった。

この日、由依は三条実美の書状を持って彦斎を訪ねてきた。

二月二十四日、肥後藩主細川慶順は熊本に帰国したが、このとき、彦斎は関白鷹司《たかつかさ》輔熙《すけひろ》のお声がかりで京に滞留していた。

彦斎は京の巷《ちまた》で天誅を行うようになっており、その腕を見込んだ長州藩の久坂が関白に働きかけて、京に留《とど》めたのだと言われた。

三月十一日に孝明天皇は賀茂《かも》神社に攘夷の祈願に行幸され、関白、大臣ら百官とともに将軍家茂、後見職一橋慶喜らも扈従《こしょう》した。

四月十一日には石清水八幡宮《いわしみずはちまんぐう》へ行幸され、この際、社前において攘夷の節刀が授けられるはずだったが、家茂と慶喜は病を理由に扈従しなかった。孝明天皇から攘夷の決行を迫られることを避けたためだった。それでも幕府としては朝廷の意向に逆らえず、家茂は攘夷を五月十日に決行すると奉答した。

これを受けて久坂玄瑞は山県狂介《やまがたきょうすけ》（有朋《ありとも》）や吉田稔麿《としまろ》、赤根武人《あかねたけと》ら二十八人の同志とともに四月二十六日、帰国した。攘夷戦の火蓋《ひぶた》を切るためだった。

幕府には攘夷を行うつもりはなかったが、久坂は期限通り、五月十日に長州藩の軍艦に乗り込み、馬関《ばかん》海峡でアメリカ商船を砲撃した。さらに二十三日と二十六日には軍艦と砲台からフランスとオランダの軍艦を砲撃して損害を与えた。

久坂たちは攘夷の成功に凱歌《がいか》をあげたが、六月一日には、アメリカ軍艦が報復のため馬関沖に現れて砲撃戦を行い、長州藩の軍艦一隻を沈め、一隻を戦闘不能なまでに破壊した。

時勢は奔流のように激動していた。

その最中、彦斎は幕府要人への天誅を行おうと考え、京から姿を消していた。由依が訪れたのは、彦斎が行おうとする天誅を三条実美が危惧《きぐ》していることを伝えるためだった。

この日、昼過ぎに彦斎のもとを訪れた由依から実美の書状を渡された彦斎は一拝してから読んだ。静かに読み終えた彦斎は書状を巻いた。

「すでに長州藩は攘夷を決行いたしておるゆえ、幕府につけ込まれる隙を与えぬために軽挙いたさぬようにとの仰せですな」

この時、彦斎が天誅の相手として狙いを定めていたのは、老中の、

――小笠原長行《おがさわらながみち》
だった。長行は老中の中でも辣腕《らつわん》で知られていたが、家茂が京に留められ、言わば攘夷のための人質となっていることに憤激し、五月二十六日、幕府海軍の軍艦五隻で洋式歩兵一千六百を率いて上方《かみがた》に向かった。

長行らが乗った軍艦は六月一日には大坂に着いた。さらに、枚方《ひらかた》にまで進み、幕閣から入京の差し止めが命じられたが、長行はこれを無視して淀《よど》に入った。

淀は京の郊外であり、入京は目前だった。長行が兵を率いて京に入れば大混乱となることは必至だった。

小笠原長行の上洛《じょうらく》という緊張が走る中、彦斎は公卿《くぎょう》のような衣服を身に着け、飾り太刀を横たえて長柄の傘を持たせた従僕を従え、下鴨《しもがも》神社に参詣《さんけい》した。

彦斎は社前に立つと、身を以て小笠原長行を邦家《ほうか》のために除きたい、と祈願した。

さらに彼が持つ三枚の紙片には、
一、いますぐ幕吏の旅館に行って刺す
一、幕吏が京に入るのを待って手を下す
一、朝廷親兵を以て先んずることあらしむ
と書かれていた。

彦斎はこの三枚の紙を社頭の御手洗《みたらし》川に投げ込み、

「従うべきものがあれば水に浮かべ賜え」

と祈念を凝らして宇気比《うけい》を行った。すると、一枚は沈み、もう一枚は流され、一枚だけが彦斎が見つめる水面《みなも》に残った。

彦斎は再拝して浮いている紙を取った。そこには、幕吏が京に入るのを待って手を下す、と書かれていた。

神慮が下ったと見た彦斎は長行が京に入り次第、討ち取ろうと決意し、添下郡に赴いたのである。

彦斎は実美の書状を由依の膝《ひざ》前に置いた。

「三条卿《きょう》の仰せは承りましたが、すでに神慮は下っております。小笠原が京に入れば斬らねばなりません。もし、それをお止めになりたければ、小笠原を京に入れぬことでございます」

彦斎が淡々と言うと、由依はため息をついた。

「さように仰せになるであろうと思っておりました。いまのお話は京に立ち戻り、三条様に申し上げます。ただ、気になることがありますゆえ、お訊《き》きいたしてもよろしゅうございますか」

「なんなりと」

「肥後におられたころ、彦斎様は茶をわきまえられ、和歌も堪能《たんのう》で風雅の道を心得られていたように思います。されど、京に出られてから、人斬りと呼ばれておひとが変わられたように見えます」

「さてどうでしょうか。この村にも風雅はございますぞ」

彦斎が潜む農家からは、はるかに生駒山《いこまやま》が望め、離れの近くには富小川《とみのおがわ》という川も流れている。この川は金葉集《きんようしゅう》にも詠まれていると口にした彦斎は和歌を詠じた。


君が代は富の小川の水すみて千年をふとも絶えじとぞ思ふ

帝《みかど》の世は富小川のように澄み切って、千年を経ても絶えない川の流れなのだという歌意だ。由依は再びため息をついて口を開いた。

「さような風雅の道をわきまえておられる彦斎様が天誅《てんちゅう》を行い、血飛沫《ちしぶき》を浴びておられることがわたくしには信じられませぬ」

「由依殿は、天誅がお気に召さぬのですか」

彦斎は微笑した。

「天子様の世を開き、攘夷を行うためのものとは心得ておりますが、わたくしは女子《おなご》ゆえ、ひとの命を絶つことは罪深く思えてなりませぬ。ひとは死を恐れます。ひとを恐れさせて開く世がまことに天子様の世でありましょうか」

由依は真剣な眼差《まなざ》しを彦斎に向ける。彦斎は由依を静かに見返した。

「土佐の武市半平太は大義のために、あえて天誅を行っている者たちの苦衷を察せよと申しました。しかし、天誅を行う者はおのれを捨て、すでに死んだ身でござる。さもなくばひとは斬れません。死んだ者が苦衷を察して欲しいなどと望むのは笑止でござる。さように甘い考えであれば、いずれおのれの進む道を見失います。土佐の岡田以蔵などは、まさにさような者でしょう」

このころ武市半平太は帰国していた。

土佐では隠居の身ながら実際には藩主同様の権力を持つ山内容堂《やまうちようどう》が尊攘派への憤り

を強めていた。

容堂が先頃、京の藩邸に入ったが、二、三日後に藩邸の裏を流れる高瀬川《たかせ》の橋に和宮降嫁に働いた公家《くげ》の千種《ちぐさ》家に出入りする唐橋惣助《からはしそうすけ》という者の首が風呂敷《ふろしき》に包まれてかけられた。傍らに立てられた木札には、容堂に攘夷を進めるよううながす文言が書かれていた。

このことを知った容堂は不快を募らせた。

豪酒家の容堂は藩邸で杯を傾けつつ考えをめぐらしていたが、三月二十六日、帰国の途についた。この際、武市の右腕とも言うべき間崎滄浪《まさきそうろう》を不届きである、と叱責し土佐に檻送《かんそう》した。

容堂は武市が行った参政吉田東洋暗殺を糾明し、さらには土佐勤王党を壊滅させる腹を固めていた。容堂の意向が尊攘派の抹殺にあると知りながら、武市は四月に入って帰国した。

久坂は武市を引き留めようとしたが、一藩をもって攘夷を行うと心に定めている武市は久坂が止めるのを振り切って土佐に帰った。

岡田以蔵は京に残ったが、指導者の武市を失って行き場がなくなった。いままでは無頼のように京の巷《ちまた》を転々としているという。

「では、彦斎様は、ご自分はもはや死人だと言われるのですか」

「国を出るとき、死を決しております。さもなくば回天の大業は果たせますまい」

きっぱりと彦斎が言うと、由依は目を伏せた。

「彦斎様はそれでよろしいのでございましょうが。お慕いする者にとって、すでに死人だと言われるのは辛《つろ》うございます」

由依の思いがけない告白に彦斎は目を瞠《みは》った。

――由依殿
思わず彦斎の声がかすれる。

由依は顔をあげ、彦斎をせつなげに見つめた。

「いかにおのれは死んだ身であると心定めても、いまなお生きていらっしゃることに変わりはございません。それを死んだ身であると自らに言い聞かせるのは、嘘偽りと申すべきではないでしょうか」

「さて――」

彦斎は目を閉じて考え込んだ。しばらくして瞼《まぶた》を上げた彦斎は澄んだ目で由依を見つめた。

「いかにも、死んでもおらぬ身を死んだと思いなすのは嘘偽りかもしれません。それがしも真《まこと》を申せば、ひとを斬るたびに心が渇き、おのれが空《むな》しくなり申す。されど、この世が変わるためには数多くの人柱がいるのです。それがしは世を変えんとする心願のため、人柱を建て、やがては自ら人柱となるつもりでございます」

「そのためにはひとであることを見失われてはいけないのではありませぬか」

由依は思いを込めて言った。

「ひとであることを見失う？」

彦斎は首をかしげた。由依は静かに立ち上がると、縁側に出てゆっくりと雨戸を閉めていった。座敷は雨戸の隙間がほの明るいだけの薄闇となった。

「由依殿――」

彦斎は息を呑《の》んだ。由依は彦斎のそばに座り、胸に顔を寄せた。

「彦斎様にひとに戻っていただきとうございます」

彦斎は由依の肩に手をかけ、離そうとした。だが由依はしっかりとしがみついて離れない。

「由依殿――」

もう一度、言ったときには、彦斎も由依をかき抱いていた。不意に激情が迸《ほとばし》り、闇が熱くなった。

由依の匂いが満ちた。

一刻《とき》（約二時間）ほどしたとき、雨戸にこつんと何かが当たる音がした。

横たわっていた彦斎は、さっと体を起こして、傍らの刀掛けに置いていた刀をとった。

「誰かが来たようだ」

彦斎が言うと、由依は起きて身繕いした。その間に彦斎も袴《はかま》をつけて、縁側に出た。雨戸に身を寄せ、跪《ひざまず》く。

雨音が聞こえる。

彦斎が外の様子をうかがうと、また、こつんと雨戸が鳴った。小石が雨戸に投げつけられたようだ。

彦斎は雨戸に手をかけてわずかに開けると、

「何者だ――」

と甲高い声で誰何《すいか》した。外から野太い男の声が響いた。

「こちらに肥後の河上彦斎がおられると聞いて参った者でごわす」

男の言葉には薩摩訛《なま》りがある。

「薩摩の方か」

彦斎は刀の柄《つか》に手をかけて問うた。

天誅流行《ばや》りの昨今、たとえ同じ尊攘派だといっても油断はできない。

「いかにも、さようごわんで、河上どんにちと頼みの筋がありもす」

「頼みとは何でござる」

なおも雨戸の陰から彦斎は訊《き》いた。

「それがしと立ち合っていただきたか」

男は何気なく言ってのけた。

ほう、とつぶやいて彦斎は立ち上がり、雨戸を開けた。離れの庭に屈強な体つきの武士が雨に濡《ぬ》れながら立っている。彦斎は男を見据えて声を発した。

「わたしが河上彦斎だ。して、お手前は——」

男は軽く頭を下げて名のった。

「おいどんは中村半次郎《なかむらはんじろう》ち言いもす」

彦斎の目が光った。

薩摩の中村半次郎と言えば、西郷吉之助の股肱《ここう》として知られ、示現流の達人でもあることから、

——人斬り半次郎
と呼ばれている男だ。

九

中村半次郎は薩摩の城下士の出で学問はなかったが、剣の腕前が抜きんでており、

剽悍《ひょうかん》な人柄を西郷に好まれて薩摩尊攘派の中でのし上がってきた。明治維新後、

——桐野利秋《きりのとしあき》
と名を変え、陸軍少将となる。西郷隆盛が征韓論《せいかんろん》での政局に敗れて政府を去るとともに薩摩に戻った。明治十年（一八七七）、西郷を擁して西南戦争を起こしたのは桐野利秋だとも言われる。

彦斎は半次郎を見据えた。

「わたしと立ち合いたいというわけを聞かせていただこう」

半次郎は朴訥《ぼくとつ》な表情で、

「わけは田中新兵衛がこつでごわす」

「田中新兵衛——」

彦斎は眉《まゆ》をひそめた。

薩摩の〈人斬り〉として恐れられた田中新兵衛はこのころ自決していた。それも異様な事件に絡んでの死だった。

五月二十日の深夜、京で公家《くげ》の姉小路公知が何者かによって殺された。公知はこの夜、遅くまで朝廷での会議に出ていた。

夜が更けて朝廷から退出し、禁裏の外まわり、俗に猿ケ辻《さるがつじ》と呼ばれるあたりにさしかかったとき、道沿いの土塀の陰から男が飛び出し、白刃を振りかざして斬りかかった。

公知は公家ながら肝が太く、男に立ち向かおうと、

「太刀を」

と従者に声をかけた。ところが太刀持ちの従者は怯《おび》えて、太刀を抱えたまま逃げてしまった。

このため公知に仕える雑掌が刀を抜いて懸命に闘い、男を退けた。しかし、雑掌が男と斬り合って公知のそばを離れた隙を突いて、さらにふたりの男が闇から飛び出して公知に襲い掛かった。

雑掌があわてて駆け戻ったときには、公知は深手を負い、男たちは逃げ走っていった。雑掌に抱えられて公知は五町ほどのところにある屋敷へと戻った。だが、出血がひどく、玄関に入るなり倒れて絶息した。

姉小路屋敷では大騒ぎになり、方々に使いを出した。応じて三条実美がやってきた。ともなってきた家司《けいし》を猿ケ辻まで行かせてみたところ、血が流れ、公知の衣服の切れ端が散乱する中に刀と下駄が落ちていた。

家司が姉小路屋敷に持ち帰った刀を駆けつけた尊攘派の志士たちに見せると、薩摩鍛冶《かじ》の奥和泉守忠重《おくいずみのかみただしげ》の作であることがわかった。さらに脱ぎ捨てられていた下駄も薩摩人が用いるものだった。

公知は三条実美とともに長州派の公家と見られていた。それだけに薩摩が暗殺して

もおかしくはない、と誰もが思った。しかも落ちていた刀について、

「田中新兵衛の佩刀《はいとう》に違いない」

と証言する土佐の志士がいた。このため京都守護職の手の者が東洞院蛸薬師《ひがしのとういんたこやくし》にいた新兵衛を探し出し、同道を求めたところ、

「よろしゅうござる」

と新兵衛はあっさり応じた。新兵衛は京都町奉行所に引き渡され、町奉行永井《ながい》主水正尚志《もんどのかみなおゆき》の取り調べを受けた。

永井主水正は、猿ケ辻に落ちていた刀を示して、

「この刀はそなたの物だと言う者がおる。まことであれば、白状いたせ」

と厳しく問い質《ただ》した。新兵衛は怪訝《けげん》な顔をして、

「その刀を見せていただきたい」

と答えた。永井主水正が下僚に刀を見せるよう命じ、新兵衛は刀をとっくりと眺めた。刀を見つめるうちに新兵衛の顔に落胆の色が広がった。

新兵衛は刀を手にしたまま、

「おそれながら申し上げます。この差料はたしかにそれがしの物でござる。されど、姉小路様を斬ったのは、誓ってそれがしではございもはん」

言い切るなり、新兵衛は手にした刀を腹に突き立てていた。町奉行所の役人たちが

あわてて騒いだが、その時には新兵衛は刀を抜いて、自らの首を突き息絶えていた。

永井主水正は取り調べていた者を死なせるという失態に愕然《がくぜん》となったが、何よりも新兵衛の自決によって姉小路公知の暗殺は闇に葬られた。

だが、薩摩藩への疑いは残り、朝廷では薩摩藩の乾《いぬい》御門の警備の任を解いた。この事件により、薩摩藩は一気に京での力を失ったのである。

「田中殿の一件は聞き及んでいる。しかし、わたしとは関わりがないことだ」

彦斎はひややかに言った。

雨に濡れた半次郎はゆっくりと頭を横に振った。

「そうでもあいもはん。猿ケ辻に残されていた刀は、先ごろ、河上どんが田中新兵衛と岡田以蔵相手に喧嘩《けんか》をした際、料亭の二階から抛《ほう》り投げた新兵衛の差料でごわす。何者かが喧嘩騒ぎのおりに新兵衛の刀を持ち去り、新兵衛に濡れ衣《ぎぬ》を着せるため残していったに違いごわはん」

「ほう、それは知りませんでした。しかし、刀をひとに投げ捨てられるのは武士たる者の恥とするところではありませんか。それがしがしたことで田中殿が自決したように言われては迷惑でござる」

彦斎は眉をひそめた。半次郎は薄笑いを浮かべる。

「いや、新兵衛に濡れ衣を着せたのは、薩摩を追い落とそうと企《たくら》んだ長州であろうとにらんでおりもす。長州の久坂玄瑞はかねてから河上どんを買っておるようでごわす。されば、久坂の意を受けて、新兵衛の刀を奪ったのではございもはんか」

「違う、と言っても聞きはしないのであろうな」

彦斎は素足で庭へと降りた。半次郎はにやりとした。

「新兵衛の腕前はご存じでごわしょう。公家のひとりやふたり、斬るのに手間はかけもはん。さらに刀を落として立ち去るなど考えられん。人斬り新兵衛がさような無様な真似をしたと疑われてこの世を去ったのは、まことに哀れでごわす」

「それゆえ、わたしの首を墓前に捧《ささ》げようと思い立ったのか。いかにも人斬りらしい思案だな」

「それがしにも人斬り半次郎の名がごわすゆえ」

半次郎は雨でぬかるんだ庭での斬り合いに備えて、草履を脱ぎ捨てた。そのとき縁側に出てきた由依が、

「河上様、さような者を相手にされまするな」

と顔をこわばらせて声をかけた。

彦斎が答える前に半次郎はぺこりと頭を下げた。

「三条家に仕える由依様でございますな。実はそれがし、河上殿の居場所を探すため由依様の後をつけもした。すぐに踏み込もうかと思うたのでごわすが、何やら雨戸を

閉めてのお話でございもしたゆえ、一刻ほど待ちもした」

半次郎に密事を知られたのかと思った由依は青ざめて目を伏せた。彦斎は腰に刀を差した。

「雑言はそれぐらいにしておけ。どうやら、わたしにもそこもとを斬らねばならぬわけができたようだ」

彦斎は腰を落として居合の構えになった。半次郎も応じて腰を落とし、居合の構えをとった。

「それは重畳ごわす」

「参るぞ」

彦斎はためらわずにすっと間合いを詰めた。とっさに半次郎は横に動いて間合いの外に出る。さらに彦斎が追うと、半次郎は背中に目があるかのように巧みに円を描くように退いていく。

「それが薩摩の人斬りのやり方か」

彦斎が言うと同時に半次郎は泥を蹴《け》って、間合いを詰めた。

雨の中で白刃が光った。

彦斎は片足を前に出して居合を放っており、ふたりの刀が嚙《か》み合って青い火花が散った。半次郎はとっさに刀をまわして斬りかかる。彦斎もこれに応じて半次郎の胸を突いた。

ふたりの刀は互いの体をかすめる。半次郎は大きく足を上げて跳躍し、彦斎は体を沈めて半次郎の脇をすり抜ける。

振り向いて向かい合ったとき、半次郎は刀を肩にかつぐように振りかぶった。示現流で、

——蜻蛉《とんぼ》
と呼ぶ独特の構えだ。示現流は、

——一の太刀を疑わず
と唱えて、初太刀の打ち込みを重んじる。

稽古《けいこ》では柞《ゆす》の立木に向かって気合と共に左右激しい斬撃を繰り返して実戦さながらに技を練り上げる。その一撃を受けるのは至難で、後に新撰組《しんせんぐみ》の近藤勇《こんどういさみ》は隊士たちに、

「とにかく示現流の初太刀ははずせ」

と教えた。さらに、薩摩の中村半次郎とは闘うな、とも言ったと伝えられる。それほどに半次郎の初太刀は恐れられていたのだ。

彦斎と半次郎は跳躍してすれ違った。半次郎が斬撃の構えをとりつつ振り向こうとしたとき、首筋にぴたりと刃が押し当てられていた。

半次郎は苦笑した。

「おいの負けじゃ。首を刎《は》ねてもらいもそ」

彦斎は刀を半次郎の首に当てた構えを崩さず、

「勝負は時の運でござる。今日はこれまでといたそう」

半次郎は顔をしかめた。

「なぜ、斬らぬ。情をかけられるのは人斬りにとって屈辱だと知らぬお手前ではごわはんど」

「さにあらず。これが田中新兵衛殿への同じ人斬りとしての手向けだと思っていただきたい」

彦斎はしみじみと言いながら、半次郎の首筋に当てた刀をひいた。その瞬間、半次郎は身を翻して間合いの外に出た。

半次郎は刀を鞘《さや》に納めつつ、

「今日は負け申した。しかし、明日はわからぬのが剣の勝負でござる」

と言って身を翻すと闇に跳んだ。

彦斎はしばらく様子をうかがっていたが、何もないと見定めるとゆっくりと縁側に近づき、地面に落ちていた鞘を拾うと刀を納めた。その時、由依が縁側から心配げに声をかけた。

「大事ございませぬか」

「ご案じあるな。あの男はそれがしに死んだ田中新兵衛のことを話したかっただけでござろう」

彦斎は静かに言った。

京に入ろうとしていた小笠原長行は老中首座の水野忠精《みずのただきよ》によって押し止《とど》められた。長行は老中職を罷免され、その後、将軍家茂の東帰は実現したものの、武力によって幕威を回復しようという試みは頓挫《とんざ》した。

だが、尊攘派の目論見《もくろみ》も挫折《ざせつ》することになる。

八月十八日未明――

薩摩派として知られる中川宮朝彦《なかがわのみやあさひこ》親王が前関白近衛忠熙《このえただひろ》とともに参内し、尊攘派が策していた大和御幸の延期を奏請し、さらに長州藩を退けて会津、薩摩藩をもってこれに代えるよう奏上した。これに伴い、三条実美ら尊攘派公家《くげ》の官職はことごとく罷免され、朝廷の九門は固く閉ざされた。

熊本藩が警備する寺町《てらまち》門にも、会津藩兵が押し寄せ、勅命であるとして門を固めた。

熊本藩兵は、これを不当だとして激しく抗議した。この時、熊本藩兵の中にいた彦斎は、刀身三尺の大刀を手にして会津藩兵の前に立ち、

「われらが守る御門を固めるのは言語道断だ」

と声を高くして、会津藩兵を睨《にら》み据えた。

精強をもって知られる会津藩兵が彦斎の一喝にたじろいだが、指揮していた原田次《はらだじ》郎衛門《ろうえもん》は、

「勅命である」

と怒鳴り返した。しかし、彦斎の鋭い視線を浴びると全身に滝のように汗が吹き出していた。

彦斎がなおも詰め寄ると会津藩兵は気迫に押されたかのように、少しずつ後ずさりして門を警衛する場所を開けた。

彦斎はその様を見て熊本藩兵を門前に詰めさせると、自らは三条実美の屋敷に向かった。三条邸には、すでに宮部鼎蔵や長州藩士が詰めかけて騒然となっており、異変の把握に努めていた。

庭先にいた鼎蔵は邸《やしき》に駆け込んできた彦斎を見るなり、そばに呼び寄せた。

「何事が起こったのです」

彦斎が訊《き》くと、鼎蔵は深刻な表情で答えた。

「姉小路卿《きょう》の暗殺事件で失脚していた薩摩が会津と組んで中川宮を動かし陰謀を仕掛けたのだ。もはや朝廷は奴らに抑えられた。このままではどうにもならぬ」

彦斎は、農家に潜んでいたとき襲ってきた中村半次郎の顔を思い浮かべた。

（あの男、斬っておくべきだった）

この政変に半次郎がどれほど働いたかはわからないが、〈人斬り〉の存在は臆病《おくびょう》な公家たちを動かすのに力がある。

中川宮が公家たちをひそかに説いてまわったとすれば、その護衛役を務めたのは半次郎に違いなかった。

彦斎は思いをめぐらしつつ鼎蔵に訊いた。

「今後、どうされますか」

「そのことだが、三条卿たち尊攘派の公家衆はこのまま京にとどまれば命が危ない。ひとまず長州に落ちていただくしかない。わたしも三条卿をお守りして長州へ行こうと思う」

鼎蔵は目を光らせて言った。そこまで事態は切迫しているのか、と眉《まゆ》をひそめつつ、彦斎は言葉を継いだ。

「ならば、わたしも長州へ参ります」

「そうか。お主が来てくれれば心強い」

鼎蔵はほっとした表情になった。

彦斎は頭を下げると広縁に近寄り、おりしも奥から出てきた女中に、由依殿にお会いしたいと告げた。

女中はうなずいて奥に戻り、間もなく由依が広縁に出てきた。政変は三条邸の奥へも伝わっているらしく由依は緊張した表情だった。

「由依殿、思いがけないことになった。わたしは三条卿のお供をして長州に参らねばならぬ」

由依は目を大きくして彦斎を見つめた。

「わたしもお供がかないましょうか」

彦斎はゆるゆると頭を横に振った。

「いや、長州に行けば薩摩や会津との戦になる。女人が赴くべき地ではない」

由依は大きく息をついた。

「天子様の世を開きたいとの思いが、どうしてひとびとが争い、戦になって血が流れることになるのでしょうか。悲しゅうございます」

「われらは新たな世を開くため神に捧《ささ》げられる供物なのだ。争いはまだまだ大きくなるであろう」

彦斎はきっぱりと言った。由依には、彦斎が神から遣わされた使者のように見えた。それでも思いを口にせずにはいられなかった。

「まことに神はひとの血が流れることを望まれましょうか」

彦斎は答えず、頭を下げると鼎蔵と長州藩士たちの方に足を向けた。

由依は彦斎の背中を見つめるばかりだった。

八月十八日の政変により、長州藩は京の政界から失脚し、三条実美ら尊攘派の七人の公家は長州に落ち延びた。世に言う、

——七卿《しちきょう》落ち
である。

七卿に扈従《こしょう》して鼎蔵は京から去った。しばらく熊本藩邸にとどまって情勢を見極めた彦斎はある日、藩邸を出ると七卿を追って長州へ奔《はし》った。

十

長州に三条実美ら七人の尊攘派公家が落ち延びた〈七卿落ち〉に彦斎が随行したのは、このとき、彦斎始め、宮部鼎蔵たち肥後尊攘派は熊本藩から朝廷守護のために差し出された親兵という身分だったからだ。

いったんは政争に敗れて長州に逃れることになったにしても、尊攘派から見れば三条実美たちこそが天皇に赤誠をもって仕える公家である。

彼らを守ることが親兵の役目だった。

熊本藩では、肥後尊攘派に京に留《とど》まるよう命じたが、鼎蔵たちは、

――七卿を見捨てるのは忍びない

と長州に奔ったのだ。このとき、長州に赴いた肥後尊攘派は、彦斎のほか、

宮部鼎蔵
松田重助《まつだじゅうすけ》
高木元右衛門《たかぎもとえもん》
内田弥三郎《うちだやさぶろう》
宮部春蔵《はるぞう》（鼎蔵の弟）
酒井庄之助《さかいしょうのすけ》
中津彦太郎《なかつひこたろう》

という面々だった。

長州に入った肥後尊攘派のうち、宮部鼎蔵は松下村塾系の長州尊攘派にとっていまなお忘れがたい師である吉田松陰と交友があったことから、久坂玄瑞や桂小五郎《かつらこごろう》からも重んじられた。

九月十七日、肥後尊攘派は長州の三田尻《みたじり》会議所に入った。

鼎蔵は三条実美に近侍し、久留米の真木和泉や土佐の土方楠左衛門《ひじかたくすざえもん》、福岡の中村円太《なかむらえんた》ら尊攘派浪士の主だった者たちと会合して今後について話し合った。

会議の後、鼎蔵は肥後尊攘派の宿舎に戻って、これからの方針について話した。

それは三条実美の書状を持って各地の尊攘派の決起をうながしに行くというものだった。それを聞いて彦斎は、ひと言、

「手ぬるすぎはしませんか」

と言い放った。

鼎蔵は苦い顔をして彦斎を見た。

「これは、三条卿の御前にて話し合い、決まったことだ。いまさら否やは言えぬ」

「否やは申しませぬ。宮部様の下知に従ってわたしも動きます。しかし、いまや薩摩と会津は手を組み、朝廷を掌《てのひら》で動かしております。ただいまなさねばならぬことは京に押し上り、薩摩と会津を追い払い、帝《みかど》をお守りすることではありますまいか」

彦斎ははっきりとした口調で言った。鼎蔵はうなずいて、

「いかにもその通りだ。しかし、それはわれらだけではできぬ。各地の同志を糾合せねば薩摩と会津の軍勢に太刀打ちできまい」

と諭すように言った。しかし、彦斎は静かに反論した。

「そうでしょうか。わたしにはなさねばならぬことを後回しにして、容易《たやす》いことをまず行おうとしているようにも見えます。怯懦《きょうだ》なのではありますまいか」

怯懦という言葉に、日ごろ温厚な鼎蔵も目を怒らせた。

「彦斎、慢心いたしたか。そなたが京においていささか人斬りの名を上げたと言って

も、わが意にそわぬ者を臆病と罵《ののし》るのは傲慢《ごうまん》に過ぎよう。長州に集いし者たちは皆、赤誠あふれる者たちである。出過ぎた口を利くでない」

鼎蔵の激しい叱責《しっせき》を浴びて彦斎は頭を下げ、口を閉ざした。

この後、彦斎は三条実美の使いとして九州諸藩の尊攘派を訪ねまわって遊説した。彦斎は九州各地をまわるに際して、実美の檄文《げきぶん》を懐にしていた。檄文では、

——方今形勢日に切迫、叡慮《えいりょ》を悩ませられ候段、悲嘆に堪えず候。天下有志の士の憤発、此《こ》の秋《とき》にあるべく候。弥々《いよいよ》尊攘の心を励み、速やかに宸襟《しんきん》を安んずべきもの也

として長州藩の京都政界失脚により窮地に陥った尊攘派の決起をうながしている。しかし、尊王攘夷《そんのうじょうい》の急先鋒《きゅうせんぽう》であった長州藩が京から追放されたことで各藩の佐幕派は勢いづいていた。

実美の檄文を抱いて各藩に潜入するのは危難に満ちたことだった。しかし、彦斎はためらうことなく、この任務をやりとげ、実美から褒美として、

月と日のきよき鏡に恥じざるはあかき誠のこころなりけり

と認《したた》められた短冊を頂戴《ちょうだい》した。

彦斎の赤誠は実美の心を動かしていた。

実美の使者として各地を飛び回る彦斎は馬関にしばしば足を留めた。その間に地元の商人、村屋《むらや》清蔵《せいぞう》の娘である鶴《つる》と親しくなった。

このころ熊本藩では長州に入った肥後尊攘派の動向を探っており、探索人は彦斎が親しくなった鶴について、

――当年十七歳、容儀も相勝《すぐ》れ居申候。（中略）河上彦斎とは兼々昵懇《じっこん》にて先づは兄弟同然の間柄とも申すべく

と報告している。鶴は人なみすぐれた美人で、彦斎を兄のように慕っていたというのだ。

元治《げんじ》元年（一八六四）六月――

彦斎は各地を遊説してまわる途中、馬関では鶴の家を宿とした。そんなとき、夕餉《ゆうげ》には酒がつき、鶴が酌をしてもてなした。

彦斎は口が重く、さほどのことは話さない。

だが、馬関は交通の要所で各地の話が入るだけに、鶴がそんな噂話を語ると、彦斎は面白げに色白の顔に微笑を浮かべて聞いていた。

そんな噂話の中で、ある日、鶴が、

「近頃の京ではなんや、新撰組という怖いお侍さんたちがいるそうです」

と告げた。

彦斎の杯を持つ手が止まった。

「新撰組か――」

その名は彦斎の耳にもすでに入っている。

かつて、肥後を訪れ、彦斎たちに決起をうながした清河八郎はその後、江戸に戻って奇策を行った。すなわち、将軍家茂の上洛《じょうらく》に際し、身辺警護のために浪士組を編成するという策だった。

八郎は幕臣の山岡鉄太郎らを通じて幕府の政事総裁松平春嶽に、浪士組結成を含む、

――急務三策
と称する策を述べた。京での尊攘派の天誅《てんちゅう》騒ぎに危惧《きぐ》を抱いていた老中たちは、この策にまんまとのった。

八郎は編成された浪士隊とともに上洛した。だが、京に入るやいなや、八郎は、

「われらは尊王攘夷の義軍となる」

と態度を豹変《ひょうへん》させた。

しかも建白書を奏上して朝廷からお墨付きをもらうという手妻のようなやり方でおよそ二百人の浪士をあたかも私兵のように手中にして江戸へ戻っていった。

このとき、水戸浪士の芹沢鴨《せりざわかも》や江戸の剣術道場試衛館《しえいかん》の道場主だった近藤勇と門弟の土方歳三《としぞう》、沖田総司《おきたそうじ》らは八郎に従わず京に残留した。

その後、芹沢や近藤らの浪士組は京都守護職の会津藩松平容保お抱えとして市中警備にあたることになり、新撰組と名乗ったということまでは伝わってきていた。

鶴が聞いた噂話によると、新撰組は近頃、尊攘派浪士狩りに猛威を振るっており、しかも富商からの押し借りなどの傍若無人な乱暴をしており、京の市民から、

――蛇蝎《だかつ》
であるかのように嫌われているという。

そんな新撰組の噂が馬関まで聞こえてきているということは、京での存在が大きくなってきているということだろう。

（新撰組とはつまるところ、幕府の〈人斬り〉であろう。幕府の鋭鋒《えいほう》をくじくためにもいつか刃を交えねばならぬな）

彦斎は胸の中でつぶやきながら杯の酒を干した。すると、鶴が、しみじみと彦斎の

顔を見つめながら、

「彦斎様は、おやさしい顔立ちなのに、時おり、怖い目をされます」

とつぶやいた。

「それはひとを斬ることを考えているからだろうな」

なにげなく答えて彦斎は杯を差し出した。鶴は銚子《ちょうし》を手にして酒を注ぎながら言葉を重ねた。

「ですが、まことの彦斎様はおやさしい方だと思います」

鶴に言われて彦斎は苦笑した。

「さようなことはあるまい。わたしは、大義のために情を捨てた。同志の中にはわたしを〈ヒラクチの彦斎〉と呼ぶ者すらいる」

彦斎は自嘲《じちょう》するように、ふふっ、と笑った。ヒラクチとは蝮《まむし》のことである。

鶴は頭《かぶり》を振った。

「そんなことはありません。この間も御国からお子様が生まれたという報《しら》せの手紙が届いたときには、本当に喜ばれていたではありませんか」

二カ月ほど前、彦斎のもとに国許《くにもと》の妻、ていから男子誕生を報せる手紙が届いた。彦太郎《ひこたろう》と名付けられたという。彦斎の母、和歌も喜んで一日も早く彦斎が国許に戻ってわが子の顔を見ることができるように願っているとあった。

彦斎は喜んで、何度も手紙を読み返した。そして、三条実美から賜った短冊とともに手紙をていのもとへ送った。手紙には、

――かゝる世に見すして別るゝは人の道なり。此書をみるは我に逢ふことくおもふへし

として今の世だから、父と子が別れて生きるのもやむを得ない、この書を読んで父を思い出してくれ、と情愛深く書いていた。

鶴が知る彦斎は情が厚く、ひとを思いやる心が深い。それなのに、なぜ〈人斬り〉などができるのだろうか。

どうしてもわからないと思いながら、鶴は彦斎が干した杯に酒を満たした。

傍らに控えて酌をするとき、彦斎から鶴に伝わってくるのは、焔《ほのお》のような国を思う気持とそのために一身を捧《ささ》げ、ひとを斬る苛烈《かれつ》な生き方へのひそかな慟哭《どうこく》だった。

だが、彦斎はそんなことはいささかも口にせず、表情にも乱れはなく、静かに杯を重ねるだけだ。

（まるで氷のようなおひとだ）

だからこそ、彦斎を氷ではない生身のひとに戻したいという思いが鶴にはあった。

しかし、彦斎は鶴と親しく話をするだけで指一本、ふれようとはしない。

なぜなのだろうとせつなく考える鶴に、彦斎は由依という三条家に仕える女人のことを話したことがある。

彦斎は由依のことを、

「なぜか知らぬが、浄《きよ》き水の流れの向こうにいる女人のように思える。会いにいきたいが、そのために浄き流れに足を踏み入れれば水底の泥をかきまわして、流れを濁すやもしれぬという思いがある」

と話した。彦斎から、そのように思われる女人とはどのようなひとかと思いつつ、鶴は訊《たず》ねた。

「それでは流れを渡ろうとされたことはないのですか」

「いや、一度だけ渡った」

彦斎の言葉を聞いて、鶴は胸を高鳴らせながら問いを重ねる。

「そのおり、流れは濁りましたのでしょうか」

「いや、浄きままであったように思う。しかし、それだけに二度と渡ってはならぬと心に誓った」

「なぜでございますか」

鶴は目を瞠《みは》った。彦斎はもっともおのれにふさわしい女人と出会ったのではなかろうか、と思えるのだが、そうではないのだろうか。

「わたしと由依殿はともに国事に身を捧げた。ふたりの間のことは所詮《しょせん》は私事だ。深めるわけにはいかぬ」

彦斎はあたかも神に仕える神官のように言い切った。


数日後――

鶴の家をひとりの女人が訪れた。彦斎への面会を求めた女人は鶴に、

「三条実美様にお仕えする由依と申します」

と名のった。鶴は由依の美しさに目を瞠るとともに、京にいるはずの由依がはるばる馬関まで彦斎を訪ねてきたことに驚いた。

離れにいる彦斎のもとに案内された由依は座るなり、鶴をちらりと見た。その様子で察した彦斎は、

「しばらく下がっていてくれ。呼ぶまで誰もここには来ぬように」

と告げた。鶴がうなずいて、あわてて部屋を出ていったのを見定めてから、由依は挨拶《あいさつ》もそこそこに、

「彦斎様、ご存じでございましょうか。宮部先生が新撰組に斬られました」

と声を震わせて言った。

「それはまことですか」

彦斎は目を光らせた。

世に言う、

――池田屋《いけだや》事件
が起きたのである。

十一

このころ尊攘派は京に潜入して失地回復を図ろうとしていた。このため京都守護職・所司代と新撰組は、尊攘派の動向を必死に探っていた。

新撰組では、監察方の山崎丞《やまざきすすむ》が尊攘派志士の定宿といわれた河原町三条東入北側《かわらまちさんじょうひがしいる》の池田屋に薬の行商人に姿をかえて投宿した。

山崎が宿の者たちに探りを入れると、四条寺町の道具屋である枡屋喜右衛門《ますやきえもん》がしばしば池田屋に泊まる尊攘派志士と連絡を取り合っていることがわかった。

山崎から報せを受けた新撰組は、六月五日早暁、四条寺町の枡屋に踏み込んで喜右衛門を捕え、屯所に連行した。この際に、喜右衛門が本名は古高俊太郎《ふるたかしゅんたろう》といい、近江《おうみ》の出身で梅田雲浜《うめだうんぴん》門下の尊攘派だとわかった。

土方歳三は古高を土蔵で酷烈な拷問にかけた。天井から綱で縛って逆さ吊《づ》りにしたうえ、隊士たちが鞭《むち》でめった打ちにした。

それでも古高が口を割らないため土方は焦って、

「しぶとい奴だ。どうしても吐かぬなら、こうしてくれるぞ」

と隊士に命じた。

古高の足の甲から足の裏まで五寸釘《くぎ》を打たせた。土方の額には汗が浮かび、目がぎらぎらと光っていた。

古高の体は何度もがくがくと震えた。苦痛のあまり、うめく声が土蔵に響いた。それでも歯を食いしばった古高は何も言おうとしない。

「こ奴――」

古高を睨《にら》みつけた土方は隊士に、

「百目蠟燭《ひゃくめろうそく》を持ってこい」

と言った。

土方が何のために使うのかもわからないまま隊士が百目蠟燭を持ってきた。土方は古高の足裏に突き抜けた五寸釘に百目蠟燭を立てて火を点《とも》した。

熱い蠟燭が溶けて釘を伝わり傷口に流れ込んだ。それまで頑として口を閉ざしていた古高があまりの苦しさに、

――うわあっ
と悲鳴をあげ、意識が朦朧《もうろう》とする中で白状した。

それによると尊攘派は六月二十日ごろに京の市中に放火し、混乱に乗じて中川宮や会津藩主松平容保を襲い、天皇を長州へ動座させるという驚天動地の策を企《たくら》んでいることがわかった。

新撰組はただちに尊攘派捕縛に向けて動き出した。このとき、尊攘派志士たちは古高が捕えられたことを知って池田屋に会合し、善後策を協議しようとしていた。

池田屋に集まったのは、肥後の宮部鼎蔵、松田重助や長州の吉田稔麿、土佐の北添《きたぞえ》佶磨《きつま》、望月亀弥太《もちづきかめやた》ら三十人あまりだった。

これだけの尊攘派の大物が一堂に会することは尋常であればあり得ないことだったが、それほど古高の捕縛は衝撃となって伝わっていたのだ。

この夜、新撰組は市中の宿屋を近藤、土方と井上源三郎《いのうえげんざぶろう》が率いる三隊に分かれてくまなく捜索した。

亥《い》ノ刻（午後十時ごろ）になって、近藤が率いる隊が池田屋に尊攘派志士が集まっていることを察知した。近藤隊は隊長の近藤と沖田総司、永倉新八《ながくらしんぱち》、藤堂平助《とうどうへいすけ》の四人だけで突入し、残りは屋外を固めた。

激闘が始まった。近藤は刀をひっさげて屋内に踏み込み、

「新撰組の御用改めである。神妙にいたせ」

と怒鳴った。二階にいた尊攘派志士たちは異変に気づいて、

「壬生《みぶ》浪人が来たぞ」

「幕府の犬めが」

と怒鳴りながら抜刀して、どどっと階段を駆け下りてきた。沖田総司と永倉新八、藤堂平助がこれに立ち向かう。たちまち切り結ぶ音が響いて、屋内は騒然となった。

近藤はその様を見ながら、悠然と階段を上っていく。

三十数人の尊攘派志士がいる池田屋の屋内にわずか四人で踏み込んだ近藤の豪胆さは凄《すさ》まじいものがあった。近藤めがけて斬りかかる志士たちを次々に片手なぐりで斬り倒していく。

近藤の発する気合は屋内に響き渡った。

二階に上がった近藤の前に中年の眼光鋭い武士が立ちはだかった。二階の志士の中には、屋根伝いに脱出した者もいたが、この男は逃げようなどという素振りは微塵《みじん》も見せず、闘志を溢《あふ》れさせていた。

近藤は武士が名のある志士であろうと察した。

「斬るには惜しい男のようだ。名のれ――」

近藤が声をかけると、男はひややかに笑った。

「貴様らに名のる名などない」

男が言い終える前に近藤は斬り込んだ。激しい斬撃を男はかろうじてかわすと、二、三合、斬り結んだ。しかし、男が見せた一瞬の隙を見逃さず近藤は踏み込むと袈裟《けさ》懸けに斬りつけた。かわしそこねた男は斬られて弾《はじ》かれたように後退《あとずさ》った。

近藤が追おうとすると、男はそのまま座敷に入り、

「寄るな。不覚をとったからには、もはや、これまでだ」

と言って座り、血まみれの着物をくつろげると、苦しげにうめきながら、刀を腹に擬して、

「わしは肥後の宮部鼎蔵である。志士の最期を見届けよ」

と言うなり、腹を斬り、さらに刀を撥《は》ね上げて首の頸動脈《けいどうみゃく》を自ら斬った。近藤は鼎蔵が倒れ伏すのを見て、

「見事だな」

とつぶやくなり背を向けて次の相手を求めて奥座敷に踏み込んでいった。すると、

「先生の仇《かたき》じゃ」

と怒鳴りながら肥後の松田重助が斬りつけてきた。だが、近藤は無造作に体をかわし、重助の胴を薙《な》いだ。重助はうめき声をあげて倒れた。

近藤は斬り捨てた相手を確かめもせずに、

――うぉりゃ
と雄叫《おたけ》びにも似た気合を発しつつ進んだ。

その様はあたかも鬼神のようだった。

階下では沖田総司が奮戦していたが、途中で喀血《かっけつ》し、口を押えつつ退いた。

藤堂平助は数人を倒してほっとして鉢金をはずしたところを襲われ、額を斬られた。

平助は血が目に入り、相手の姿を見失った。刀を振り回してようやく倒したものの、もはや戦えずに戦線離脱した。

こうして池田屋の屋内で戦っているのは一時、近藤と永倉新八だけになった。

それでも近藤たちの猛勇は尊攘派志士を追い詰め、やがて土方隊、井上隊も駆けつけて優勢になった。

土方歳三は、池田屋の外で待ちかまえ、脱出してきた尊攘派志士をひとり、またひとりと斬り倒していく。

「こ奴らをひとりも逃すな」

叫んだ土方は、返り血を浴びて悪鬼の形相になっていた。

この間、会津、桑名《くわな》藩の応援も駆けつけたが、土方歳三は手柄を横取りされることを恐れて池田屋には近づけさせなかった。

翌日の昼過ぎになって新撰組は壬生村の屯所に引き揚げた。夜が明けぬうちに動かなかったのは、途中での尊攘派の襲撃を警戒したためだった。壬生までの沿道には池田屋で死闘を演じた新撰組をひと目見ようと物見高い町人たちがあふれた。

池田屋の激闘で、宮部鼎蔵、松田重助や吉田稔麿たち七人が死に、二十三人が捕縛された。

長州の桂小五郎は会合に呼ばれていたが、池田屋へ来たとき、まだ誰も集合していなかったので対馬藩邸に赴いており難を逃れたとされる。

新撰組は、京都守護職や幕府から賞せられ、近藤勇を始めとする隊士の猛勇は一時に天下に知れ渡った。

由依から池田屋事件について知らされた彦斎は、近藤勇がわずか四人で池田屋に斬り込んだと聞いて目を光らせた。

「なるほど、なかなかの〈人斬り〉ですな」

由依が話し終えると、彦斎は瞼《まぶた》を閉じてしばらく考え込んだ。

大人の風があり、何事にも泰然自若としている宮部鼎蔵が池田屋で命を落とすことになったのは、諸国の尊攘派を遊説するだけでは手ぬるいとする彦斎の意見に煽《あお》られ、危うい手段に出ようとしたためかもしれない。

(だとすると、宮部先生を死に追いやったのは、わたしかもしれない)

彦斎は慚愧《ざんき》の念を抱いた。

吉田松陰の友であり、肥後尊攘派の総帥だった鼎蔵は新撰組に斬られて果ててはならないひとだった。

そう思うにつれ、復讐《ふくしゅう》しなければならない、という思いが高まった。彦斎は瞼を開いて由依を見つめた。

「宮部先生の仇を討ちます」

彦斎がきっぱりと言うと、由依は当然のことのようにうなずいた。

「新撰組の近藤勇をお斬りになりますか」

彦斎はゆっくりと頭を横に振った。

「宮部先生の命と幕府についた〈人斬り〉の命では引き換えにできません。幕府にとって宮部先生ほど大事な者でなければ、たとえ斬っても復讐にはなりますまい」

「では誰を狙われるのですか」

由依は眉《まゆ》をひそめて訊《き》いた。

「まだ、わかりません。ただちに京に向かい、天誅《てんちゅう》を加えるべき者を探しましょう」

彦斎は冷ややかに言ってのけた。

由依はため息をついて、

「宮部先生のご最期については、何としても彦斎様にお伝えしなければならないと思いましたが、そのことがせっかく京を出られた彦斎様をまた修羅の巷《ちまた》に呼び戻すことになったのでございますね」

とつぶやいた。

「それはわたしの宿命と申すべきものです。言うなれば新撰組がわたしを京に呼んでいるのでしょう。背を見せるわけにはいきません」

彦斎は迷いのない口調で言ってのけた。

この夜、由依は彦斎のもとに泊まった。

夜になって風が強くなり、港の沖合の潮騒《しおさい》が風にのって聞こえてきた。

並んで床をとった彦斎と由依は暗い天井を見上げながら、肥後での日々や京に出てからのことを語り合った。

由依は懐かしむように言った。

「思えば長州の吉田寅次郎様が肥後にお見えになられてから、すべては始まったような気がいたします」

彦斎は床の中でうなずく。

「まことにさようでした。あの日、吉田様にお会いしてわたしの心にも尊王攘夷《そんのうじょうい》の焰《ほのお》が宿ったように思います」

「その焔がいまも彦斎様を駆り立てているのですね。彦斎様はまるで阿修羅《あしゅら》のようでございます」

由依の声には悲しみがこもっていた。国を思い、大義に殉じようとする生き方は何という苦難の道を歩まねばならないのか、と思う。

「大義に生きるとはそういうものでしょう。もはや、わたしはおのれ自身のことは忘れました。わたしは、おのれを大義のために振るわれる刃に過ぎないと思っています」

彦斎の声は落ち着いていた。

「ですが、帝《みかど》の世を作るためには、まだまだ生き抜かねばならないのではありませんか」

由依は彦斎の横顔を薄闇の中で見つめながら言った。

「それはわたしではない、他の者の役目です。わたしには破邪顕正《はじやけんしょう》の剣となって進むしか道はありません」

気負わず、静かな言葉つきで彦斎は話した。由依は蒲団《ふとん》の中で彦斎の手を握った。彦斎が軽く握り返してくる。掌《てのひら》から熱いものが伝わった。

「剣となって生きられる彦斎様の生身は、いまこのときにしかないのですね」

「明日になれば、白露となって消えるでしょう」

穏やかに言う彦斎の床に由依はそっと身を入れて寄り添った。やがて由依は熱い吐息をもらした。

翌朝――

由依が目覚めたとき、すでに彦斎の姿はなかった。枕元には一枚の短冊が置かれていた。

短冊には流麗な筆使いで、

帰らじとおもふにそひて古郷の今宵はいとど恋しかりけり

と書かれていた。

彦斎もまた故郷を懐かしみ、帰りたいと思っているのだ。

恋しかりけり、と詠んでくれたのは自分への思いなのかもしれない、と思って由依は涙した。

十二

池田屋事件に憤激した長州藩では、六月二十二日に家老の福原越後《ふくはらえちご》が軍勢を率いて大坂に到着した。

越後は二十四日には、三百の兵を率いて伏見《ふしみ》の藩邸に入った。また来島又兵衛《きじままたべえ》率いる遊撃隊四百が嵯峨《さが》の天龍寺《てんりゅうじ》に陣取り、真木和泉が率いる清側《せいそく》義軍三百が山崎《やまざき》から天《てん》王山《のうざん》にかけて配置された。

さらに七月に入ると、家老の国司《くにし》信濃《しなの》の軍勢三百が上京して天龍寺に布陣し、同じく家老の益田《ますだ》右衛門介《うえもんのすけ》の軍勢六百が山崎の対岸、石清水八幡宮《いわしみずはちまんぐう》に陣取った。

長州軍およそ二千は山崎、伏見、嵯峨の三方から京を囲んだ。このとき、京都守護職の会津藩の兵力はおよそ千五百で兵数において劣勢だった。このため薩摩藩では急きょ国許《くにもと》から兵を呼び寄せようとしていた。

幕府では長州藩に役人を遣わして、何のための上洛《じょうらく》かと糾問した。福原越後は、

「三条卿《きょう》らと藩主父子の勅勘をお許しいただきたく嘆願のため上洛いたしました」

と答えるだけだった。

薩摩と会津が牛耳る朝廷が、三条実美や藩主父子を赦免するはずもないことは見越しており、武力によって朝廷を取り返そうという意図であることは明白だった。

京は緊迫した空気に包まれた。

このころ幕府の軍艦奉行勝海舟《かつかいしゅう》は、神戸《こうべ》に海軍操練所を開き、頻繁に京、大坂、神

戸を行き来していた。大坂での寓居《ぐうきょ》は北鍋屋町《きたなべやまち》の専称寺《せんしょうじ》である。海舟は神戸海軍操練所に先立ち、専称寺に海軍塾を開いた。

塾生には坂本龍馬をはじめ土佐脱藩浪士、各藩から教育の要請を受けた紀州藩士、鳥取藩士、福井藩士などがいた。龍馬が実家に送った手紙で、

——今にてハ日本第一の人物勝憐（麟）太郎殿という人にでしになり、日々兼而《かねて》思付所をせいといたしおり申候

と認《したた》めたのは、この専称寺にいたときだ。また、薩摩の西郷吉之助も後に専称寺にいた勝海舟を訪ねて、その見識にふれる。このとき西郷は幕府が長州に対し、生ぬるい対応をしていると批判したのに対し、勝は、

「エゲレスやフランスが虎視《こし》眈々《たんたん》と我が国を狙っている今は日本国の内もめをしているときではありますまい。それにもかかわらず幕府は私利私欲から抜け出せず、政権を担うことができない。ここは雄藩が国内を統一し挙国一致で外国に立ち向かわねばならぬところです」

と幕臣にしては、あまりにも豪胆な意見を述べた。西郷は勝の見識の高さに驚愕《きょうがく》し、盟友の大久保利通に宛てた手紙に、

——実に驚き入り候人物にて、ひどく惚《ほ》れ申し候

と書いている。

七月に入って専称寺の門前に、笠《かさ》をかぶり、粗末な着物、袴《はかま》姿で羽織も着ていない小柄な浪人が立った。

河上彦斎である。

彦斎は寺の小僧に勝との面会を求め、名刺を渡した。奥座敷で小僧から名刺を受け取った勝は、

——肥後　河上彦斎

と書かれているのを見て目を瞠《みは》った。

「〈人斬り彦斎〉がわたしに何の用だ」

勝はつぶやいて首をひねった。尊攘派の名うての〈人斬り〉が幕府高官である勝を訪ねてくるからには、まず第一に考えられるのは暗殺だろう。座敷で会うなり、いきなり斬りつけてくるのかもしれない。

勝はかつて、坂本龍馬の紹介で土佐の岡田以蔵に警護されたことがある。龍馬は天《てん》誅流行《ちゅうぼや》りの京で勝が尊攘派に狙われることを案じたのだ。

龍馬の心配通り、勝がある夜、京の寺町通りを歩いていたところ、三人の武士が物陰から飛び出して斬りかかってきた。

これを見た以蔵は抜き打ちでひとりの武士を斬り倒し、

「弱虫どもが、何をするか」

と怒鳴った。残るふたりは以蔵に恐れをなして逃げていった。勝は以蔵の凄《すさ》まじい剣技に度肝を抜かれたが、宿に帰ってから、

「ひとを無暗《むやみ》に殺すことはよろしくない。あらためた方がいい」

と説教した。だが、以蔵は勝を刺客から守るという手柄をあげたのに、却《かえ》って叱責《しっせき》されたことが不満らしく、

「そうは言われますが、わたしが斬らなければ先生が斬られて、いまごろは首が飛んでおりましたよ」

と言い返した。さすがの勝もこれには閉口して、黙ってしまい、以蔵との縁もそれまでになった。以蔵には〈人斬り〉としての信念があるのだろう、と勝は察した。それだけに、〈人斬り〉とは関わりを持ちたくなかった。

彦斎も会わずに追い返すべきだとは思った。だが、負けん気の強い勝は、〈人斬り〉が訪ねてきたと知って背を向けたくないという気持が勝った。

「そのひとを通しなさい」

勝に命じられた小僧があわてて玄関に走り、間もなく彦斎を案内してきた。勝は初めて彦斎を見て、意外な思いがした。

——婦人のごとし

と言われた彦斎の容貌《ようぼう》は色白でととのっており、優美な趣さえある。物腰も尋常で丁寧に頭を下げて挨拶《あいさつ》した。

(闇雲に刀を振り回す輩《やから》ではなさそうだ)

勝はほっとして彦斎に声をかけた。

「あんたは、随分、怖い男だと聞いていたが、見かけはそうでもないね」

「さように言われることが多いようです。なぜでしょうか」

彦斎は微笑した。

「なぜと言って、わたしに訊《き》かれても困るが、あんたは畑の茄子《なす》や胡瓜《きゅうり》をもぐようにひとを殺すそうじゃないか。それはよくない了見だよ」

勝に言われて彦斎は少し黙ってから口を開いた。

「それはいたしかたのないことだと、わたしは思っております」

「どうしてかね」

勝は目を光らせて訊いた。

「天命ですから」

彦斎は言葉少なに答えた。

彦斎が見たところ、勝は生きて功業をなしとげるひとである。ために、帝《みかど》が治める世を作るためには、贄《にえ》が必要なのだ、自分もまた贄である、という考えを勝に話してもしかたがない、と彦斎は思った。

勝は顔をしかめて黙りこくった後、それで、今日は何か用があってきたのかね、と伝法な口調で言った。

彦斎はあたかも勝の気を奪おうとするかのように、じっと勝の目を見つめた。勝が思わず目をそらしたとき、

「勝先生は新撰組をどう思われますか」

と訊いた。勝はにやりと笑った。

「あんたと同じさ」

「わたしと同じですか？」

「そうだ。無暗にひとを殺すのはよくない。わたしはそう思っているよ」

勝は落ち着いた様子で言いながら、手であごをなでた。

「さようですか。新撰組とわたしは違います」

「違いはしないだろう」

勝はからりと笑った。

「いえ、違います。新撰組は幕府に忠誠を誓い、獅子《しし》奮迅の働きをして旗本に取り上げてもらいたいのでしょう。言わば立身出世が望みです」

「あんたは違うのか」

勝は気味悪げに彦斎を見た。

「わたしは神に一身を捧《ささ》げております。なすべきことをなした後ならば命に執着はいたしません」

「尊攘派は皆、そんなことを言うが、本気だとはわたしには思えねえな」

巻き舌で言う勝の言葉を聞いて、彦斎はかすかに微笑んだだけで何も言わない。勝はあきらめたように、

「まあ、わたしは新撰組も好きではないがね。池田屋で殺された土佐の望月亀弥太は神戸海軍操練所にいた男だ。いわば、わたしの門人だ。生かしておけば御国の役に立つ男だったよ」

と苦々し気に言った。勝は日記の中で新撰組について、

――京地、会津に服せざる甚《はなはだ》し、会津の壬生浪士を用ゆる、彼探索を名とし財宝を私すること甚しく、下の民是がために災を蒙《こう》むるもっとも多し

と書いている。京では京都守護職の会津に服しない者が多く、このため会津は壬生浪士（新撰組）を用いているが、彼らは探索と称して商人などから金を巻き上げることが甚だしく、民は苦しんでいる、というのだ。

幕府と尊攘派の対立が深まる中で新撰組はむしろ紛擾《ふんじょう》のもととなっている、と勝は見ていた。

「池田屋ではわたしの師である宮部鼎蔵先生と肥後尊攘派の同志である松田重助も斬られました。宮部先生は人傑と申すべき方でした。宮部先生を殺されたことは無念至極です」

彦斎は淡々と言った。

「それで、新撰組に復讐《ふくしゅう》をしようってのかい」

勝は苦い顔をした。

「はい、そうですが、新撰組の近藤勇を斬ってもつまりません。それより、宮部先生に匹敵する幕府の要人を斬るべきだと思います。勝先生に斬るべき相手の心当たりがあれば教えていただきたい」

誰を斬ったらいいかを教えてくれ、という彦斎の言葉に勝はあっけにとられた。

「こいつは、驚いた。わたしは幕府に仕える身だぞ。そのわたしに幕府の要人のうち誰を斬ったらいいか、教えろというのか」

「はい、さようです。勝先生の目から見て、この男は幕府のためにならぬという者はおりませぬか」

彦斎は平然と言葉を継いだ。

「そんな者はいないし、たとえいたとしても教えるはずがないだろう。それで、教えなければわたしを斬ろうっていう算段をしているのかね」

勝が皮肉めいた言い方をすると、彦斎は黙った。勝は苛立《いらだ》って、

「やはりわたしを斬るつもりか。それならさっさとやっちまいな。江戸っ子は気が短い。まだるっこしい言葉のやり取りは御免こうむるよ」

ときっぱり言った。すると、彦斎は両手を膝《ひざ》に置いて軽く頭を下げた。

「ご無礼いたしました。わたしはさる男の話を勝先生からお聞きしたいと思ってやってきたのです」

「なんだと」

勝は彦斎を睨《にら》み据えた。

彦斎は厳かに口を開いて男の名を告げた。

――佐久間象山《さくましようざん》

象山の名を聞いて勝は青ざめた。

「まさか、お前、象山を斬ろうっていうのじゃあるまいな」

「そのまさかです。いま幕府に仕える者で宮部先生ほどの者は佐久間象山しかおりますまい」

「いかん、象山は国の宝ともいうべき学者だ。殺してはならん」

勝が血相を変えて言うと、彦斎はひややかに言い返した。

「宮部先生もまた国の宝でした。そのひとを新撰組は殺したのです。われら尊攘派は大切なるひとを亡くしました。ならば幕府もその報いを受けねばなりません」

勝と彦斎は鋭い視線を互いに向けて睨みあった。

息詰まるような沈黙が続いた。


佐久間象山は信州の松代《まつしろ》藩士である。

通称は修理《しゅり》、象山は号だ。若くして江戸に遊学し、学塾を神田で開くにいたったが、アヘン戦争で清国がイギリスに敗れたことを知って衝撃を受けた。

その後、幕府の老中で海防掛となった藩主真田《さなだ》幸貫《ゆきつら》の命を受けて海防の問題を研究するようになった。

西洋砲術を江川《えがわ》太郎左衛門《たろうざえもん》に学び、さらにオランダ語を習得した。こうして海防について当代一の見識を持つにいたったが、門人の吉田松陰がペリー来航に際して密航を企て、捕えられたことに連座して国許《くにもと》で蟄居《ちっきょ》した。

しかし文久二年（一八六二）になって、藩主に攘夷《じょうい》が不可能であることや貿易と海外進出が必要であることを説いた意見書を提出して認められた。そして蟄居してから八年ぶりにようやく赦免されたのである。

今年三月になって幕府の命を受けて上洛《じょうらく》、海陸御備向手付御雇《かいりくおそなえむきてつきおやとい》となった。

象山は若いころから自負の念が強く、自らを、

——天下の師

であるとしてきた。今回の上洛にあたっても家族に、天下を再び太平に返し、朝廷を開明にいたらせることが、わたしの大任であるとして、

——天下の治乱はわたくしの一身にかかっている

という気概での上洛であると告げていた。

このとき、象山は五十四歳。

身長五尺八寸（約一七五センチ）、黒々とした長髯《ちょうぜん》をたくわえ、西洋鞍《ぐら》を置いた〈王庭《おうば》〉と名づけた栗毛の駿馬《しゅんめ》に騎乗して京の町を往来した。象山の衣服は豪奢《ごうしゃ》であり、眼光は鋭く、一見しただけでただ者ではないと誰もが思った。

象山は元来、傲岸《ごうがん》でひとを見下す性格だったが、今回の上洛では天下の形勢を動かそうと目論《もくろ》んでいるだけに行動が派手になったようだ。

また、最も過激とされる長州尊攘派も象山から見れば、自分の門人だった吉田松陰

が松下村塾で教えた弟子たちであり、自分にとっては孫弟子である、という気持もあったのだろう。

もし尊攘派が議論を挑んでくるならば博識によって一蹴《いっしゅう》することができるという自信があるだけに象山の振る舞いは傍若無人だった。

象山の回天策は朝廷をして、これまでの攘夷論から開国論に大きく転換させようというものだった。天皇に開国の大号令を発させるため、彦根《ひこね》に動座させ奉ることを象山はひそかに目論んでいた。

言うなれば、これまで尊攘派に握り込まれていた天皇を幕府側に囲い込もうというもので、尊攘派にとってはそれまでの戦略を根こそぎひっくり返されるものだった。

勝は押し殺した声で言った。

「佐久間象山はわたしにとっては妹のお順《じゅん》の旦那《だんな》でいわば身内だ。どうあっても殺させるわけにはいかない」

彦斎は静かに勝を見つめた。

「大義、親《しん》を滅す、と申しますぞ」

「なんだと。佐久間象山を殺すことのどこに大義があるというのだ」

勝は腹立たしげに言った。

「象山は異国の学に溺《おぼ》れ、この国を異国のようにいたすことが、救国の策だと考えています。しかし、わが国にはわが国の道があるはずです。異国のごとくなろうとすれば、いずれ魂を見失いましょう」

彦斎に言われて勝は額に汗を浮かべ、ふと黙った。

佐久間象山の学才は抜きんでているが、それだけに自分が考えたことだけが正しいとするところがある。

開国するにしても、その先、この国がどのように進むべきかを象山がはっきりと示しているわけではない。

西欧列強に包囲される中で、わが国が独自の道を歩むとはどういうことなのだろうか。それは象山もいまだ見出《みいだ》していないことなのではないか。

勝は大きく吐息をついた。

「あんたにはあんたの言い分があるだろうが、いまこの国が取れる策はさほどに多くはないんだ。佐久間象山が考えている道を閉ざしてしまえば暗闇が待っているだけかもしれないぜ」

彦斎は澄んだ目で勝を見返した。

「たったいま、道が見つからぬからと言って、やすきにつけば、行きつく先は亡国の道ではありませんか。わたしは艱難《かんなん》に堪えて自らの道を見出そうとすべきであろうと思います。そのためには――」

彦斎は頭を下げてから立ち上がった。勝はあわてて訊《き》いた。

「そのためにはどうするんだ」

「佐久間象山を斬ります」

彦斎は含み笑いをして座敷を出ていった。

勝は呆然《ぼうぜん》として彦斎を見送るしかなかった。あたかも真昼に妖怪《ようかい》を見たかのような顔をしていた。

十三

佐久間象山が九年に及ぶ蟄居を解かれるに際して松代藩主に提出した意見書の「攘《じょう》夷《い》の策略」は富国強兵の策により、国力を増し、鉄砲や弾薬、軍艦などの軍備で外国に負けないようにして人材を育てれば、侵略を企《たくら》む欧米列強も手が出せず、やがては「臣服」するであろうというものだった。象山はこの建策を次のように結んでいる。

――其《その》国力、敵国と侔《ひと》しきに至らずして、兵を構え候ては、其徳其義いか様彼に超過候とも、其志を得候義は決して出来難く、是乃《すなわ》ち天下の正理、実理、明理、公理に御座候

すなわち欧米列強に等しい力を持たないで外国との戦端を開いても攘夷は果たせず、空理、空論に終わるであろうというのだ。

これは攘夷決行を旗印に政局を動かしてきた尊攘派に真っ向から冷水を浴びせる意見だった。しかも、象山には碩学《せきがく》としての盛名と長州尊攘派の魁《さきがけ》である吉田松陰の師であったという経歴があることが、意見に輝きを加えていた。

象山は十七歳の次男恪二郎《かくじろう》と門人十四人を引き連れて上洛すると烏丸三条《からすまさんじょう》近くに宿をとった。京に入った象山に幕府が与えた待遇は、海陸御備向手付御雇というもので、俸禄《ほうろく》は二十人扶持《ぶち》に過ぎない。

義兄の勝海舟が軍艦奉行で二千石の身分であったのに比べると冷遇に等しい。しかし、象山はこのような処遇に対し、冷笑で報いただけで、

――天下の師

であるという気概をいっこうに崩さなかった。

前年の八月十八日政変で中心的な役割を果たした中川宮の長兄山階宮《やましなのみや》を訪れて西洋の軍備などについての質問に答え、のし鮑《あわび》、昆布を下された。さらに将軍後見職の一橋慶喜にも拝謁して時務を論じており、このころ象山が家族に宛てた手紙では、

――天下の治乱私の一身にかかり候

と述べるなど、意気軒昂《けんこう》たるものがあった。

長州勢が京に迫った七月に入っても、相変わらず公家《くげ》への遊説を行っている象山だったが、ある日宿を出ようとしたとき恪二郎に、

「父上、お務めゆえ、公家の方々を訪ねられるのは、やむを得ませぬが〈王庭〉に乗るのはおやめになったほうがいいのではありますまいか。いつ何時、長州勢が京に乱入してくるかもしれませんし、長州勢の先鋒《せんぽう》はすでに京に潜入しているかもしれません」

と言われた。

象山の宿舎は三条木屋町《きやまち》、高瀬川に沿った片側町の路地を入った突き当りにある。裏側は鴨川《かもがわ》の河原になっている。

〈王庭〉は象山の愛馬の名である。象山は外出の際、〈王庭〉に西洋式の鞍をつけて打ちまたがる。身の丈六尺近い長身で面長、眼光鋭く、髯《ひげ》を蓄えた象山が西洋式の鞍をつけた馬で洛中《らくちゅう》を行く姿は威風堂々としているだけにひと目についた。

象山は恪二郎を訝《いぶか》しげに見た。

「さようなことに気をまわすとは、そなたらしくもないな。誰かに何ぞ、言われたのか」

象山の妾《めかけ》お蝶《ちょう》の子である恪二郎は、容貌《ようぼう》や性格などが父によく似ていた。象山ほどの緻密《ちみつ》な頭脳を持っていないが、大胆で時に粗放ですらあった。

恪二郎は戸惑いの色を浮かべながら答えた。

「はい、大坂の勝伯父《おじ》上がわたし宛ての書状でさように言ってこられました。世上が物騒だから用心するよう父上に進言せよと」

象山は、はは、と笑った。

「案じることはない。わしは天子様の御為《おんため》、将軍家の御為をはかり、日本国に尽くそうとしている。もし、わしが害されるようなことがあれば、日本国は大乱となるのだ」

象山は傲然《ごうぜん》として嘯《うそぶ》いた。さらに、勝は用心深すぎるようだ、あれでは大事をなせぬ、とひややかにつぶやいた。

「たしかに、勝伯父上は心配のしすぎかもしれませんが、父上は大切な方なのですから用心はいくらしても足りぬと思います。世の中にはいたずらに大乱を望む不逞《ふてい》の輩《やから》もいるのではありませんか」

案じるように恪二郎は言った。しかし、象山は意に介さない様子で、

「いま、日本の命脈はわしにかかっているのだ。わしはこの国と存亡をともにする覚悟なのだから、案じるには及ばぬ」

と言い置いて、この日も外出した。

恪二郎はため息をついて、居室に戻ると勝への書状を認《したた》めた。諫《いさ》めてはみたが、象山は用心しようとはしないことを告げ、

——この上は伯父上のお力におすがりするばかりにて候

と結んだ。

だが、勝が動いて象山を守ることができるかどうか、恪二郎にもわからなかった。

三日後、壬生《みぶ》の新撰組屯所を大坂から京に上ってきた勝が訪れた。

客間に通された勝の前に近藤勇と土方歳三が出てきた。

近藤は勝の身分を憚《はばか》って丁重な挨拶《あいさつ》をするが、土方は鋭い目で勝を見つめただけで、不愛想な顔つきだ。

勝は土方の仏頂面に構わず、挨拶を簡略にすませると、砕けた口調で用件を切り出した。

「実は、お前さんたちに頼みがあるのさ」

「頼みとは何でございましょうか」

近藤が底響きする声で訊いた。

「お前さんたちが一番苦手なことだよ」

勝はからかうように言った。

「われらが苦手なことでござるか」

近藤は苦い顔になった。もともと多摩の田舎剣客だけに、勝のような、旗本でありながら江戸っ子の町人めいた物言いを好まない。すると、土方が皮肉な言葉つきで口を挟んだ。

「局長、われらの苦手なのはひとを斬らぬことだと勝様はおっしゃりたいのですよ」

勝はにやりとした。

「おお、いかにもそうだよ。あんたらの得意はひとの命を奪うことだろう。おいらの頼みはひとの命を守ってくれということなのさ」

近藤はじろりと勝を睨《にら》んだ。

「誰を守れとの仰せでござるか」

「佐久間象山――」

勝はあっさりと言った。近藤は何か考えるように、腕を組んでむっつりと黙った。代わって土方が訊《き》いた。

「さしずめ、尊攘派の刺客から守れということでしょうな」

勝は大きく頭を縦に振って、

「そうだよ。相手は名うての人斬りで、新撰組でなければ太刀打ちできないと思って、わざわざ頼みにきたのさ」

とおだてた。近藤は腕をほどき、あごのはった虎を思わせる顔を突き出して訊いた。

「刺客は何者でござるか」

「肥後の河上彦斎だ」

人斬り彦斎か、と近藤は口の中でうめくように言った。土方がすかさず、口を開いた。

「勝様、それは無理というものです」

「ほう、できないというのか」

勝は目を細めて土方を見た。怜悧《れいり》な土方は微笑して答える。

「刺客を防ごうと思えば、守る相手に二六時中、くっついていなくちゃならない。しかし、佐久間象山というひとは、わたしたちを身辺に寄せ付けないんじゃありませんか。そうでなけりゃ、とっくに会津様から佐久間様を護衛するよう命が下っているはずです」

「そうだろうな。だが、彦斎もまさか宿まで斬り込みはかけないだろう。やるとすれば、佐久間が市中を動いているときだ。その間だけの護衛なら、何も近くでなくとも、こっそり見張っていればできるんじゃないか」

土方はくすりと笑った。

「さすがに知恵者の勝様でも刺客のことはご存じないようですな。刺客は剣を抜く一瞬がすべてです。遠巻きの護衛では役に立ちません」

「何も相手が斬りかかるのを待つ必要はなかろう。佐久間象山に近づこうとする奴を見つけ出して斬ればいいのさ。それなら、あんたらの得手だろう。とてもできないとは言わさねえぜ」

勝が伝法な口調で言うと、近藤は凄《すご》みのある笑顔になった。

「命を守れとおっしゃるから難事だと思いましたが、つまるところは、河上彦斎を探し出して斬れということですな」

勝は苦い顔をした。

「まあ、そういうことになるな」

近藤はちらりと土方を見た。土方はつめたい表情でうなずいた。

「人斬り彦斎を狩ってほしいということなら、初めからそう言っていただければよかったですな。それならば、新撰組の手でやってのけましょう」

「そうかい、それは助かるぜ」

複雑な表情で言った勝は、何気なく、

「これは日本国のためだ」

と付け加えたが、近藤と土方は眉《まゆ》ひとつ動かさずに聞き流した。

勝は苦笑して、

「河上彦斎はたしかに酷《ひど》い人斬りだが、それでも、おのれがやっていることは日本国のためだと思っているよ。お前さんたちは違うのかい」

　近藤は薄く笑って答えた。

「新撰組は幕府の京都守護職会津様預かりでござる。京の市中における警衛は会津中将様の命によって行っておりますからには、将軍家の御為に働いておると言えます。将軍家は天子様に仕え、日本国の行く末を安穏たらしめようと腐心しておられます。されば、われらは将軍家への忠誠を尽くせばよいと存ずる。河上彦斎ごとき陪臣の分際で日本国のためなどと称するのは片腹痛うござる」

「なるほど、おいらも日本国のためと思って動いているが、それも片腹痛いかね」

　勝がからかうように言うと、近藤は不気味に押し黙った。土方が苦笑しながら、

「幕臣たる勝様が将軍家を差し置いて日本国に尽くそうとされるのは、増上慢《ぞうじょうまん》ということになりましょう。さようなことはこれ以上、仰せになりませんよう」

　と脅しつけるように言い添えた。

「そうかい。気に入らなきゃあ、斬るというわけか。彦斎も同じようなことを言っていたよ。とんだ邪魔をしたな。それでも彦斎のことは頼んだぜ。肥後の人斬りに江戸の人斬りが負けたとあっちゃ、おいらも面白くねえからな」

　勝は巻き舌で啖呵《たんか》を切ると、新撰組屯所を辞去した。

勝が去った後、近藤は局長室で土方と話した。

「相手は人斬り彦斎だ。手強《てごわ》いぞ」

近藤が重々しく言うと、土方はつめたく笑った。

「なに、たかが肥後の茶坊主上がりだ。噂ほどに剣が使えるとも思えない。網を張って居場所がわかったら、沖田に斬らせましょう」

土方は監察方を使って、日ごろから尊攘派がひそむ隠れ家を探索していた。その中には、わざと踏み込まず、尊攘派の出入りを見張っている場所もある。肥後の河上彦斎を捕えるにあたっては、肥後尊攘派が出入りする場所をくまなく探すつもりだった。

近藤は少し考えてから言った。

「そうだな。総司なら斬れるだろう」

新撰組一番隊長の沖田総司は近藤家の構える天然理心流《てんねんりしんりゅう》道場の門人だけに剣の腕前については熟知している。総司は、一度の突きで敵の喉《のど》や鳩尾《みぞおち》、胸など三カ所を突く〈三段突き〉を得意としていた。近藤は総司の〈三段突き〉が彦斎を仕留めるのを眼前に見るかのように満足げにうなずいた。

「難しいのは、奴の居場所を突き止めることですよ。これは、とんだ狩りになりそうだ」

土方は腕を組んで思案する顔になった。

「なるほど狩りか。奴は狐か狼といったところかな」

近藤は目を光らせた。

「まさか、虎だということはないでしょうよ」

土方がとぼけた口調で言うと、近藤はおかしげにくっくと笑った。

十四

彦斎は、このころ象山を斬るにあたって同志を得ていた。因幡《いなば》松平家の前田《まえだ》伊右衛門《いえもん》、平戸《ひらど》藩の松浦虎太郎《まつうらとらたろう》らだった。彦斎は象山を自分ひとりで斬るつもりだったが、象山の動きを探り、さらに決行の日まで身を隠すには同志の力が必要だった。

前田が仕える因州藩邸は東堀川通《ひがしほりかわどおり》中立売下ル《なかだちうりさが》東にある。彦斎は数日、この藩邸に匿《かくま》われた後、松浦が探してきた三条木屋町の町家に移った。二階建ての町家の二階に潜んで象山の宿からの出入りをうかがいつつ、隙を見て襲うつもりだった。

町家に移った翌日、彦斎は町家の雨戸を閉めた薄暗い部屋の中で前田や松浦と話し合った。

「象山は公家《くげ》の間をまわって開国論を説いておるが、必ず訪ねるのが山階宮か中川宮だ。このいずれかの公家屋敷への道筋で待ち受ければ象山を討つことができよう」

彦斎の冷徹な話しぶりに、ふたりは息を呑《の》んで聞き入った。彦斎が話し終えると、ひと呼吸置いて前田が口を開いた。

「実は、昨日、わが藩の京都藩邸に新撰組から探りが入ったようだ」

「なに、新撰組が――」

彦斎は目を光らせた。

「さよう、河上殿がわが藩邸に立ち寄ることはないか、と訊《たず》ねてきたようだ。この町家に移ってよかったようだ」

前田が安堵《あんど》したように言うと、松浦が口を開いた。

「いや、安心はできんぞ。河上殿は家に潜んでおられるから気づかぬかもしれぬが、この二、三日、三条木屋町を新撰組がしきりに見回っているようだ。あるいは、われらが佐久間象山を狙っていることを嗅《か》ぎ付けたのかもしれませんぞ」

彦斎は腕を組んで考えた。

象山を斬ろうとしていることは勝海舟によって新撰組に伝えられたのだろう。だが、新撰組は幕閣の要人を守ることはあっても、象山のような開国派の学者を守ろうとはしないはずだ。象山を守るつもりになったとすれば、勝がよほど巧みに説いたからではないだろうか。

(あの男、やはりしたたかであったか)

どうせなら、勝を先に斬っておくべきだったかとも思った。だが、勝という男にはどこか斬り難いところがあった。

傑物だからというだけではない。

勝には生き抜こうという執念がある。命がけの仕事はするだろうが、追い詰められたとしても最後まで自ら命を絶とうなどとは微塵《みじん》も考えないだろう。

命への執着があるわけではないが、あくまで生き抜こうと思っている男にはなぜか刃が届かないものだ、ということを彦斎は知っていた。

それならば象山は斬れるかというと、おそらく一刀で倒せるに違いない。なぜなら象山は自信が強く、自らに降りかかるものから逃げようとはしないからだ。

それだけに象山を討つ機会は一度だけしかないだろう。しくじれば、象山を守ろうとする者たちが立ちふさがり、近づくこともできなくなってしまう。

一度の襲撃で必ず仕留めるためには下調べが重要だが、新撰組が象山のまわりを警戒しているのであれば、調べることが難しくなる。

「では、次の手を考えねばなるまい」

彦斎はつぶやくと、手書きの地図を懐から取り出して畳の上に広げた。

「襲撃を二手に分かれて行うようにしたい。先手が斬りかかり、象山が逃げるところを後手が仕留めるのだ。象山は常に騎馬だから、取り逃がすと厄介なことになろう」

地図を見つめる彦斎は、凄愴《せいそう》な気配を漂わせていた。前田はごくりとつばを飲み込んだ。

「それならば象山を逃がさずにすみそうだな」

松浦も大きく頭を縦に振った。

「二手に分かれれば、新撰組の目もごまかしやすかろう」

「そうだ。まずは新撰組の目から逃れることだな。われらが象山を斬るのが早いか、新撰組がわれらを見つけるのが早いかの勝負であろうな」

彦斎はからりと笑った。しかし、前田は眉《まゆ》をひそめて言った。

「とはいっても新撰組は油断がならん。池田屋のおりのように、どこでわれらの動きを突き止めて襲ってくるかわからんぞ」

「そのときは――」

彦斎は言いかけて首をかしげた。松浦が恐る恐る訊《き》いた。

「新撰組が襲撃してきたならば斬りますか」

彦斎はゆっくりと首を横に振った。

「いや、逃げよう」

「逃げるのですか。相手は新撰組ですぞ。池田屋で討たれた肥後の宮部鼎蔵先生の仇《かたき》ではありませんか」

前田が意外そうに言った。宮部鼎蔵は彦斎にとって師であったことを前田は知っていた。人斬り彦斎が師の仇に背を向けて逃げると言ったのが、信じられなかった。

「いや、逃げるよ。宮部先生も池田屋で逃げるべきであった。大望を抱く身が新撰組などという輩《やから》と命のやり取りをすべきではなかったのだ」

彦斎の言葉には宮部鼎蔵を思う気持が込められていた。

尊王攘夷《そんのうじょうい》の志を持つ鼎蔵が新撰組のような人斬りに斬られたことが今も無念でならなかった。

彦斎の声に悲しみがあるのを感じ取った前田と松浦は押し黙るしかなかった。

この日から彦斎は日中、二階の雨戸をわずかに開けて外をうかがうだけで、表にはまったく出なくなった。前田や松浦との連絡は書状だけで行うことにした。

こうして彦斎が物音ひとつ立てず、あたかも獲物を狙う狼のように気配を隠して潜んでいると、家の前を新撰組の見回りが二度ほど通り過ぎていった。

だが、彦斎が隠れる町家をうかがうような様子はなかった。

それでも彦斎が用心深く隠れていると、前田達と話してから三日後の夜中に誰もいないはずの階段から、何者かが上がってくる、みしり、みしりという音が聞こえてきた。

寝ていた彦斎ははっとして起き上がると、素早く衣服をととのえ、両刀を腰にした。

そして階段をうかがっていると、みしり、という音が止まった。

二階の入口まで何者かが上がってきたのだろう。

彦斎は窓際に寄って、雨戸を少し押し開けた。路上をうかがい見ると星明りで御用提灯《ちょうちん》を手にした七、八人の黒い影が動いているのが見えた。

(町奉行所の役人か)

おそらく町役人が町家に彦斎が隠れているのに気づいて町奉行所に訴えたのだろう。新撰組ではないのなら、何とでもしようはある、と彦斎は思った。

雨戸を音も立てずにさらに開けておいてから、階段の入口まで忍び足で近づいた。階段の上まで役人たちが上がってきているのが気配でわかった。

二階へ踏み込もうとしてなおもためらっているのだ。彦斎はすらりと刀を抜いて階段の上がり口に出た。

階段に立っていた役人が、ぎょっとして息を呑んだ。彦斎は何も言わず、刀を横に振るった。斬るつもりはなかったから、役人の頭の上を白刃がかすめただけだった。

しかし、役人は悲鳴を上げて階段から落ち、役人に続いていた下役たちもはずみで、階段を大きな音を立てて転げ落ちた。

彦斎は笑うと素早く窓に走って、雨戸の間から身を乗り出し、屋根の上に出た。素足で屋根の上を進み、隣家の屋根に飛び移った。

路上にいた役人と下役たちが、彦斎に気づいて、

「出てきたぞ」

「逃がすな」

と口々に叫んだ。

御用提灯があわただしく動いて彦斎を追った。

だが、その時には彦斎は屋根伝いに逃げ、やがて道の両側が築地塀《ついじべい》になっている通りにさしかかると地面に飛び降りた。

闇にひそんで様子をうかがうと、役人たちの声は遠ざかっていく。彦斎を見失い、闇雲にあたりを探しまわっているようだ。

彦斎は物陰から通りの真ん中に悠然と出た。その時、

「逃げられはしませんよ」

と若い男の声がした。

彦斎は刀の鯉口《こいぐち》に指をかけ、腰を落として身構えた。痩《や》せた長身の男がふらりと通りに出てきた。

雲に隠れていた月が出てきた。

痩せた若い男がだんだら染めの羽織を着ているのがわかった。

「新撰組か――」

彦斎が低い声で問いかけると、男はさらりと答えた。

「新撰組一番隊の沖田総司です」

沖田は身構えるでもなく、飄然《ひょうぜん》と通りに立って彦斎を見つめている。彦斎はまわりをうかがった。いつの間にか前後を沖田を始め五人の新撰組隊士に取り囲まれていた。

「そうか。町奉行所の役人はわたしを家から追い出すだけの役目だったのだな」

彦斎がたしかめるように言うと、沖田は笑った。

「そうですよ。あなたが町家に潜んでいることはとっくにわかっていました。だが、うかつに踏み込めば逃げられてしまいそうなので、町奉行所の役人に追い出してもらったのです」

「さすがに新撰組は手馴《てな》れているようだな」

彦斎はじりじりと横に動きながら言った。五人の包囲網のどこを突破したらいいのかを考えている。

沖田はそんな彦斎の動きにさしたる関心を示さずに、

「人斬り彦斎を捕えるには、それぐらいの手間はかかりますからね」

と言った。彦斎の動きが止まった。

「ほう、わたしの名を知っているのか」

「あなたが小柄で婦人の如き容貌《ようぼう》だということは知れ渡っています。町役人だってあなたをひと目見ただけで気づいたそうですよ。人斬り彦斎だとね」

沖田はくすりと笑った。

彦斎はさりげなく言いながら沖田との間合いを詰めた。包囲網を抜けるには、沖田と剣を交えるしかない、と思い定めていた。

「なるほど、しかし顔は変えられぬからな」

沖田は笑みを浮かべたまま、じっと彦斎の動きを見つめた。そして、履いていた高下駄を脱ぎ捨てる。

彦斎は腰を落とし、右足を前に踏み出して、独特の居合の構えになった。沖田も刀の鯉口に指をかけ、体を斜に構えると腰を落とした。まわりの新撰組隊士たちがいっせいに刀を抜いた。

彦斎はほかの新撰組隊士には目もくれず、ひたと沖田の動きを見つめている。腰を落として構えた沖田が不意に動いた。あらかじめ、弾みをつけたり、気合を発しもしない、

——無拍子
の動きだった。しかも居合で斬りかかったのではなく、いきなり突いた。得意の〈三段突き〉だった。

これを彦斎は避《よ》けようとせずに居合を放った。星明りに白刃が光った。闇の中を流星の如き突きと、さながら稲妻のような居合斬りが交錯した。

まわりの新撰組隊士たちは息を呑《の》んで立ち尽くした。次の瞬間、彦斎の体が弾《はじ》かれるように仰向《あおむ》けに倒れた。

彦斎の居合斬りは届かず、沖田の突きが彦斎の体を貫いたかに見えた。彦斎が地面に倒れても沖田は突きの構えを崩さない。

まわりにいた新撰組隊士たちが、

「やった」

「沖田さんが人斬り彦斎を倒したぞ」

と騒いだ。ひとりの隊士が倒れた彦斎に駆け寄り、

「止《とど》めだ」

と叫んで喉元《のどもと》を突き刺そうとした。そのとき、沖田が声を高くした。

――やめろ

だが、隊士は構わずに止めを刺そうとした。倒れていた彦斎は跳ね起きると刀を一《いっ》閃《せん》させた。

止めを刺そうとした隊士は胴を横薙《よこな》ぎにされ、悲鳴をあげて倒れた。同時に彦斎は間近に迫っていた隊士ふたりを一瞬で斬り捨てた。

がった。

「おのれ」

沖田が駆け寄ると、彦斎は斬り倒した隊士の体を踏んで、築地塀にふわりと跳び上がった。

「逃がすな」

沖田が怒鳴り、隊士たちが追ったが、彦斎は築地塀の上を猫のようにしなやかに走った。さらに曲がり角に来ると、彦斎はちらりと沖田たちを振り向き、築地塀の内側に身を躍らせた。

沖田は、彦斎が振り向いた一瞬、白い歯を見せて笑ったのを星明りで見てとった。

築地塀は大きな寺のまわりにめぐらされていた。

「沖田さん、どうしますか」

隊士たちが駆け寄ってきた。たとえ新撰組でも寺に踏み込むには奉行の許しがいる。

沖田は舌打ちした。

「彦斎め、わたしの突きをことごとく一寸の見切りでかわした。化け物のような男だ」

感嘆したように沖田は言った。そして隊士たちに顔を向けて、

「斬られた者をかついで屯所に帰りましょう。手当をすれば一命をとりとめるかもしれませんから」

と言った。隊士たちは顔を見合わせた。ひとりの隊士が沖田におずおずと訊《き》いた。

「しかし、彦斎を取り逃がして、おめおめと屯所に戻れば、土方さんから処罰されはしませんか」

沖田はにこりと笑った。

「逃げた者はしかたがありません。それにあの男とはまたどこかで剣を交えることになるでしょう。土方さんだってそれぐらいはわかってくれますよ」

それでも隊士たちがためらっているのを尻目《しりめ》に、沖田は地面に転がっていた下駄を履くと、すたすたと歩き始めた。振り返ろうともしなかった。

十五

──七月十一日
佐久間象山は午前中に宿を出た。
白縮《しろちぢみ》の着物に京織紺縞《こんしま》の袴《はかま》、黒絽《くろろ》の肩衣《かたぎぬ》をつけ、白柄の太刀、国光《くにみつ》の短刀を帯していた。象山は愛馬の〈王庭〉にまたがると三条大橋の橋詰で足ならしをさせてから出発した。
この日、象山が向かったのは山階宮の屋敷だった。

象山の表情には鬱屈《うっくつ》とした翳《かげ》りがあった。この時期、象山は時局を収拾するための、

――妙策

を藩主や幕閣に説いていた。長州勢が今にも京に乱入しそうな事態を踏まえて、孝明天皇を彦根に遷座し、さらに江戸に遷都するというものだった。

この策を行えば長州の過激尊攘派の息の根を止め、真の公武合体策が行えると象山は考えていた。

すでに六月二十七日には、大津《おおつ》に滞在していた主君真田幸教《ゆきのり》に拝謁して、天皇を大津から琵琶湖《びわこ》を渡って彦根へ移す策を献じた。だが、幸教は象山の献策をとらなかった。長州藩にとって京の天子を江戸に奪われるのは、断じて許し難いことだけに、象山の策をとれば国内が戦乱の巷《ちまた》になると考えたのだ。

幸教は自ら反論することは避け、重臣が象山の意見を拒むのにまかせた。象山は、重臣たちとの議論が進まないことから、

――埒《らち》明かず

として京へ戻った。

象山の策は彦根遷座、江戸遷都を構想するに留《とど》まらず、あらかじめ天皇の勅の草案を作っておくという手回しの良さだった。

象山の勅諭草案では、まず永年の鎖国はむしろ幕府の功績であるとしたうえで、欧

米列強により、開国を迫られて朝廷の許しもなく、外国との交際を行ったのは、過ちであるとしている。そしていまは、わが国が大砲、軍艦などを備えていないことを反省しなければならない、いたずらに外国と戦端を開けば、アヘン戦争で敗北した清国の例を踏襲することになるだろう、と述べている。

だからこそ、大砲や軍艦を備え、国力を高め、人材を育成しなければならないというのは象山の持論そのものだった。

だが、勅諭草案ではこれに留まらず、長州藩のような尊攘激徒を厳しく戒めて、次のように結んでいる。

——軽忽の挙ある可《べか》らず、党与を集めて一方に拠る可らず。若《も》し此詔に遵《したが》わざる者あらば、即《すなわ》ち乱逆の徒なり。刑憲の存する所、朕《ちん》決して赦さず。速《すみやか》に幕府及び列藩に勅し、誅滅《ちゅうめつ》して後にやまん。

尊攘激徒がもし軽挙妄動をするならば、これを、

——誅滅

するという厳しい宣言だった。象山は朝廷と幕府が一体となって開国策をとり、間違っても尊攘派の過激な策動に振り回されないようにするため、幕閣や公家《くげ》たちを説

いてまわっていたのだ。

それは京に迫っている長州勢と鋭く対立する政治行動でもあった。

彦斎が象山を討とうとするのは、彦根遷座を耳にしたからであったが、それだけでなく、象山の策の中に、朝廷も幕府もおのれの才の前では軽いとする傲慢《ごうまん》さを嗅《か》ぎ取っていたからでもあった。

彦斎はこの国の神を信じ、神代以来の伝統があってこそ、国が成り立っているのだと考えていた。象山は国力を高め、武力を備え、いずれは外国を〈臣服〉させるなどと説いているが、つまるところは、この国を西欧列強に倣った国に作り変えようとしているに過ぎない。

象山は国の成り立ちに思いがいたらず、国を亡ぼそうとしているのではないか、と彦斎は思っていた。

見方を変えれば、象山は長州尊攘派に対して、勅諭をもって止めを刺そうとしている幕府の軍師であり、彦斎はこれを阻むため、長州勢の先兵を務めようとしているのだった。

この日から、八日後にいわゆる、

——禁門の変
が起きるが、その戦の火ぶたが彦斎と象山の間で切られようとしていた。

象山の顔色がすぐれないのは、せっかくの妙策を取り上げようとする者がいないためだった。

このまま長州勢が京に乱入すれば、もはや国内を二分する戦となる。国中が力を合わせて西欧列強に負けない国造りをする、という象山の構想は画餅《がべい》に帰すのだ。

(すべては水泡となるか)

象山は暗い気持のまま馬を進めた。供は従者ふたり、馬丁ふたりである。

従者のひとりには地球儀を抱えさせている。この日、訪れる山階宮に世界の情勢を説明するためだった。

象山が山階宮邸で世界情勢について縷々《るる》説明した後、辞去したのは昼近くになってからだった。

象山は地球儀を抱えた従者を先に帰すと、松代藩の宿所がある五条の本覚寺《ほんがくじ》に向かった。宿所にいる門人の蟻川賢之助《ありかわけんのすけ》と会って話をするためだった。

宿所に入った象山と会った蟻川は眉《まゆ》をひそめた。

「先生、お顔の色がすぐれぬようですが」

「いや、何ほどのこともない」

ひとに弱みを見せることが嫌いな象山は長髯《ちょうぜん》をしごきつつ答えた。それでも、胸に不安を抱えているためか、日ごろになく、次男の恪二郎のことを話した。

「恪二郎は才薄く、人徳また薄い。それでいて、わしに似て人に対して傲慢に振る舞う。わしは世に抜きんでた才あればこそ、いかように振る舞おうとも世間は許した。だが、恪二郎はそうはいくまい」

「何を仰せになります。恪二郎様はまだお若うございます。勉学はこれからのことではありませんか。しかも常に先生のお側にあって、世間の見聞を広めておられます。才、徳ともにいずれ顕《あらわ》れるに違いありませんぞ」

励ますように蟻川が言うと、象山は目を閉じてうなずいた。そして、そうだな、そうであろう、とつぶやいた。

いずれも常の象山らしくない様子だけに、蟻川は不安を覚えた。

「先生、長州勢の動きは予断を許しません。しばらく外出は控えられたがよろしいのではありませんか」

案じる蟻川の言葉を象山は笑って聞き流した。

「わしの命が絶たれるときは、天下の命脈が絶たれるときだ。いかに愚かな者たちでも、さようなことはいたすまい。まして長州尊攘派を動かしておるのは、わが弟子であった吉田寅次郎の門人たちであろう。寅次郎に学んだということは、寅次郎の師であるわしにも学恩があるということだ。それぐらいはわきまえておるであろう」

象山は自分を狙う者が長州の松下村塾とは関わりのない彦斎であることを、このとき、まったく気づいていなかった。

象山は蟻川と語り合った後、茶を喫して松代藩宿所を出て木屋町の宿舎へと向かった。

この日、前田伊右衛門と松浦虎太郎は三条木屋町近くで象山の帰途を待ち伏せていた。

町奉行所の役人が木屋町の町家に踏み込んで以降、彦斎は前田や松浦とともに因州藩邸に潜んでいた。

新撰組はその後、因州藩邸を訪れることはなかった。もはや、彦斎が因州藩邸に戻ることはないと見たのかもしれない。

今日になって彦斎は、

「そろそろやろうか」

と言った。彦斎が言う、そろそろやろうか、とは象山斬りのことであるのは、ふたりともわかっていた。

前田が緊張した顔になって、

「新撰組が相変わらず、見張っているのではあるまいか」

と口にした。彦斎はにこりとした。

「もし、そうであるなら、新撰組と刃を交えるだけのことだ」

彦斎の口調にはためらいがなかった。前田と松浦は彦斎がひとを斬る際、神の託宣を聞くことを知っている。

彦斎が迷うことなく決断を下したのは神のお告げがあったからに違いない、と思った。

「よしやろう」

「今日こそ、象山を斬ろう」

ふたりが勢い込んで言うのを彦斎は微笑して受け止めた。さらに懐から地図を取り出すと、どこかで聞く者がいるのを恐れるのか、無言のままある場所を指差してふたりの顔を交互に見つめた。

ふたりはここで象山を待ち受けろ、ということのようだった。ふたりがうなずくと彦斎は自分を指差してから、三条木屋町にある象山の宿の近く、片側町を、とん、と音を立てて指で差した。すなわち、前田と松浦が先手となって襲い、逃げてきた象山を彦斎が仕留めるというのだ。

前田と松浦は彦斎が指を押し当てた場所をじっと見つめた。彦斎の指が差した地図から血が滲《にじ》み出てくるかのように見えた。

象山が松代藩宿所を出て帰途についたのは、昼過ぎのことだった。

日差しが強く、目に痛いほどで、暑さのため象山の背中は汗に濡《ぬ》れた。

象山が馬をゆったりと進めていくと、間もなく木屋町というあたりでふたりの武士が飛び出し、抜刀して斬りかかった。

前田と松浦だった。

「無礼者――」

象山は雷のような大声を発した。しかし、ふたりは馬を挟むようにして走りながら斬りつけた。

前田の振るった刀は象山の左腿《もも》を浅く斬った。松浦が無暗《むやみ》に振るった刀は象山の背に傷を負わせ、さらに馬まで斬った。

馬が驚いて棹立《さおだ》ちになったが、象山はこれを必死で鎮めた。さらに傷の痛みに屈せず馬を走らせた。

背や足に負った傷は浅手で宿にさえたどりつけば助かると思った。象山は死にたくなかった。自分には成し遂げねばならない仕事があると思った。

馬腹を蹴《け》って馬を走らせたとき、脳裏に吉田寅次郎の顔が浮かんだ。

象山は自分を襲った者は長州尊攘派に違いないと思った。だとすれば、寅次郎を師として慕う者たちだろう。

象山は寅次郎が企てた黒船でのアメリカ密航未遂に連座して八年もの間、蟄居《ちっきょ》した。さらにいままた、寅次郎の弟子と思《おぼ》しき尊攘激徒に命を狙われている。

(師であり、弟子であったとは言っても、吉田寅次郎とは何という悪縁だったことか)

象山は歯噛《はが》みしながら馬を走らせた。

襲撃してきたふたりを振り切り、宿が見えてきた。

助かった、と象山がほっとしたとき、道に小柄な武士がふらりと現れた。

彦斎だった。

象山は彦斎が右足を前に出し、左足を後ろに引いた独特の構えをとるのを見て蒼白《そうはく》になった。

「何者だ――」

吉田寅次郎の弟子ではなさそうだ、と思って象山は怒鳴った。その瞬間、馬が彦斎の傍らを通り過ぎた。

彦斎は跳躍した。宙で象山の胴を薙《な》いだ。

象山は、あっと声を上げ、落馬した。馬が駆けすぎた後、彦斎は地面に降り立ち、刀をぶらりと片手に提げて象山を見つめた。

象山は痛みに耐えて立ち上がった。あえぎながら刀を抜く。

彦斎は不思議な物を見るようにじっと象山を見つめたが、つかつかと近寄ると真っ向から斬り下ろした。

象山は顔を割られて頽《くずお》れた。うめき声すら漏らさず、うつぶせに倒れた。

倒れた象山を見据えていた彦斎の額から不意に汗が吹き出した。

気が付けば彦斎の顔は蒼白になっていた。一瞬、目を閉じて、えいっ、と気合を入れて刀を鞘《さや》に納めた。

そのとき、象山の従者が何事か叫びながら追いついてきた。その叫び声を聞いて宿からも数人が飛び出てきた。

その中に恪二郎もいた。

「父上――」

恪二郎が叫びながらやって来るのを見た彦斎は踵《きびす》を返して北へ走った。恪二郎が助け起こしたとき、象山はすでに事切れていた。

そのころ、彦斎は長州藩邸の東北側を流れる高瀬川の橋を渡っていた。

象山の遺骸《いがい》は西町奉行所の御小人目付《おこびとめつけ》によってあらためられた。

象山の体には十数カ所の傷があったが、主な傷について、御小人目付は、次のように報告した。

——疵所《きず》ハ左ノ脇、肋骨《ろっこつ》ヲ刀ノ突疵一ヵ所深ク肺ヲ貫キ、而シテ又、背首ノ付根ヨリ五六寸ヲ下リ一刀ヲ下シ、死ヲ確ムル為メ切付タルモノ也《なり》

刺客が冷静に象山に止《とど》めを刺したのは明らかだった。

この日の夜、三条大橋のたもとに三人の黒い影が立った。彦斎と前田伊右衛門、松浦虎太郎だった。

虎太郎は用意してきた斬奸状《ざんかんじょう》を橋の高欄に貼りつけた。象山の罪状として、

——恐多くも九重（天皇）御動座、彦根城へ奉移《うつしたてまつり》候儀を企て、昨今頻《しきり》に其機を窺《うかが》い候大逆無道

とした。彦斎は月光に白く浮かび上がった斬奸状を見ても黙したまま、何も言わない。

前田がうかがうように彦斎を見て、訊《き》いた。

「河上さん、どうしました。気分でも悪いのですか」

彦斎は薄く笑った。

「わたしはいままで何人もひとを斬ったが、これまでは藁《わら》人形を斬るかのようだった。だが、象山を斬ったときは、さすがにひとを斬ったという気がした。あの男はやはり、稀代《きたい》の傑物だったのであろう」

　松浦が首をかしげた。

「河上さんがひとを斬って悔いるのは珍しいですな。もはや、人斬りはおやめになりますか」

　彦斎はゆっくりと頭を横に振った。

「やめはせん。象山はこの国が生まれ変わるための生贄《いけにえ》として祭壇に捧《ささ》げられたのだ。いずれわたしもそうなる。時が早いか遅いかの違いだけだ」

「では、河上さんは天子様の新たな世を見ぬままこの世を去る覚悟ですか」

　前田が静かに訊いた。

「いや、さすがにひと目、天子様の世を見たいと思っている。しかし、ひと目、見れば十分だ。わたしは新たな世を見た、そのときにこそ――」

　死ぬ、という言葉を口にしないまま、彦斎は歩き始めた。

「間もなく戦が始まるぞ」

　彦斎は誰に言うともなくつぶやいた。彦斎の背中はあたかも亡くなった佐久間象山を悼むかのように悲しげだった。

七月十八日夜半——

長州勢は動き始めた。

十九日早朝、京都守備軍との間に戦端が開かれた。

伏見の福原越後勢三百は伏見街道で大垣《おおがき》藩勢と戦った。この際、越後が負傷したため入京できずに退いた。

一方、嵯峨の天龍寺に屯集していた国司信濃と来島又兵衛が率いる軍勢は二手に分かれて、国司勢が中立売御門を突破し、来島勢は蛤御門《はまぐりごもん》に迫って激戦を展開した。各門を固めていたのは、

筑前

会津

桑名

薩摩

の藩兵だった。激戦の最中、来島又兵衛は狙撃《そげき》されて戦死した。

また、山崎にいた真木和泉、久坂玄瑞らは堺町御門《さかいまちごもん》に向かい、福井、桑名、彦根藩兵や援軍として駆けつけた薩摩、会津藩兵と交戦した。久坂玄瑞と寺島忠三郎《てらしまちゆうざぶろう》は負傷して鷹司《たかつかさ》邸に至ると自決した。

真木和泉も負傷して天王山に退くと切腹して果てた。いわゆる、

——禁門の変
と呼ばれる戦いは一日で終ったが、京都の火災は二十一日まで続いて、市中の家屋二万八千余戸が焼失した。

この際に六角《ろっかく》の獄中にあった志士たちも多く殺害された。

長州藩は敗兵を収めて帰国し、京に上ろうとしていた世子毛利《もうり》定広《さだひろ》も途中から引き返した。

七月二十三日には長州藩追討の令が出され、翌日には中国、四国、九州の二十一藩に出兵令が下された。長州尊攘派は追い詰められようとしていた。

彦斎はまたもや長州へ奔《はし》った。

十六

長州は苦境に陥った。

これまで尊王攘夷《そんのうじようい》第一の藩として朝廷を掌中で動かしてきた長州藩は、〈禁門の変〉をおこしたことで一転、朝敵の汚名を着た。しかもイギリス、フランス、オランダ、アメリカの四カ国連合艦隊の攻撃も受け、文字通り四面楚歌《しめんそか》となった。

藩政は佐幕派が握ることになり、幕府の征討軍が長州藩境に迫っていた。尊攘派は壊滅寸前にまで追い詰められた。

この苦境を救ったのは、高杉晋作の、

――功山寺《こうざんじ》決起

だった。

元治元年（一八六四）十二月十五日深夜、晋作は長府の功山寺に三条実美ら五卿《ごきよう》を訪ねた。烏帽子《えぼし》型の兜《かぶと》を首にかけ、紺糸縅《こんいとおどし》の小具足に陣羽織をまとった晋作は方丈の間で実美らと面会すると、酒を所望した。

実美らはただならぬ晋作の様子におびえながら酒を用意させた。盃《さかずき》をあおった晋作は、大きく吐息をついた後、

「ただいまより、長州男児の肝っ玉をご覧にいれる」

と言い放った。

このとき、晋作は佐幕派が牛耳る萩《はぎ》の藩政府を打倒しようと奇兵隊《きへいたい》をはじめ諸隊を説いて決起をうながした。しかし、応ずる者は少なく、わずかに伊藤俊輔《いとうしゆんすけ》（博文《ひろぶみ》）の力士隊と遊撃隊、合わせて八十人が従っただけだった。

それでも晋作は決起に踏み切り、五卿にあいさつした後、ただちに馬関に向かった。萩藩の出先機関である会所を襲撃した晋作は、二十名からなる決死隊とともに三田尻《みたじり》

港の海軍局に向かい、軍艦を奪った。

晋作が決起し、さらに軍艦まで奪ったという報《しら》せは藩内を激震させた。

藩政府はただちに晋作を討伐しようとしたが、この動きを知った長府の奇兵隊や御《み》楯隊《たてたい》は晋作に呼応しようと動き出した。

長府にいた彦斎も諸隊と行をともにしようとしていたが、三田尻から馬関に戻った晋作が、

「会いたい」

と伝えてきた。彦斎が馬関の会所に赴くと、散切《ざんぎ》り頭の晋作が広間で迎えた。ほかにひとはいない。

板敷に広げた長州藩の地図に見入っていた晋作は、目を光らせて開口一番、

「河上さん、あなたに一隊を率いてもらいたい」

とよく通る声で言った。

彦斎はむっつりとして、言葉を返した。

「わたしにはひとを率いる器量はない」

「そんなことはあるまい。京洛《けいらく》で鳴らした人斬り彦斎ではないか」

晋作はあからさまに〈人斬り〉と呼んだ。軽んじているわけではないだろうが、重んじているとも思えない。

かねてから晋作が京で天誅《てんちゅう》を行う志士を好まず、

——功名勤王

と蔑《さげす》んでいることを彦斎は聞いていた。

晋作には、天誅と称して人殺しを行う者たちは尊攘運動に乗じて世に出ることを目《もく》論《ろ》んでいるとしか見えないのだろう。

彦斎はひややかに言った。

「わたしは君が嫌う〈人斬り〉だ。それゆえ、隊長などは務まらぬ。斥候ならばできようから斥候にしていただこう」

「ほう、足軽あがりの伊藤俊輔は力士隊の隊長にすると言ったら、喜んで引き受けましたぞ」

「伊藤君は伊藤君、わたしはわたしだ」

彦斎が切り捨てるように言うと、晋作はからりと笑った。

「なるほどわかりました。河上彦斎は行者のように人を斬ると聞いていたが、まことのようだ」

彦斎はじっと晋作を見つめた。

「高杉君はわたしに何か含むところがあるようだな」

晋作は微笑した。

「含むところなどありませんが、河上さんが佐久間象山を斬ったのは過ちであったと思っています」

「なんだと」

「佐久間象山はわたしの師、吉田松陰先生の師ですから、われら松下村塾の門下生にとっては大師匠にあたる」

晋作が言うと、彦斎は嗤《わら》った。

「私情ではないか」

「なるほど私情かもしれませんが、象山は生かしておけばこの国の役に立ったひとだ。なぜ殺したのですか」

晋作は厳しい眼差《まなざ》しを彦斎に向けた。

「尊王攘夷のためである」

彦斎は平然と答えた。晋作は口をゆがめた。

「尊攘と言いさえすれば、すべては許され、恣意《しい》によって人殺しができると思っているのか」

彦斎はゆっくりと頭を横に振った。

「佐久間象山はなるほど逸材であったかもしれぬが、その考えは西欧に媚《こ》び、阿《おもね》るところがあった。象山の考えはわが国の基をゆるがすことになる。それゆえに斬ったまでだ。何の不都合もない」

「河上さんの考えだと、西欧の者たちをひとり残らず斬らねば攘夷《じょうい》はできないことになる。それは無理なことでしょう」

ひややかに晋作が言ってのけると、彦斎はかたわらに置いた刀にそろりと手を伸ばした。それを見た晋作は懐からさっと短銃を取り出すと、銃口を彦斎に向けた。

「わたしを斬るのはやめてもらいましょう。これでも、まだやらねばならぬことがありますから」

彦斎は恐れる様子もなく刀を引き寄せた。

「そんなもので、わたしが斬るのを防ぐつもりか」

憐《あわ》れむように彦斎が言うと、晋作はにやりとして短銃の引き金に指をかけた。

「試してみましょうか」

「やってみることだ」

彦斎の目が鋭く光った。

晋作と彦斎は睨《にら》みあった。しばらくして、晋作はにこりとして短銃を懐にしまった。

彦斎も刀から手を放す。

晋作はさばさばした表情で、

「まあ、わたしの命はしばらく河上さんに預けましょう。わたしのやることが国のためにならないと本気で思ったら斬りに来ればいい」

「そのときは、短銃で迎え撃つか」

彦斎が皮肉な目を向けると、晋作はからりと笑った。

「そんなことはしません。人斬り彦斎に狙われているとわかったら、わたしは逃げるだけですよ」

逃げるという言葉をあっさり吐く晋作を見つめて彦斎は、

（この男は我が国の混乱を救うために、神によって遣わされたのかもしれぬ）

と思った。


奇兵隊や御楯隊などの諸隊は長府を引き払い、小月《おづき》、美祢《みね》郡伊佐《いさ》へと転進した。このころ五卿は九州の太宰府《だざいふ》に動座することが決まっていた。

五卿のうち、二卿が藩主父子にあいさつのため萩へ赴くのを護衛するという名目だった。しかし、二卿は途中から引き返し、諸隊は伊佐に留《とど》まった。

馬関から三田尻に戻った彦斎は諸隊と合流すべく有志たちと出発した。まず山口へと向かった彦斎は、すでに日が暮れた途中の街道で篝火《かがりび》が焚《た》かれ、足軽たちが番所を置いて警戒しているのに気づいた。

「わたしが様子を見てくる」

彦斎は有志たちを留めて、闇の中を走り、いきなり刀を抜いて篝火の前に躍り出た。

「諸隊の兵はすぐそこに迫っているぞ。降伏せねば皆殺しに斬って捨てる」

女人と見まがうほどととのった顔立ちの彦斎だが、篝火に赤く染められた姿はあたかも能の鬼女のようだった。

足軽たちは、彦斎の凄《すさ》まじい迫力に恐れをなし、跪《ひざまず》いて降伏した。彦斎はこの足軽たちに道案内をさせて、街道を進んだ。

すると街道沿いに、大きな番所があるのが見えた。彦斎は道案内をしてきた足軽に、待機させている有志たちを呼びにいかせた。

有志たちが来る前に番所の様子をさらに探ろうと思った彦斎は近くの農家から蓑《みの》と笠《かさ》を手に入れた。

顔を隠した彦斎は篝火が焚かれ、数十人が屯《たむろ》する番所の前を通り過ぎようとした。だが、番兵がすぐに彦斎を見咎《みとが》めて誰何《すいか》した。彦斎は、声を低くして近隣の百姓だと告げて、

「山口に帰る途中でございます」

と言った。だが、番兵は、手燭《てしょく》を持って近づいて声をかけた。

「その方、百姓の言葉遣いではないのう。怪しい奴だ」

彦斎は黙っていたが、番兵が笠に手をかけようとした瞬間、蓑の下に隠していた刀

を剝《む》いて斬りつけた。

うわっ、と番兵は声を上げて倒れた。

彦斎は倒れた番兵を飛び越えて篝火を斬り倒してまわった。

金粉のような火の粉が飛び散った。

この物音に驚いてほかの番兵たちが駆けつけた。

「尊攘派だ」

「捕えろ」

番兵たちは怒鳴りつつ彦斎に迫った。だが、彦斎は落ち着いて片足を前に出した、いつもの斬撃の構えをとった。

番兵たちはぎょっとしたように立ちすくんだが、中のひとりが勇気を奮って斬りつけた。その瞬間、彦斎の刀がきらりと光った。

番兵は声もなく頽《くずお》れて、地面に倒れた。

彦斎は闇にまぎれて跳梁《ちょうりょう》し、さらに三人を斬り倒した。番兵たちが恐れて彦斎を遠巻きにしたとき、
だーん
と銃声が響いた。有志たちが駆けつけ、銃撃したのだ。番兵たちは蜘蛛《くも》の子を散らすように逃げた。

彦斎たちは悠々と山口に入り、諸隊と合流した。

一月七日早朝――

奇兵隊軍監山県狂介率いる諸隊は絵堂《えどう》に駐屯する藩政府軍の陣営を奇襲した。いわゆる、

――大田《おおだ》絵堂の戦い

である。諸隊が鉄砲を撃ちかけて襲いかかると、油断していた藩政府軍は混乱に陥って敗北した。

絵堂で勝利した諸隊群は絵堂に本拠を移し、軍備を立て直した藩政府軍と激しく戦った。馬関を制圧していた晋作も、一月十五日には遊撃隊を率いて大田の諸隊と合流した。

藩政府軍はたまらず十六日には撤退を開始した。

尊攘派は藩政を奪還したのである。

十七

このころ佐久間象山の息子恪二郎は、名を三浦啓之助《みうらけいのすけ》と改めて新撰組に入隊してい

た。

前年、象山が暗殺された三日後、松代藩は恪二郎に蟄居《ちっきょ》を命じた。象山の致命傷が後ろ疵《きず》だったため、襲われて逃げたのが武士にあるまじき振る舞いである、とされたのだ。

松代藩家中にはかねてから象山の傲慢《ごうまん》さを嫌う者が多かった。このため暗殺された象山への風当たりが厳しかった。

父を失った上に蟄居を申しつけられて困惑した恪二郎に、伯父《おじ》の海舟からは、

──気の毒ゆえいか様にも世話いたし候

という手紙が来た。神戸の海軍操練所に来てはどうか、という誘いだった。しかし、恪二郎はそんな気になれなかった。

無惨に斬られた父の姿が目に焼き付いていた。

(このままではすまさぬ)

父を斬った河上彦斎への憎悪が胸に宿っていた。

だが、相手が京洛に名を轟《とどろ》かせた人斬りだけに、若輩の自分が討てる相手ではないとわかっていた。

どうすればいいのか、と恪二郎は悶々《もんもん》として日々を過ごした。

そんな恪二郎に新撰組に入ることを勧めたのは象山の門人の会津藩士、山本覚馬《やまもとかくま》だった。

覚馬は蟄居を命じられた恪二郎を訪ねて、

「父上の仇《かたき》を討つしか、生きる道はありませんぞ」

と言った。覚馬の言葉に恪二郎は希望を見出《みいだ》した。

(新撰組なら人斬り彦斎を斬ることができるに違いない)

恪二郎は伯父の勝海舟の添え状をもらい、覚馬に付き添ってもらい新撰組の屯所を訪れ入隊を申し出た。

昨年七月十七日のことである。

近藤は高名な象山の息子が仇討《あだうち》のために新撰組に入ることを喜んだ。

「われらも助太刀して、必ず父上の仇を討たせて差し上げる」

力強い近藤の言葉に安堵《あんど》して入隊した恪二郎は、その日から近藤の側に仕えることになった。

これに苦い顔をしたのが土方歳三だった。

土方はある日、局長室に入ると、ひとりでいた近藤に、

「近藤さん、三浦啓之助はいけませんよ」

といきなり言った。

近藤はにやりと笑った。

「いけないとはどういうことだ」

土方はひややかに答える。

「あいつは名家の息子で、剣術や学問で鍛えられずに来ている。惰弱者だが、その癖、父親が世に聞こえた学者だけに傲慢だ。あれでは隊士たちから嫌われてろくなことになりませんよ」

「隊士たちから嫌われているのは、歳《とし》も同じことだろう」

近藤がからかうように言うと、土方はむっつりとして、

「わたしは別だ」

わかっているはずだ、という顔をした。

近藤は大きくうなずいて言葉を継いだ。

「まあ、やかましいことを言うな。河上彦斎はおそらく長州に匿《かくま》われているだろう。奴を斬らねば、われらの面目が立たぬ。奴をおびき出すには、父の仇討という名分がある三浦啓之助が新撰組にいると伝えることだ。あの男は自分が狙われていると知れば、三浦を襲いにくるだろう。そこを斬るのだ」

「そううまくいくかな。いまのままでは、三浦はいずれ沖田あたりに斬られるぞ」

土方が渋い顔をすると、近藤は笑った。

「それなら、それでもいい。斬ったのは河上彦斎だということにして、われらは新撰組隊士の仇討をするまでだ」

土方は苦笑した。

「なるほど、世間ではわたしのことを新撰組の鬼などと呼んでいるが、近藤さんの方がよほどに悪辣《あくらつ》だな」

「そうでなければ、局長は務まらん」

近藤は不敵な顔になった。

「三浦はいつでも捨て殺しにするということなら、わたしはこれ以上、文句は言わないでおこう」

得心したように土方が言うと近藤は大きく頭を縦に振った。

「歳、これからは将軍家と長州の天下分け目の大戦になるぞ。捨て駒なんぞはどれだけあっても足らん。わたしもお前も、いずれは捨て駒になる覚悟でいなければなるまい」

「そうか。われらは捨て駒か」

土方の目が光った。

「そうだ。それだけに尊攘派の捨て駒である人斬り彦斎を早く始末せねばならん。油断しておれば、あ奴に足をすくわれるぞ」

近藤が厳しい口調で言うと土方は深々とうなずいた。

入隊後、恪二郎は〈禁門の変〉や山崎での長州勢追討の戦いに新撰組の一員として参加した。

もっとも、近藤の養子である周平《しゅうへい》とともに、近藤の左右に近侍して進軍しただけに、取り立てて危うい目にあうことはなかった。

それでも戦場に立ったということが恪二郎を昂揚《こうよう》させた。あるとき屯所で隊士たちと話していて、声高に自らの佩刀《はいとう》を自慢した。すると、隊士のひとりが、

「自慢すべきは刀ではなく、腕ではないのか」

と嘲《あざけ》った。

常に命がけで尊攘派の浪士と斬り合ってきた隊士たちにとって、父親が高名な学者というだけで近藤にかわいがられている恪二郎は疎ましかった。

嘲られた恪二郎はとっさに言い返すこともできなかったが、この隊士を恨んだ。

ある日、この隊士が広間で囲碁をしているのに行き合わせた。

刀を腰にしていた恪二郎は足音をひそめて隊士の背後にそろりとまわった。いきなり抜き打ちを見舞おうと思っていた。

本気で斬るつもりはなかった。

寸止めにして自分を嘲った隊士の肝を冷やし、見直させてやろうと思っていた。刀の柄《つか》に手をかけた瞬間、恪二郎の襟首がつかまれ、ぐいと引っ張られた。あっと思った時には、恪二郎は縁側から庭に投げ飛ばされていた。

「何をする」

倒れた恪二郎は庭から縁側を見上げて叫んだ。

「何をする、というのはこちらが言う言葉だ。仲間の背後にまわって刀の柄に手をかけるのはただごとではないな」

縁側に立って恪二郎を見下ろしていたのは沖田総司だった。

恪二郎が狙った隊士は物音に驚いて縁側に出てくると、様子を察して、

「沖田先生、三浦は剣の腕が立たないことを嗤《わら》ったわたしを斬るつもりだったようです」

と言った。恪二郎は立ち上がると、あわてて口を開いた。

「脅かそうと思っただけです。斬ろうとしたわけではありません」

沖田はじろりとつめたく恪二郎を見た。

「新撰組ではたとえ脅しであろうと、仲間に向かって刀の柄に手をかければ、切腹は免れないのを知らないのか」

ひややかに言われて恪二郎は息を呑《の》んだ。これまで近藤からかわいがられていたため、新撰組の規律が酷《ひど》く厳格であることを忘れていた。

「切腹するより、わたしに斬られたほうが楽だぞ」

沖田は言いながら、ひらりと庭に飛び降りた。そのまま恪二郎に近寄ったときには、刀を手にしていた。

縁側に立ったとき、沖田は腰に脇差《わきざし》を差していただけだった。それなのにいつの間に大刀を手にしたのか、と思った恪二郎ははっとした。

沖田が手にしているのは恪二郎の刀だった。庭に下りた沖田は近寄るなり、恪二郎の刀をとっていたのだ。

あまりの早業に恪二郎が愕然《がくぜん》としていると、沖田は刀の切っ先を恪二郎の胸に突きつけた。

「君はどうせ長生きはできそうにもない。ここで死んだほうがよくはないか」

なにげなく沖田に言われて、恪二郎は青ざめ、震え上がった。

沖田は刀を手にしたままゆっくりと前に出る。刀の切っ先が恪二郎の胸にふれた。

「助けてくれ――」

恪二郎が悲鳴をあげたとき、縁側から声がした。

「沖田、そ奴をからかうのはいいかげんにしておけ」

土方だった。沖田は恪二郎に刀を突きつけたまま、振り向こうともしない。

「からかってなどいませんよ。いつもの土方さんなら、とっくに三浦に切腹を申しつけているでしょう。だから、わたしが切腹の手間を省いてやろうというのです」

「だが、そいつを斬れば局長が怒る。やめておくことだ」

土方はうんざりした口調で言った。

「どうして近藤さんはこの男のことで怒るのですか」

沖田はつまらなそうに訊《き》いた。

「そ奴は河上彦斎を仇《かたき》と狙っている。彦斎は仇として狙われていると知れば、その男を斬りにくるだろう。そのときにわれらが彦斎を斬る。つまり、そ奴は彦斎をおびき出すための生餌《いきえ》というわけだ」

土方が淡々と言うと沖田はにやりと笑った。

「なるほど生餌ですか。だとすると、斬るわけにはいきませんね」

「そういうことだ」

土方は腕を組んで沖田を見つめる。沖田は刀を逆手に持ち替えると、ためらいもなく恪二郎が腰に差した鞘《さや》に納めた。

「生餌なら、生餌らしくしていることだ」

言い置いた沖田は縁側に上がった。土方は笑って沖田をうながし奥へと向かった。

沖田は土方に従っていく。

恪二郎はふたりの後ろ姿を呆然《ぼうぜん》として見送った。

（新撰組にいるということは、彦斎を呼び寄せるための餌になるということなのか）

近藤は仇討《あだうち》の助太刀をすると言った。だが、もし自分が役に立たないと思われたら、いつでも殺されるのではないか。

人斬り彦斎を追うつもりで、いつの間にか同じような〈人斬り〉たちの中に入ってしまったのだ。

恪二郎の背筋をつめたいものが流れた。

慶応《けいおう》元年（一八六五）九月――

将軍家茂は長州征伐の勅許《ちょっきょ》を得た。長州藩では高杉晋作の決起により、政権が再び尊攘派の手に落ちたことは幕府の耳にも入っていた。

幕府はもはや、長州藩の恭順は無いとみていたが、開戦を前に大目付の永井主水正尚志らを長州訊問使《じんもんし》として広島へ派遣した。

この時、近藤ら新撰組も同行した。近藤はかねてから、〈人斬り〉集団の首領であることよりも、政客として活躍することを望んでおり、長州訊問使に同行して長州の動きを探ることを、その第一歩にする考えだった。

このころ、家茂が将軍職を一橋慶喜に委譲して江戸へ戻ろうとするなどの混乱が幕府内に起きていた。

近藤は家茂の将軍辞職を翻意させようと京、大坂間を駆け回っていた。幕閣はそんな近藤の動きをうるさがり、長州への訊問使の一行に近藤を加えたのだ。

近藤は自らとともに、広島に下る隊士として、

伊東甲子太郎《いとうかしたろう》
武田観柳斎《たけだかんりゅうさい》
尾形俊太郎《おがたしゅんたろう》
山崎烝
前野《まえの》一郎《いちろう》
芦屋昇《あしやのぼる》
新井《あらい》忠雄《ただお》
服部武雄《はっとりたけお》

を選んだ。さらに元長州藩奇兵隊総督で京に潜伏中に幕吏に捕えられた赤根武人を同行することにしていた。

赤根は、海防僧として名高かった僧月性《げっしょう》の教えを受けた尊攘派だった。

高杉晋作の後を受けて奇兵隊総督となったが、隊務よりも政局の中で動くことを好み、〈禁門の変〉の後は幕府への恭順派となり、高杉らと対立して脱藩、京へ出てきたところを捕えられたのだ。

赤根にしてみれば、久坂玄瑞ら松下村塾系の尊攘派の過激な行動によって窮地に追い込まれた長州藩を救おうという思いがあった。だが、近藤たちから見れば、単なる長州尊攘派の脱落者である。

近藤は赤根を長州の様子を探る密偵として使おうと目論《もくろ》んでいた。

近藤は単なる随行に留《とど》まらず、広島から防長二州に潜入し長州領内の実情を探索しようとしていた。

十一月四日――

近藤は長州訊問使の永井主水正に随行して、大坂天保山《てんぽうざん》沖から幕府の軍艦に乗って西下した。

訊問使と長州藩の談判の地に選ばれたのは、言わば中立地帯の安芸《あき》国、広島だった。

談判の会場には広島きっての禅寺、国泰寺《こくたいじ》が選ばれた。

長州の使者が広島に着いたのは二十日のことだった。使者は、

――宍戸《ししど》備後助《びんごのすけ》

と名のった。

　だが、近藤に付き添っていた赤根武人は近藤にささやいた。

「あの男は、長州藩の重臣ではありませんぞ。山県半蔵《はんぞう》という軽い身分ながら口舌に長《た》けた男です」

　近藤はこのことを永井に言上して、

「これだけでも長州藩に誠意が見られないのは明らかですぞ」

　と断言した。

　永井は近藤の言葉をむっつりとして聞いた。永井にしてみれば、できれば長州藩を穏やかに恭順させたい。だが、近藤にしてみれば、長州藩と幕府の間で戦端が開かれてこそ、自分の活躍の場が広がるのだ。

　平穏な話し合いを望んでいない気配がありありと見えるだけに、永井は近藤を疎ましく感じていた。

　もともと長州藩が〈禁門の変〉を引き起こしたのは、新撰組が池田屋を襲って尊攘派志士を殺したからではないか、と永井は思っていた。

　近藤は長州入りを強く望んでおり、永井はやむなく談判の途中で宍戸にこのことを伝えた。宍戸はにこやかな表情ながら、

「それは、ちと難しゅうございます」

　と答えた。

「なぜ、難しいのだ。長州藩の恭順がまことならば、内情を知られて困ることはあるまい」

永井が食い下がって言うと、宍戸は丁重な言葉つきながら、しぶとく拒んだ。

「なぜならば、近藤なる御仁は新撰組を率いられ、尊攘派の者たちを数多《あまた》、斬られたと聞き及んでおります。されば、そのことを恨む者がいて大事となっては困りますゆえ」

「さような動きがないようにいたすのが恭順ではないか。家中の者の動きを取り締まることができぬようでは、まことの恭順とは申せまい」

永井は厳しい声音で告げた。

「たしかに家中の者たちだけならさようでございましょうが、わが藩には、いまや諸国の尊攘派の者たちが多数、入り込んでおります。その者たちすべてを取り締まることができぬことは、おわかりいただけるのではありますまいか」

宍戸の舌はなめらかだった。

「諸国の尊攘派がいると申すのか」

永井は首をかしげた。

「はい、さようでございます。たとえば、肥後の河上彦斎なる者がおります。彼の者は京にて〈人斬り彦斎〉と呼ばれたほど腕の立つ尊攘派でございます。新撰組が長州に入ろうといたせば、おそらく黙ってはおりますまい」

宍戸の口辺には皮肉な笑みが浮かんでいた。

永井と宍戸の談判で長州入りが許されなかったと知った近藤は、長州藩の使者の宿舎にまで押しかけたが、相手にされなかった。

しかし、近藤らはあきらめず、広島藩士に頼み込んで長州藩の隣の岩国《いわくに》藩へと入った。長州藩にできるだけ近づき、情報を得ようとしたのだ。

同行したのは武田観柳斎と伊東甲子太郎である。

こうして近藤は長州に潜伏している彦斎にじりじりと近づいていった。


彦斎はこのころ山口にいた。

幕府の訊問使と長州藩を代表する宍戸備後助が談判していることは耳に入っていたが、やがて奇怪な噂を聞いた。

新撰組の近藤が訊問使に同行しているという。しかも談判の最中、岩国藩の領内に入ったらしい。

彦斎は目を光らせた。

（宮部先生の仇《かたき》だ）

池田屋で宮部鼎蔵を斬ったのは、おそらく近藤だろうと思っていた。

（近藤が近くまで来ているのなら、見逃すわけにはいかぬ）

彦斎は誰にも告げず、笠《かさ》をかぶっただけの牢人《ろうにん》姿で岩国へと向かった。

十八

岩国藩では、新撰組の近藤が突然訪れたことに驚き、藩の重役たちは対応を協議したうえで、近藤との面会を断った。

長州藩だけでなく岩国藩にまで訪問を拒まれたことで近藤は焦りを覚えた。同行している伊東甲子太郎に、

「どうしたものだろうか。伊東君、知恵はないか」

と相談した。

伊東は前名を鈴木大蔵《おおくら》という。色白の端正な顔をしている。常陸《ひたち》国志筑《しづく》藩の出身で江戸に出て北辰一刀流《ほくしんいっとうりゅう》を学び、道場主となった。

熱烈な尊王攘夷《そんのうじょうい》論者であったが、新撰組に入ることになったのは、かねてから伊東道場に出入りしていて近藤の門人でもあり、すでに新選組隊士となっていた藤堂平助の勧誘によってだった。

入隊に際して、伊東と面談した近藤は当時の常識でもあるだけに、尊王攘夷の志が

あることを明言した。

伊東は近藤の言を信じて入隊したのだ。しかし、伊東が思っていたのとは違い、新撰組は幕府に仕える剣客集団でしかなかった。

あくまで尊王攘夷の志を貫こうとしている伊東は、このころ新撰組からの離脱を考えるようになっていた。

それだけに近藤から問われた伊東は含みのある返答をした。

「知恵はないことはありませんが、局長の一身に関わることだけに申し上げかねます」

「かまわぬ。言ってくれ」

近藤は目を光らせて言った。

甲子太郎はやむを得ないという面持ちで言葉を継いだ。

「されば、すでに岩国藩までは来たのです。許しを待っていては何もできませんから、このままひそかに藩境を越えて長州に入り、先に潜入させた赤根武人に案内させて長州藩の佐幕派と会ってはいかがでしょうか。そうすれば長州藩の内情は手に取るようにわかります。ただし――」

甲子太郎はそれ以上言わずに、近藤の顔を見つめた。

近藤は薄く笑った。

「なるほど、長州に潜入して尊攘派に気づかれたら、まずは命がない、ということだな」

「さようでござる」

近藤は少し考えてから、不敵な表情を浮かべた。

「わかった。虎穴《こけつ》に入らずんば、虎児を得ずだ。長州に入ろう。伊東君、段取りをつけてくれ」

放胆な近藤の言葉に伊東は息を呑《の》んだ。それでも胸を落ち着かせて、

「されば、まず、赤根を岩国まで呼び寄せましょう」

と言った。

近藤はうむ、と満足げにうなずいた。


数日後――

岩国城下の近藤の宿舎を赤根武人が訪れた。

寒気が厳しく、近藤の居室には鉄瓶が据えられた火鉢が置かれ、炭が熾《お》きていた。

近藤の傍らに伊東と武田観柳斎が控えている。

赤根は近藤たちと会うなり、迷惑げな顔をして、

「長州に入られるとは無謀に過ぎまするぞ」

と言った。

赤根は長州に入るなり、旧知の者たちに幕府への恭順を説いている。それなのに、新撰組の近藤が長州に乗り込んできたとあっては反発を招いて説得どころではなくなる、と言った。

「それでもやらねばならぬと思っているのだ。案内してもらおうか」

近藤が凄《すご》みを利かせた言い方をすると、赤根の顔がやや青ざめた。だが、さすがにすぐに承知するわけにもいかないらしく、しばらく黙って考えた後、

「いかがでしょうか。近藤局長が長州に入られては、さすがに騒ぎとなりましょうから、伊東殿か武田殿が代わりに来られるということなら、それがしも案内できると思いまするが」

と慎重な口ぶりで言った。なんとしても近藤の長州入りは止めるつもりのようだ。

「なんだと。わたしは入れぬというのか」

近藤は気色ばんだ。赤根は眉《まゆ》をひそめて、

「それは当たり前でござろう。新撰組の近藤局長が長州に入られたと知れば、尊攘派が群がり襲ってまいりますぞ。中でも河上彦斎などは池田屋で斬られた肥後の宮部鼎蔵殿の仇討《あだうち》のためと称して、真っ先に斬り込んで参るのは必定でござる」

と説いた。

赤根は近藤が尊攘派にどれほど憎まれているか知っている。ここで近藤が長州に入れば恭順論など消し飛ぶのは明らかだけに必死だった。

「河上彦斎など、何ほどのことがあろうか」

近藤は嘯《うそぶ》いた。武田も傍らから、

「人斬り彦斎などと言われてはいるが、たかが茶坊主上がりだ。恐れるには足らん。局長のお手を煩わせるまでもなく、わしが切り捨ててやるぞ」

と大言壮語した。そのとき、

「茶をお持ちしました」

と縁側から男の声がした。

武田が訝《いぶか》しそうにひざ前の茶碗《ちゃわん》を見た。

「茶なら先ほど女中が持ってきたぞ」

観柳斎が言い終わらぬうちに、障子がさっと開けられ、武士が疾風《はやて》のように飛び込んできた。

彦斎だった。

部屋に入るなり、彦斎は火鉢を飛び越えざまに鉄瓶を足で蹴《け》った。鉄瓶が火鉢の中に倒れ、湯があふれて灰が立ち上った。

「曲者《くせもの》――」

近藤が床の間の刀掛けに手をかけようとしたとき、彦斎は居合を放った。近藤は刀を手にする余裕がなく、横に倒れながら脇差《わきざし》を抜いた。

伊東もとっさに脇差を抜いた。

武田は叫びながら縁側に飛び出た。居室に置いてある刀を取りにいったようだ。同時に赤根も武田の後について座敷を出た。

「刀をとって参る」

赤根は大刀を持っていたが、襲ってきたのが彦斎だと見て、とっさに逃げ出した。赤根は彦斎の腕前を知っていた。

怜悧《れいり》な男だけに逃げた方がいいと思ったのだ。

濛々《もうもう》と灰が立ち込めた部屋の中で床の間を背に大刀を抜いた彦斎と、脇差を構えた近藤らが睨《にら》みあった。

「貴様、河上彦斎か」

近藤は虎のように歯をむき出して言った。伊東がその間にじりっと横に動く。床の間に少しでも近づき、近藤の刀を手にしようというつもりだ。

彦斎は油断なく刀を構えて、

「いかにも河上彦斎だ。宮部先生の仇《かたき》を討ちに来た」

と低い声で言った。

近藤は片膝《かたひざ》ついて起き上がると嗤《わら》った。

「仇討だと。謀反人の分際で何を言うか」

「謀反人とは幕府の言い分だな。やはり新撰組は幕府の走狗《そうく》ということか」

彦斎が決めつけると伊東は眉をひそめて言い返した。

「違う。われらは、尊王攘夷の志を持って集まった者だ。幕府の犬になどなった覚えはない」

「戯言《たわごと》だな」

言った瞬間、彦斎は近藤に斬りつけた。

近藤が脇差の鍔《つば》で受ける。鋭い金属音がするとともに、彦斎はさらに刀を押し付け鍔《つば》迫《ぜ》り合いとなった。

その隙を見逃さず、伊東が脇差で斬りつけた。すると彦斎は近藤と鍔迫り合いをしつつ、とっさに片手で脇差を逆手に抜いて伊東の斬り込みを弾《はじ》き返した。

彦斎は近藤に迫りつつ、脇差を逆手に持っての、

——二刀
の構えとなった。

宮本武蔵が晩年を過ごした肥後には二天一流が伝えられており、彦斎にとっても二刀はなじんだ刀法だった。

彦斎はなおも近藤に刀を押し付ける。

近藤は押されていたが、一瞬、顔を真っ赤にすると、

——うおうりゃ
と気合を発して、彦斎の刀を跳ね返すと、そのまま横にごろごろと転がって縁側に出て、さらに庭へ飛び降りた。

「逃さぬ」

彦斎が追いかけて庭に飛び降りると伊東は床の間に駆け寄り近藤の刀をとった。その間に彦斎は近藤に斬りつける。

これを近藤が脇差で受けたとき、

「待てい」

と怒鳴りながら武田が刀を抜いて駆け戻ってきた。彦斎はちらりと武田を見た。

その時、伊東は、

——局長
と声をかけて近藤の大刀を鞘《さや》ごと投げた。

近藤は脇差を捨てて宙で刀を受け取るなり、すっぱ抜いた。伊東も庭に飛び降り彦斎の背後にまわった。

近藤と武田が刀を構えて彦斎に向かい合い、伊東は脇差を手に背後にまわった。

一転して彦斎は三方から囲まれた。

「どうだ、彦斎。われら三人に囲まれたからには逃げられんぞ」

近藤が勝ち誇ったように言う。

「さて、どうであろう。三人は斬れずともひとりだけなら斬ることはできるぞ」

彦斎は落ち着いて言った。

「ほう、誰を斬るというのだ」

近藤は面白げに訊《き》いた。彦斎は、ゆっくりと武田に顔を向けた。いかにも三人の中で一番、腕が劣る武田を狙うと言わんばかりだった。

武田はぎょっとして顔を強張《こわば》らせた。

近藤は笑った。

「なるほど、三人のうちで一番斬りやすいのは武田君だろうな。しかし、お前は宮部鼎蔵の仇を討ちにやってきたのであろう。ならば宮部の仇であるわたしを見逃していいのか。それでは仇討になるまい」

「そう言えば、そうだな」

彦斎はまた近藤に向き直った。近藤はうなずいて、

「そうでなくてはならぬ。それに佐久間象山先生の息子である恪二郎殿はいままでは新撰組の隊士となり、貴様を父の仇と狙っている。言うなればわたしとお前はたがいに

仇討を仕掛ける者同士だ。ここで決着をつけるのも悪くはあるまい」

と言い放った。

彦斎は近藤の顔をじっと見つめてから言葉を発した。

「佐久間象山の息子が新撰組に入ったというのか」

あたかも近藤の言葉を吟味して考えているかのようだった。

「いかにもその通りだ」

彦斎は微笑を浮かべた。

「そうか、ならば象山の息子殿に会いにいかねばならぬな」

近藤は彦斎を睨んだ。

「それは、この場から逃げることができたならばの話だ」

言うや否や近藤は響き渡る気合とともに斬りつけた。武田もつられて彦斎に斬りつける。伊東も同時に彦斎に斬りかかった。

彦斎は、身を沈めて近藤と武田の斬り込みを刀と脇差で受けた。同時に刀を大きく回して伊東の胴をなごうとした。

伊東は危うく逃れる。

次の瞬間、彦斎の脇差は武田に向かって投げつけられた。武田が刀でこれを払う隙に彦斎は近藤に斬りつけた。

近藤がこれを受けて切り結ぶと、彦斎はしだいに横に動いて武田と伊東から離れる。

「逃げるつもりか」

近藤がさらに踏み込んだときには、彦斎は後ろに下がり、間合いを開いていた。近藤が追おうとすると、さらに彦斎は背中に目があるように素早く後ずさりして、苔《こけ》むした庭石に飛びのり、弾みをつけて、さらに築地塀《ついじべい》に飛び移った。

「待て、逃がさぬ」

追いすがる近藤をちらりと見て彦斎は外に飛び降りた。

「近藤、勝負は京でつけるぞ」

彦斎の甲高い声が聞こえた。

「おのれ」

近藤は歯噛《はが》みして彦斎が飛び降りた築地塀の上を睨みつけた。

このとき、赤根は姿を消したまま、近藤たちとの連絡を絶った。

このため近藤は虚《むな》しく広島に戻った。

永井主水正も十二月十六日には広島を出立し、十八日には大坂城で復命した。

近藤が京に戻ったのは二十日のことだった。

逃げた赤根は、この年の暮、柱島《はしらじま》の生家に帰ったところを長州藩の役人に捕えられ、翌正月二十五日、山口鰐石《わにいし》河原で斬刑に処せられた。

十九

慶応二年（一八六六）一月――

近藤勇は前年十一月に続いて再び、広島に出張した。幕府の老中小笠原長行が長州藩に領土十万石の削封、藩主父子の蟄居《ちっきょ》などの処分を伝えに広島に赴くのに随行するためだった。

このとき、近藤は前回の武田観柳斎の代わりに監察方の篠原泰之進《しのはらたいのしん》を供にしていた。このほか伊東甲子太郎、尾形俊太郎が同行している。

篠原は九州の久留米藩出身で、伊東が江戸で開いていた剣術道場に集まっていた尊《そん》攘《じょう》派のひとりで、いわば伊東の懐刀ともいうべき存在だった。それだけに近藤や土方とそりが合わず、事あるごとに逆らう物言いをした。

近藤たちが広島に入って宿舎に落ち着くなり、篠原は、

「近藤局長が人斬り彦斎に襲われたのは、ここですかな」

と無遠慮に訊いた。

「岩国でだ」

近藤は苦い顔をして答えた。代わって伊東が苦笑しながら言った。

「襲われたというほどではない。あの男が忍び込んでいることに気づくのが遅れたゆえ、取り逃がしたまでだ」

篠原は鼻で笑った。

「なるほど、それは残念でした。長州藩が飼っている人斬り彦斎を捕えたならば、大手柄でご老中方のお覚えもめでたかったでしょうからな」

幕府にすり寄る近藤をあてこするかのような篠原の言葉に、近藤はむっとした顔で口を開いた。

「篠原君、口が過ぎるようだ」

ひややかに言われて篠原は軽く頭を下げた。

「これは失礼いたしました。もし、再び人斬り彦斎が現れるなら、ひっとらえてやろうと意気込んでおりますので、つい口が滑りました」

近藤は篠原の弁明を聞き流しながら太い腕を組んだ。

「それにしても彦斎め、われらがまた、広島まで来たとあっては、どうあっても引っ込んではおるまい」

近藤が目を光らせて言うと、伊東も応じた。

「さよう、その際には何としてもあの男を捕えましょう。今回は柔術の達人である篠原君もいるのだから心強い」

伊東の言葉に篠原は頭をかいた。

「さて、わたしが役に立つかどうかはわかりませんが、すべては人斬り彦斎が襲ってきたら、の話ですな」

近藤が目を光らせて問うた。

「どういうことだ」

篠原はちらりと近藤を見返した。

「もし、奴が近藤局長を狙うなら前回同様に宿に入るまで待ちますかね。刺客は常に意表を突くものです。前回と同じように宿で襲うのは間が抜けている。もっと前の道筋で待ち受け、不意を突くんじゃあないでしょうか」

「なるほど、では彦斎はいまどこにいるというのだ」

近藤は底響きする声で言った。

「そうですね。ひょっとすると近藤局長が留守だと知って、新撰組屯所を襲うかもしれませんな」

「馬鹿な、新撰組を襲うなど」

近藤はうめくように言った。篠原はにやにやと笑う。

「その、まさか、を今まで人斬り彦斎はやってきたんじゃありませんかね」

篠原の言葉を聞いて、近藤は彦斎が去り際に、
――近藤、勝負は京でつけるぞ
と言い残したことを思い出した。
「あ奴、ひょっとすると」
近藤はあたかも虎のようなうなり声を上げた。
翌日から幕府と長州側の交渉は行われたが、彦斎が現れる気配はなかった。

このころ、彦斎は長州藩の桂小五郎を護衛して京に潜入していた。土佐の坂本龍馬と中岡慎太郎が仲介した薩摩藩との同盟を締結するためである。

彦斎に桂の護衛を頼んだのは高杉晋作だった。

晋作は功山寺決起により、俗論派の藩政府を倒した後、しばらく長州から姿を消していた。

討幕準備のため馬関を開港しようという晋作の策が長府藩の尊攘派に知られるところとなったためだ。長府藩の泉十郎《いずみじゅうろう》らが、晋作をつけ狙った。

このため晋作は四国の勤王侠客《きょうかく》として知られる日柳燕石《くさなぎえんせき》を頼って琴平《ことひら》に逃げた。昨年末になって、ようやく長州に戻ったのである。そんな晋作が今年になって、彦斎に連絡をとって、馬関の商人白石正一郎《しらいししょういちろう》の屋敷に呼び寄せ、

「桂さんを京まで護衛して欲しい」

と頼んだ。白石屋敷の奥座敷で晋作と向かい合った彦斎は苦い顔をした。

長州藩が薩摩藩との間で同盟を結ぼうとしていることは、彦斎の耳にも入っていた。幕府の第二次長州征討が迫っているだけにやむを得ないとは思うが、彦斎には薩摩藩は信用できないという思いがあった。

「薩摩の西郷は権謀を好む。同盟しても利用されるだけではないのか」

彦斎がつめたく言うと、晋作はからりと笑った。

「わたしもそう思います。しかし、幕府の征討軍を迎え撃つためには薩摩の力がいるのは明らかです」

晋作の笑い声に彦斎は顔をしかめた。

「高杉君は馬関を開港しようと企《たくら》んだだけでなく、エゲレスに留学しようとしてグラバーとかいう長崎の商人に頼んだが、うまくいかずに長州に舞い戻ったそうな。わたしの気に入らぬことばかりをされる」

晋作は目を細めて彦斎を見つめた。

「ほう、それなら、わたしを斬りますか」

「斬ろうと思ったことはある」

彦斎はさりげなく傍らに置いた刀を引き寄せた。晋作は眉《まゆ》ひとつ動かさず、彦斎を見据えた。

「やるならこの場でやってもらいましょうか。わたしも逃げ隠れするのは、もう飽きましたから」

彦斎はじっと晋作を睨《にら》みつけたあげく、ふっと息を吐くと、刀を置いた。

「やめておこう」

「どうしてです。わたしのやることが気に入らないのではありませんか」

晋作はにこりとした。彦斎は厳しい表情で答える。

「気に入らぬ。西郷は権謀に過ぎ、高杉さんは奇策に過ぎる。皇国を守るに、なぜ権謀や奇策がいるのか。ただ、赤誠あるのみとわたしは思う。しかし、いまは戦の前だ。幕府軍を相手に大勝負ができるのは高杉さんだけだろう。それゆえに——」

「斬らぬと言われますか」

晋作は笑いながら言った。彦斎は無表情に口を閉ざした。

「河上さんがわたしを斬らなくとも、天がわたしの役目が終わったと思えば、いつでもあの世へ行くでしょう。おそらく、あなたの手を煩わせることはないでしょうよ」

言いながら、晋作は軽く咳《せ》き込んだ。彦斎は片方の眉を上げた。

「どこか悪いのか」

晋作は微笑を浮かべた。

「奇兵隊士たちには言っていませんが、どうやら労咳《ろうがい》かもしれません」

「なんと」

彦斎は目を瞠《みは》った。晋作は淡々と言葉を継いだ。

「死生は天に在り、とわたしは思っています。ひとは皆、死ぬのですから、いつ死ぬかは天が命ずるままでいい。焦ってひとの命を縮めるのは、天の仕事を邪魔していることにはなりませんか」

「わたしは神の意をうかがってからひとを斬る。勝手気ままにひとの命を奪ったことは一度もない」

冷ややかに言ってのける彦斎の顔に動揺の色はなかった。

「しかし、お御籤《みくじ》だから、何もかも当たるものではありますまい。間違って斬ってから悔いても始まりませんよ。そんなときはどうします」

晋作は鋭い目で彦斎を見つめた。彦斎は目を閉じて、しばらく考えてから瞼《まぶた》を上げた。

「もし、わたしが間違えてひとを斬ったとすれば、天罰、たちどころに下るであろう。わたしが斬った相手が天下有用の士であったかどうかは、そのときわかる。もしも誤って斬ったのであれば、わたしは潔く死ぬまでだ」

晋作はため息をついた。

「なるほど、つまるところ、天罰が下るまで河上彦斎はひとを斬り続けるということになりますな」

「わが修行である」

彦斎は厳然として言い放った。

京の薩摩藩家老小松帯刀《こまつたてわき》の屋敷まで桂たちを護衛した彦斎は、門をくぐろうとしなかった。

彦斎は笠《かさ》をかぶり、背に荷を負って尻端折《しりはしょ》りして、股引《ももひき》に黒い脚絆《きゃはん》という旅商人の姿だった。腰に長脇差《わきざし》を差している。桂は眉をひそめて、

「河上君、われらとともに小松殿の屋敷に入りたまえ。京は新撰組の目が光っている。薩摩藩の庇護《ひご》を受けなければ命が危うい」

と門前で言った。

「長州が薩摩と同盟されるのは勝手だが、わたしは薩摩を好まない」

彦斎がきっぱり言うと桂は顔をしかめた。

「肥後人は薩摩を嫌うというが、君もそのひとりか」

「さように候」

彦斎は微笑すると背を向けて闇の中へ姿を消した。桂はため息をつき、薩摩藩士に

導かれるまま門をくぐって屋敷内へと入って行った。

彦斎が夜道を急いで三条大橋にさしかかったとき、橋の向こうから六、七人の男たちの集団がやってくるのが見えた。先頭の男が提灯《ちょうちん》を手にしている。続く大兵《だいひょう》の男は肩に槍《やり》をかついでいた。月光にだんだら染めの浅葱《あさぎ》の羽織が浮かんだ。

(新撰組か――)

彦斎は道の端により、小腰をかがめると気配を消して歩いた。橋の真ん中で新撰組とすれ違った。

新撰組隊士の中にいたのは、

――原田《はらだ》左之助《さのすけ》
である。

伊予松山《いよまつやま》の足軽の子に生まれ、長じて槍術《そうじゅつ》をよくするようになった。色黒でたくましい体つきの豪傑肌の男だ。

左之助は、彦斎とすれ違った瞬間、かっと目を見開いた。あたかも猫のようにしのびやかに歩いていく旅商人にただならぬ気配を感じたのだ。左之助は振り向くなり、彦斎の背中に向かって、

「そこの町人、待て。問い質《ただ》すことがある」

と声をかけた。だが、彦斎は振り向かない。そのまますたすたと歩き続ける。左之

助の配下の隊士が彦斎に追いすがった。

「こ奴、待たぬか」

声を高くして彦斎の肩に手をかけようとした瞬間、隊士は、

——ああっ
と悲鳴をあげた。彦斎が振り向き様、隊士の胴を脇差で薙《な》いでいた。どうと倒れた隊士の体を左之助は飛び越え、槍で彦斎に突きかかった。

彦斎は長脇差を構えたまま後ろに跳び退《すさ》って左之助の槍をかわした。左之助は、

「逃さぬ」

とわめいて、さらに突きかかった。槍の穂先が稲妻のように光って襲いかかる。彦斎はこれを巧みに長脇差であしらっていたが、橋の欄干に手をかけるとふわりと身を躍らせた。

左之助が目をむいて欄干に駆け寄り、鴨川を見下ろすと奇怪なことに人影はなかった。月光に照らされ、銀色に輝く川面《かわも》があるばかりだ。

「どこへ行ったのだ」

左之助は気味悪げに川面を見つめた。

彦斎は欄干を飛び越えるなり、橋桁《はしげた》につかまり、橋桁を伝って河原に降り立つと、

闇にまぎれて走った。

彦斎が目指したのは、三条実美が尊攘派志士との会合などで使っていた祇園《ぎおん》の料亭、〈三枡《みます》〉である。

京に入る前に三条邸の由依に手紙を出して、落ち合い場所を決めていた。京に潜伏する間の隠れ場所を由依に用意してもらうつもりだった。

河原から町筋に上がり、祇園に向かった。

夜の道を走り、途中の物陰で荷の中に入れていた袴《はかま》と羽織を身につけ、大刀を腰に差して武士の身なりに戻った。

料亭の格子窓から漏れる薄明りを目当てに歩き、〈三枡〉の前に立った彦斎はあたりをうかがってから入った。

顔なじみの女中が出てきて、心得顔に彦斎を奥座敷へと案内した。座敷には由依が待っていた。御所風の艶《あで》やかな髷《まげ》を結い、白綸子《しろりんず》に草花模様の着物を着ている。

二つの膳《ぜん》が用意されており、彦斎が座ると、由依は銚子《ちょうし》をとって酒を勧めた。彦斎はゆっくりと杯をあおってから、

「おひさしゅうござる」

と言った。由依は微笑んだ。

「京の町に彦斎様が姿を見せられると、また、危ういことが起きる気がいたします」

「それがしは厄病神でござるか」

彦斎は珍しく冗談めかして言った。

「佐幕派の方にとってはさようでございましょう。彦斎様が京に現れる度に、佐幕派の方がひとりずつ斬られていくのですから」

「その度に世の中が動いていくのです」

彦斎は目を閉じて言った。

「まことに、わずかな間に世の中が流転して、随分、時がたったように思います」

感慨深げに由依は言った。

「それも帝《みかど》の世となし奉るまでの辛抱でござろう」

「さようならば、よろしいのですが」

由依は眉《まゆ》をひそめた。彦斎は面白げに由依を見つめた。

「違うと思われますか」

由依は真剣な眼差《まなざ》しを彦斎に向けた。

「彦斎様が此度《こたび》、上洛《じょうらく》されたのは、薩摩と同盟される長州の桂小五郎様を護衛されてのことではありませんか」

彦斎は軽くうなずく。

「よくおわかりだ」

「三条邸におりますと、様々なことが耳に入って参ります。薩摩はかつて会津と組んで長州様を京から追い落としました。そのような薩摩と長州様が手を組めば尊王攘夷《そんのうじょうい》の大義が失われ、道を踏み迷っていくことになるような気がいたします」

由依はため息をつく。彦斎は杯をゆっくり口もとに運んだ。

「長州は生き延びようと必死なのです。われらもそれを助けるのに否やはないが、薩摩が今も攘夷の志を捨てていないかどうかはわかりませぬな」

「さような同盟など壊してしまわれたらいかがですか」

由依は美しい顔に似合わぬ殺伐としたことを言った。彦斎は凄《すご》みのある笑みを浮かべた。

「さて、わたしは彼らのような謀《はかりごと》に長《た》けておらぬ。できることは天誅《てんちゅう》の一事のみですから、さしずめ、薩摩と長州を結び付けようと奔走した土佐の坂本龍馬や中岡慎太郎を斬るぐらいしかできることはありませんな」

「皇国のためになさればよいのではありませんか」

由依に見つめられて、彦斎は苦笑した。

「わたしに人斬りを勧めるとは、今宵の由依殿はいつもと違うようだ」

「亡くなられた宮部鼎蔵先生の無念を思えば、長州様と薩摩が手を結ぶ権謀術数が汚く思えてならぬのです」

「それは、肥後者ゆえの思いでしょう。わたしも同じだ」

彦斎はさりげなく由依の手をとった。由依は驚いたように彦斎を見つめたが、やがて膝《ひざ》をにじらせ、彦斎の胸に身をゆだねた。

「血が騒ぎます」

彦斎がつぶやいた。由依が吐息をつく。

間もなく座敷の灯《あか》りが消えた。

二十

翌朝――

佐久間恪二郎は、まだ残る深酒の臭いを漂わせながら新撰組の屯所がある西本願寺《にしほんがんじ》に戻ってきた。

昨夜は松代藩士たちと島原で痛飲した。このころ松代藩は、暗殺された佐久間象山の遺児を冷遇していることが世間の評判を悪くしていることを知り、恪二郎に帰藩をうながしていた。しかし、恪二郎は、

「それがし、新撰組の隊士として親の仇討《かたきうち》をいたす所存でございますゆえ」

と肩をそびやかすようにして突っぱねていた。

困惑した松代藩では下手に出て恪二郎を島原で接待し、なんとか帰藩を承諾させようとしたが、恪二郎は居丈高に拒むばかりだった。

松代藩士が困惑した顔を見て、恪二郎は、

——ざまをみろ
という思いを抱いた。それだけに恪二郎は傲慢《ごうまん》になり、酒の酔いも手伝って不遜《ふそん》な気持が胸の中に根付いていった。

この朝、恪二郎が西本願寺の門前に来たとき、近頃しきりに隊士たちに猪肉《ししにく》を売りつけている百姓女と出会った。五十がらみの女は恪二郎を見て、

「お安くしておきます。いかがでしょうか」

と商いの声をかけた。恪二郎はふらりと振り向いた。満面の笑みで猪肉を売りつけようとする百姓女の顔を見たとき、恪二郎は、不意に苛立《いらだ》ちを覚えた。

なぜなのかはわからない。あるいは、日々、命のやり取りをしているかのような新撰組で暮らしているだけに、そんなことと無縁で猪肉さえ売れればいいと思っている百姓女への憎悪だったかもしれない。

「いくらだ」

恪二郎が熟柿《じゅくし》臭い息を吐きながら近づくと、百姓女は途端におびえた表情になり、

「いかほどでもようございます」

と答えた。金を払ってくれるのであればいくらでもいい、というのは面倒な客へのその場逃れの言葉だった。

恪二郎は刀の鯉口《こいぐち》を切りながら、百姓女を睨《にら》みつけた。百姓女は恪二郎のただならない気配にさらにおびえて、

「お代はいただきまへん。どうぞ、これ持っていっておくれやす」

と竹皮の包みを差し出した。恪二郎の顔色が青ざめた。

「なんだ。それは。わたしは脅しや騙《かた》りではない。値を訊《き》いただけではないか。愚弄《ぐろう》いたすのか」

恪二郎はかっとした。その顔を見た百姓女は悲鳴をあげて逃げようとした。その様を見た恪二郎は思わず、刀を抜き打ちにして百姓女の背中に斬りつけていた。

血飛沫《ちしぶき》が飛び、百姓女は声もあげずに倒れた。

一瞬のことだった。

恪二郎は、血に染まり、地面に倒れた百姓女を見つめて呆然《ぼうぜん》とした。騒ぎを聞きつけて新撰組隊士たちが駆け寄ってきた。

「どうしたのだ」

問われて、恪二郎は答えることができない。

気がついたときには、土方歳三が傍らに立っていた。土方は百姓女の遺骸《いがい》を見つめ

ると、傍らの隊士に、

「片づけろ」

とひややかに命じた。さらに、恪二郎に向かって、

「三浦啓之助君、自室にて謹慎してもらおう。処分は追って伝える」

と、恪二郎が改名していた名を呼んで、感情の籠《こも》らない、丁寧な口調で言ってのけた。

恪二郎はぞっとした。

間もなく土方は部屋に沖田総司を呼んだ。ふらりと部屋に入ってきた沖田は、

「三浦君が、またしくじりをやらかしたそうですね」

とあっさりした口調で言った。土方はうなずく。

「猪肉売りの百姓女を斬った。もはや、見過ごしにはできん」

「ですが、三浦君は名高い佐久間象山の息子で、近藤局長のお気に入りです。切腹させるわけにはいかないんじゃないですか」

沖田はにやりとした。土方は眉をひそめて言葉を継いだ。

「近藤さんは佐久間象山の名をありがたがっているだけだ。惰弱者の三浦が新撰組から姿を消しても気にはせんだろう」

「では、切腹ではなく、どこかで始末するということですか」

沖田の目が光った。

「今夜、島原にでも連れ出して途中で斬ってしまえ。父親同様に尊攘派に殺されたということにしよう」

土方はつめたく言ってのけた。

「酷《ひど》いなあ。三浦君を始末したら、近藤局長が怒るんじゃないでしょうか」

とぼけた顔で沖田が言うと土方は笑った。

「幸い、近藤さんは広島出張だ。その間の新撰組はわたしにまかされている。わたしと総司がやったことなら、近藤さんは文句を言わない」

「そうですか。では、さっそく今夜、やってしまいましょう」

沖田はさりげなく言って立ち上がった。部屋を出て行きかけた沖田は何事か思いついたように振り返って、

「そう言えば、広島の近藤さんは大丈夫ですかね。また、彦斎が襲ってくるんじゃありませんか」

と訊いた。土方はあごをなでながら答える。

「そう思って、今度は篠原泰之進を供に加えておいた。あの男は伊東派だが、用心深い。近藤さんが襲われるようなへまはしないだろう」

たが、

「そうだといいですけどね」

沖田は意味ありげに言って部屋を出ていった。土方は腕を組んでしばらく考えてい
「彦斎め、どう出てくるか」

とつぶやいた。


土方と沖田が話しているころ、恪二郎は屯所内の自室に閉じ込められて、呆然としていた。両刀は取り上げられ、廊下には、恪二郎が脱走を企てるのを警戒してか見張り役の隊士がいた。

薄暗い部屋の中で座った恪二郎の額には汗が浮かんでいた。

恪二郎の思いを暗くしていたのは、この部屋に数日前まで新撰組勘定方の河合耆三郎《かわいきさぶろう》が閉じ込められていたからだ。

河合は播磨《はりま》国の塩問屋の息子として生まれたが、武士になりたかったのか新撰組に入隊した。商人の子であるだけに計数に明るく、新撰組でも勘定方の役職についていた。だが、池田屋事件の際には出動しており、算盤《そろばん》勘定だけの男ではなかった。その河合に近頃悲劇が起きた。

帳簿を整理していたところ、隊の金が五十両、足りなかったのだ。責任を問われる

ことを恐れた河合は、自ら穴埋めしようと実家に五十両を送るよう手紙を出した。

ところが、金が届かないうちに、たまたま土方が、

「金がいる」

と言い出してまとまった金の支出を命じた。これにより、五十両の金が紛失していることが明らかになった。河合はすぐに謹慎を命じられ、一室に閉じ込められた。

近藤が広島に出張している間だけに隊内の不祥事に対する土方の処分は苛烈《かれつ》で、河合は斬首と決まった。驚いた河合は、

「十日だけ待ってくれ。実家から金が届くから」

と泣きながら言い続けたが、土方は許さなかった。河合は斬首の場に座っても、涙を流しながら言い続けた。

「播磨からの金はまだ届かないのか」

このため、手もとが狂ったのか、介錯《かいしゃく》する隊士が一撃で首を落とすことができずに、何度か斬りつけ、河合はひどい苦しみを味わった。

河合が斬首されてから三日後に播磨から金が届いた。

恪二郎は河合耆三郎の無惨な最期を見ただけに、自分もああなるのか、と恐れおののいた。

（あんな目には遭いたくない）

恪二郎は背中に冷や汗を流しつつ考えた。どうしたらいいのか。このまま新撰組から脱走したいと思ったが、見張りの目が厳しいことを考えると、とてもできそうにもない。大きなため息をつきつつ、父の仇《かたき》を討とうと思い立って新撰組に入ったことを後悔した。

もともと自分はひとを斬るなどということに向いていなかったのだ。

そう思ったとき、新撰組に入って河上彦斎を討とうとしていることは、すでに世間に知れ渡っている、と思い当たった。だとすると彦斎にも伝わっているかもしれない。新撰組に守られているからこそ、彦斎を恐れずともよいと思っていたが、このまま新撰組を逃げ出したとしたら、いつ彦斎が襲ってこないとも限らない。

脱走しても新撰組の追手に捕まれば殺されるし、逃げ延びたとしても彦斎につけ狙われれば命がいくつあっても足らないだろう。

(どうしたらいいのだ)

恪二郎は頭を抱え込んだ。

この日の夕方、沖田が恪二郎を島原へと誘い出した。

「謹慎していても退屈だろう」

沖田はそう言って恪二郎を部屋から連れ出した。

「謹慎中に外出してもよいのでしょうか」

恪二郎が困惑して言うと沖田は笑った。

「土方さんの許しは得ている。安心して、わたしについてくればいいのだ」

沖田のやさしげな言葉を聞いて、恪二郎は却《かえ》って恐ろしいものを感じた。新撰組は隊士を咎《とが》めて切腹させるだけではない。かつて局長だった芹沢鴨の寝こみを襲って殺したように、不都合な隊士は暗殺によって葬るのだ。

そのことを古手の隊士から聞いているだけに沖田の誘いは罠《わな》だと恪二郎は直感した。だが、断れば、ただちに切腹ということになるだろう。

ともかく屯所から外へ出てしまえば、ひょっとして逃げる隙があるかもしれない。

恪二郎は足を震わせながら、

「お供いたします」

と答えた。沖田はにこりと笑って背を向ける。

恪二郎は沖田に従って、屯所を出ると島原に向かった。屯所を出る際、すれ違った隊士たちは謹慎しているはずの恪二郎が沖田について外出するのを見て目を丸くした。同時に恪二郎を見る目に憐《あわ》れみの色が浮かんだのは、誰もが恪二郎は生きて屯所に戻ることはないと思ったからだろう。

すでに西本願寺のまわりは薄闇に包まれていた。

沖田は夜目が利くのか、提灯《ちょうちん》も持たずにためらいなく歩いていく。しだいに闇が濃くなっていくにつれ、恪二郎は足元が見えず、歩きにくくなった。暗い辻《つじ》を曲がったところで、恪二郎はたまらず、

「沖田さん、近くの番所で提灯を借りてきましょうか」

と言った。沖田は振り向かずに訊《き》いた。

「どうして提灯を借りるのだ」

恪二郎はつばを飲み込んで、

「歩きにくいですから」

と答えた。沖田は背を向けたまま、くくっ、と笑った。

「君には提灯はいらないだろう」

「どうしてですか」

恪二郎の膝《ひざ》ががくがくと震えた。沖田はゆっくりと振り向き、刀の柄《つか》に手をかけた。

「あの世への無明長夜《むみょうじょうや》の道をいまから行くからだ。死人に提灯はいらないだろう」

言うなり、沖田は刀をすらりと抜いた。

ああっ、と悲鳴のような声を恪二郎は上げた。逃げようと思ったが足が動かない。

沖田はすっと間合いを詰め、無造作に斬りかかった。

恪二郎は身をすくめて目を閉じた。その瞬間、がきっという金属音が響いた。

はっとして恪二郎が目を開けると、目の前に小柄な武士が背を向けて立っている。沖田が斬り込んだ刀を武士が刀で弾《はじ》き返したようだ。

意外そうな声を沖田は出した。

「河上彦斎——」

恪二郎はどきりとした。沖田の斬撃からかばってくれたのが、父の佐久間象山を暗殺した河上彦斎だということが信じられなかった。

「なぜ、その男をかばうのだ」

沖田は履いていた高下駄を脱ぎ、裸足《はだし》で刀を構えながら言った。彦斎は嗤《わら》いながら言う。

「この男は佐久間象山の息子だろう。新撰組の力を借りてわたしを狙っていると聞いて、斬りにきたのだが、いま、お主に斬られようとしているのを見て、気が変わった」

「どう変わったというのだ」

沖田は正眼《せいがん》の構えになった。〈三段突き〉を使うつもりだろう。彦斎はゆっくりと上段に構える。

「新撰組が斬ろうとする男なら、わたしは斬らぬということだ。それが佐久間象山への供養となろう」

沖田は笑った。

「人斬り彦斎にもそんな仏心があるとは驚いたな」

「わたしは神の命じるままにひとを斬る。わたしの目の前で斬られようとした男は、わたしが斬る相手ではない」

淡々と彦斎が言うと、沖田は真顔になった。

「何であれ、貴様と勝負できるのはありがたい」

「こちらもだ」

沖田が突きかかるのと同時に彦斎は斬り込んだ。沖田の突きは彦斎の肩先をかすめた。彦斎の刀も沖田の袖《そで》を切り裂いただけだった。

ふたりはすれ違い、振り向きざまにまた斬撃を見舞った。刃が嚙《か》み合い、鋭い音をたてる。

数合、打ち合ううちに、互いの頰や腕にかすめた傷がついて、血が滲《にじ》んでいった。それでも、ふたりは臆《おく》せず、踏み込んで斬り合う。

その様を見た恪二郎は、あまりの凄《すさ》まじさに逃げることも忘れてがくりと膝を地面についた。

彦斎が跳躍して上から斬りつけ、沖田はこの刀を弾き返したが、足がもつれたようによろめいた。道沿いの築地塀《ついじべい》にもたれかかり、激しく咳《せ》き込んだ。

地面に降り立った彦斎は刀を構えたまま、沖田の様子を見つめる。沖田は咳き込み、やがて口をおおった手の間から血がしたたり落ちた。

沖田は手を見つめると築地塀に背をもたせて彦斎に向き直った。

「いまのわたしなら、たやすく斬れるぞ」

沖田の言葉を聞いて、彦斎は刀を鞘《さや》に納めた。

「そうか、労咳《ろうがい》だな」

「病人とわかって情けをかけるつもりか。貴様らしくもないぞ」

沖田は彦斎を睨《にら》みつけた。彦斎は頭を横に振った。

「いや、病がお主の命を奪うとすれば、それは天の命じるところだ。わたしが手を下すまでもない。それに――」

彦斎はちらりと恪二郎を見て言葉を続けた。

「今日は斬るべき相手をふたりも見逃した。どうやら人斬りの看板を下ろす頃合いのようだな」

沖田が赤く染まった口に笑みを浮かべた。

「人斬り彦斎が人を斬らずにどうする」

彦斎はじっと沖田を見つめてから微笑んだ。

「これからは世直しの戦をする。わたしの刀はそのために振るうことになる」

あえぎながら沖田は口を開いた。

「世直しの戦だと。そんなものがはたしてあるのかね。新撰組がどれほどひとを斬ろうと世の中は変わらない。お前もおなじことだ」

「やってみねばわかるまい」

言い残した彦斎は背を向けると闇に向かって歩いていった。

彦斎の後ろ姿を見送った沖田は築地塀に背をもたせたまま、ずるずると地面に腰を落とし、がくりとうなだれた。

その様子をうかがい見ていた恪二郎は立ち上がると、あわてて走り出した。沖田が動けずにいる間に逃げるつもりだった。

恪二郎が駆け去る足音を聞きながら、沖田はまったく動こうとはしなかった。

新撰組から逃亡した佐久間恪二郎は、慶応四年、勝海舟の紹介で慶應義塾に入った。その後、司法省に出仕、松山県裁判所判事として松山に赴任した。明治十年（一八七七）二月、食中毒で死亡した。享年三十だった。

二十一

幕府は長州藩が五月二十九日までに処分を受けいれなければ、六月五日をもって戦端を開くことを幕府軍に命じた。

長州藩は嘆願書を出したが、二十九日にことごとく返還され、開戦となった。

長州藩も石州《せきしゅう》口や芸州《げいしゅう》口、小《こ》倉《くら》口などに兵を配置し、幕府との戦いを、

——四境《しきょう》戦争
と名づけた。幕府軍は十五万の大軍ではあったが、軍備は旧式だった。これに比べ長州藩の兵は洋服に似た筒袖《つつそで》、ズボンの姿でミニエー銃やゲベール銃を装備した西洋式軍隊だった。

——六月七日
幕府海軍は周防《すおう》大島に来襲した。

長州征討に出撃した幕府海軍は、この年アメリカで建造されたばかりの最新鋭の軍艦で砲十二門を備えた富士山《ふじやま》丸を旗艦に、旭日《あさひ》丸、翔鶴《しょうかく》丸などに加え、和船十数隻を従えた威容を誇っていた。

長州藩との戦力差は明らかなだけに、幕府海軍は恐れ気もなく周防大島への艦砲射撃を行い、松山藩兵数百人を上陸させて占領した。

四境戦争の総指揮は西洋兵学に長じた大村益次郎《おおむらますじろう》がとっていた。大村は大島を見捨てるつもりだったが、馬関の高杉晋作が鋭く反応した。

晋作は一隻の船に急ごしらえの船員たちを乗せて、すぐさま大島に向かった。このとき、晋作はいつもの着流し姿で扇子一本を手にしただけだったという。

晋作は大胆にも一隻の船だけで幕府海軍の軍艦に夜襲をかけた。幕府艦隊が狼狽《うろた》える中、晋作は手際よく闇にまぎれて引き揚げた。

幕府艦隊は、予想もしなかった夜襲がよほど応《こた》えたのか、翌朝には抜錨《ばつびょう》して大島の海域から去った。これを見て、林半七《はやしはんしち》の指揮する第二奇兵隊が上陸し、幕府軍を駆逐して周防大島を奪い返した。

彦斎はこのとき、芸州口の奇兵隊に属していたが、晋作のあざやかな夜襲の成功を聞いて、

（やはり、あの男はやる。斬らずにおいてよかった）

と思った。

芸州口での戦いが始まったのは六月十四日の朝だった。

幕府軍の先鋒《せんぽう》である井伊家の軍勢が安芸と周防の国境である山中の小瀬川《おぜがわ》を渡ろうとした。

彦斎は斥候を務めて近くの山上にいたが、幕府軍を見つけると後方に向かって大きく手を振った。砲声が響き、砲弾が小瀬川の河原で炸裂《さくれつ》した。

さらに山腹からミニエー銃が一斉射撃され、渡河しようとしていた井伊勢をなぎた

おし、銃撃にたまりかねた軍勢が潰走《かいそう》した後には井伊家の自慢であるはずの〈赤備え〉の鎧《よろい》、兜《かぶと》が散乱していた。

遊撃隊、衝撃隊などの長州兵は山の峰々を猿のように疾駆して幕府軍に追い迫り、続け様に銃撃した。

彦斎もまた幕府軍を追ったが、西洋式銃の威力をまざまざと見て、

（もはや、刀の時代は終わったのか）

と複雑な思いを抱いた。それでも彦斎は新式銃を手にせず、あくまで刀を持って敵陣に向かって駆けた。

山間の道で逃げ遅れた幕府軍が斬りかかってくると、彦斎は瞬時に斬り倒し、さらに駆けた。

翌十五日、長州勢は勢いに乗じて幕府軍の本営を衝《つ》こうとした。だが、井伊勢に代わって幕府歩兵隊とともに出てきた紀州藩勢は、ミニエー銃六百挺《ちょう》を備えていた。

このため本格的な銃撃戦となったが、すでに山上を占拠して撃ち下ろす長州兵は、幕府軍に打撃を与えた。

だが、幕府軍も頑強に抵抗し、長州兵は二十日になっても四十八坂《しじゅうはちざか》を抜くことができず、長州側が攻勢でありつつも戦線は膠着《こうちゃく》した。

夜ともなると、瀬戸内海《せとないかい》は月光に鏡のように光り、丘陵には篝火《かがりび》が燃え盛った。そ

んな光景を見つつ彦斎はまわりの奇兵隊士に、

「このままでは駄目だ。夜襲をかけよう」

と言った。

「夜襲ですか」

勇猛な奇兵隊士たちがたじろぐのは、夜ともなればミニエー銃で狙おうにも相手の姿を見定めることができず、結局は相手陣営に斬り込んでの白兵戦になるからだ。

「高杉晋作は見事に軍艦での夜襲をやってのけたではないか。銃の戦いに慣れれば、おのれの身をさらしての戦いに臆病《おくびょう》になるようだな」

彦斎が挑発するように言うと、何人かが、憤然として、

「夜襲をやりましょう」

と言い出した。

彦斎はにこりとして、十人ほどの決死隊をまとめると、一番近い幕府側の堡塁《ほうるい》に向かって闇の中を忍び寄った。

篝火を目印に石を組み、盾を並べた堡塁に取りついた彦斎は猿のように身軽に登った。ほかの奇兵隊士たちも続いた。堡塁の上に登った彦斎が見まわすと、幕府兵は見張りを遺《のこ》して寝ているようだ。

彦斎は奇兵隊士たちを振り向き、

——行くぞ
と声をかけて刀を抜き放ちながら堡塁内に飛び降りた。見張りの兵が物音に驚いて振り向くところを斬り倒し、篝火に向かった。

篝火を蹴倒《けたお》し、火の粉を散らして地面に落ちた薪を拾うと、幕府軍の陣営の小屋に向かって次々と投じた。

小屋に火の手があがり、

「敵襲だ」

と怒鳴りながら小屋から飛び出す幕府兵に向かって奇兵隊士たちがミニエー銃で銃撃した。燃え盛る火の明かりに浮かび上がった幕府兵を狙い撃つのは容易《たやす》かった。

一方、夜襲に驚いた幕府兵は反撃しようとして却《かえ》って味方を撃つはめになった。

彦斎は闇の中を跳梁《ちょうりょう》しつつ、幕府兵を倒し、さらに弾薬庫に向かって燃える薪を投じた。凄《すさ》まじい音とともに弾薬が破裂すると、彦斎は、

「引き上げだ」

と大声で命じた。

幕府兵がようやくミニエー銃の部隊をそろえたころには、彦斎たちは堡塁を乗り越え、樹木の間を抜けて自らの陣営に駆けていた。

夜襲によって損害を被ったことが悔しかったのか、幕府軍は翌日、大砲を持ち出して長州の陣営に撃ちこみつつ進軍してきた。

大砲の威力は凄《すさ》まじく長州兵も退《ひ》かざるを得なかった。やがて長州兵は街道筋の小さな宿場まで退き、得意の、

——散兵

となった。指揮官の指示により、ふたりずつが組となって物陰に潜み、敵を狙い撃つのである。

宿場の者たちはすでに戦禍を恐れて近くの山に避難している。

彦斎は宿屋の屋根に上って街道を進んでくる幕府兵を眺めた。大砲を押し立ててきた幕府兵は宿場の入口で止まると大砲を撃ち放った。

宿場の家並が大砲の玉で壊され、白煙が上がった。さらに、家々が燃え上がる。

「おのれ——」

彦斎が歯噛《はが》みしたとき、後方から、

「わが軍の大砲が来たぞ」

と声が上がった。振り向くと、すでに宿場に入った大砲の部隊が幕府軍に向かって轟音《ごうおん》とともに砲撃を開始した。

最初の砲撃で幕府軍の大砲を破壊した。屋根の上から眺めている彦斎には幕府軍が

うろたえるのがよくわかった。しかし、幕府軍にも勇敢な指揮官がいて、砲撃をものともせず、兵を率いて宿場に突っ込んできた。

これを見て奮い立った彦斎は屋根伝いに駆けた。幕府兵が銃を撃ちつつ宿場を進んでくると、いきなり屋根の上から彦斎は飛び降りた。

幕府兵の指揮官はさすがに驚いて、

「こやつ――」

と声を上げたが、その時には身を躍らせた彦斎によって斬られていた。幕府兵のただなかに飛び込んだ彦斎は、指揮官を斬るとすぐに包囲の一角を斬り破って、立ち並ぶ家の一軒に飛び込んだ。

「追えっ」

幕府兵が家に押し込もうとしたとき、散兵となっていた奇兵隊士たちがミニエー銃で狙撃《そげき》した。

路上にいた幕府兵は次々に撃ち倒された。彦斎を追って家の中に入った幕府兵は襖《ふすま》や障子の陰からいきなり飛び出す彦斎によって斬られていった。

こうして芸州口での戦いは一進一退しながらも、しだいに長州兵が優勢となっていった。

一方、石州口では、このころ大村益次郎が南園隊や精鋭隊、須佐隊などを率いて自ら指揮を執っていた。

長州兵は、六月十七日に敵対する姿勢を見せなかった津和野《つわの》藩領を通過して浜田《はまだ》藩領の石見《いわみ》益田《ますだ》へと攻め込んだ。

福山藩兵は戦国時代さながらの鎧兜《よろいかぶと》の軍勢が迎え撃ち、西洋式の銃の前ではひとたまりもなかった。

長州側はこの方面に、数十間離れたところに吊《つ》るした銅銭を命中させることができるという選《え》りすぐりの狙撃兵を投入していた。

木や岩の陰から狙撃しては素早く走って移動する散兵は幕府軍を翻弄《ほんろう》した。幕府軍は散兵に悩まされ、よほどの大軍に攻撃されていると錯覚した。

長州兵は福山藩の防衛線を突破して浜田藩領内に攻め入った。

このころ、彦斎も石州口へと転戦していた。

二十二

石州口は大村益次郎が指揮していた。

大村はもともと大坂の緒方洪庵《おがたこうあん》の塾で蘭学《らんがく》を学んだ蘭方医だが、なぜか西洋兵学に長じており、長州藩士となってから一手に軍政をまかされるようになっていた。

彦斎が見たところ、兵を率い、奇襲を行う器としては高杉晋作が群を抜いているが、大村の強みは理にかなった軍備と用兵を積み重ねていくことで、大村の指示通りに皆が動けば勝利を手にすることができるところだった。

長州勢の本営は浜田藩領内に踏み込んでいた。庄屋《しょうや》屋敷の本営で彦斎は芸州口から転戦してきたことを報告した。

大村は達磨《だるま》のようなぎょろりとした目で彦斎を見つめて、

「芸州口の戦は当分、動かないでしょう。こちらの方が勝負がつくのは早いですから、あなたに来てもらって、助かる。ただし――」

大村は浴衣姿で半袴《はんばかま》をつけるという武士らしくない姿で、団扇《うちわ》で顔をパタパタと扇《あお》ぎながら、

「あなたは小銃が撃てますか」

と訊《き》いた。

「撃てぬ」

彦斎が言葉短く答えると、大村は興味深げな表情になった。

「なぜ撃てぬのです。わが軍勢の小銃は幕府軍より性能が勝っております。性能の勝る武器を使えば、たやすく相手に勝てるではありませんか」

「戦の勝ち負けの前に、われわれは何者かということがあろう」

彦斎は眉《まゆ》をひそめて言った。

「河上彦斎殿は何者なのですか」

大村は訝《いぶか》しげに彦斎を見た。

「尊王義軍である」

「尊王義軍は小銃を使ってはなりませんか」

からかうような口調で大村は言う。

「小銃は西洋のものであろう。使えば西洋と同じになる。われらは西洋にこの国を蹂《じゅう》躙《りん》させてはならぬと思い、攘夷《じょうい》の戦いを行おうとしているのだ。西洋の武器を使っては大義が立つまい」

「しかし、戦に負けてしまっては大義も何もありますまい」

「いや、西洋かぶれの戦をしなければ、たとえ一度敗れたとしても大義は残る。いずれ大義のもとに戦う者たちによって勝つことができるだろう」

大村はからからと笑って、

「それでは河上さんにわたしの西洋かぶれの戦を見てもらいましょうか」

と言った。彦斎は素気なく言い添えた。

「大村殿のやり方での戦をするなとは言っておらん。これは長州の戦だ。好きにやればよい。わたしはおのれにできる斥候の役目を引き受けるまでのことだ」

「なるほど、常に前線に出るということですな」

「それが武士というものであろう」

彦斎がきっぱり言うと、大村は首をかしげた。

「なるほど、さようでしょうが、そうなると河上さんは時勢の流れに必ず負けますな。わたしが理によって推し量るとそういうことになります」

「義によって立つ者が負けるのは、不義の時勢によってであろう」

彦斎は目を光らせて言った。

「さようですが、負けは、負けです」

大村は落ち着いて応じる。

「不義の世であっても勝ちたい者は勝てばよい。わたしは義によって立つ以外の生き方を知らぬ」

「なるほど、さような河上さんは不義によって生きる者には恐ろしゅうございましょうなあ」

大村は感嘆するように言った。彦斎は不思議そうに大村を見つめた。

「お主は恐ろしくはないと言うのか」

「わたしは義や不義には加担いたしません。ただ理あるのみでございますから」

淡々と話す、眉が太く異常なほど額が広い大村の異相を眺めた彦斎は、

「なるほどな」

と言って口をつぐんだ。

長州勢に対抗して、幕府軍は石州口に紀州藩、美濃大垣藩《みのおおがき》など総勢七千、一方長州勢は南園隊、精鋭隊など諸隊に長州藩の支藩である清末藩《きよすえ》の軍勢を加えても七百人に過ぎなかった。本来、石州口の指揮は清末藩主毛利元純《もとずみ》がとるはずだった。だが元純は長州藩内に留《とど》まっており、大村益次郎が司令官となっていた。

幕府軍は益田川を挟んで万福寺《まんぷくじ》や医光寺《いこうじ》に陣取っていた。

彦斎は斥候として益田川をひそかに渡り、敵陣を見てきた。長州勢の本営に戻ると大村に伝えた。

大村は彦斎の話を聞いて陣中に携えてきた西洋の石盤に何かを石筆で描きこんでいった。

描き終えた大村は石盤を彦斎に見せた。敵陣の在り様が驚くほど詳しく描かれていた。

「わたしは、これほど細かな報告はしていないが」

彦斎は皮肉な目を大村に向けた。

「いや、これまでに地元の百姓たちから、いろいろ聞いておる。それに河上さんの話を合わせるとこうなるのです」

「それで間違いはないと言えるのか」

「理の合うところを図面にいたした。間違いのある道理はない」

大村は当然のことだという顔をした。

このとき、幕府軍の装備はゲベール銃や火縄銃だった。これに対して、長州勢は新式のミニエー銃を備えていた。長州勢にとっては川を越えた敵陣も射程内だったが、幕府軍の弾は届かない。戦闘が始まると長州勢の射撃で幕府軍は攪乱《かくらん》された。

大村は川を越えての進撃を命じた。その際、こうも言った。

「敵の首を取るな、そんな暇があったら、進撃しろ」

敵の首を取ることを手柄とした戦国時代の武士とは違う西洋式の戦い方だった。しかも、すでに外国艦隊や俗論党の藩政府との戦いを経てきた長州勢は新たな軍隊に生まれ変わっていた。長州勢はためらいもなく、敵兵を追撃し、いったん退《ひ》いた幕府軍は付け込まれて壊滅した。

浮足立った幕府軍を蹴散《けち》らしたのは、彦斎を先頭にした斬り込み隊だった。小銃を持った軍隊でも、最後は敵陣に斬り込んで陣営を落として勝利を確たるものにする。

彦斎は白刃を振るって真っ先に駆け、敵兵を倒していった。だが、そんな最中にも敵と味方の動きが大村の思惑通りであることに驚いた。

（帷幄《いあく》にあって戦の勝敗を決するとは、やはり、大村も名将だな）

四カ国連合艦隊との戦に敗れ、幕府の征討が始まり、まさしく四面楚歌《しめんそか》の長州がなおも復活の兆しを見せているのは、高杉晋作と大村益次郎という戦の天才をふたり擁しているからにほかならない。

（それに比べて、わが剣になすべきことはあるのか）

彦斎の胸に肥後を出て以来、初めての疑念が生まれた。彦斎がいかに精妙な剣を振るおうとも、戦を決するのは将たる者の器量だと思えば、白刃を振るう自分が将棋の駒のひとつにしか思えなくなる。

石州口の戦いで彦斎はひとり偵察に出た際、山の麓《ふもと》で幕府軍の一隊と遭遇したことがあった。幕府軍は彦斎の姿を見るなり襲いかかろうと足を速めた。だが、彦斎はゆっくりと後ろを振り返り、右手をあげてひとを招く仕草をした。

彦斎の悠揚迫らぬ様子を見た幕府軍は、背後に大軍がいるのだろうと思い込み、警戒して進路を迂回《うかい》した。

彦斎は去っていく幕府軍を見て大笑した。そのことを陣営に戻って語ると、

――河上彦斎隻手ヲ以《もっ》テ敵軍ヲ走ラス

と、彦斎の豪胆さが評判になった。そんなこともあったが、京洛《けいらく》にあって必殺の剣で〈人斬り彦斎〉と恐れられた彦斎も戦場にあっては、ひとりの兵に過ぎない。

それが望むところだと思い長州での戦いに身を投じたのだが、これでいいのかという思いも抑えきれない。肥後の河上彦斎としてなすべきことがほかにあるのではないか、と考えてしまうのだ。

彦斎がそんな思いを胸にして戦場を馳駆《ちく》する間に、長州勢は幕府軍を圧倒した勢いにのって浜田城下に進撃した。浜田藩は戦わずして浜田城を放棄し、松江に逃れた。浜田城は焼かれて灰燼《かいじん》に帰した。

七月二十七日未明——

高杉晋作は丙寅《へいいん》丸に乗り込み、大小の和船など数百隻を率いて小倉攻めのために海峡を押し渡った。石州口での勝利の報を受けて、小倉口でも幕府軍の本営を突こうというのだ。

このころ、高杉は労咳《ろうがい》の病状が進んでいたが、対岸が近づくと、気迫を漲《みなぎ》らせて砲撃を命じた。砲声が轟《とどろ》くと、昨夜のうちに上陸していた奇兵隊と報国《ほうこく》隊が小倉藩陣営に突撃した。高杉も上陸するなり、八百の軍勢を二手に分けて進撃した。

長州勢は小倉藩兵を撃破しつつ進んだが、小倉城下に到《いた》る道筋の赤坂《あかさか》へ兵を進めたときに進撃が止まった。赤坂には精強とされる熊本藩兵五千が陣を敷いていた。

熊本藩はかねてより家老の長岡監物《ながおかけんもつ》が横井小楠らと実学党《じつがくとう》をつくり、軍事改革を行ってミニエー銃を配備していた。さらに最新式のアームストロング砲を四門持っていた。

長州勢が得意のミニエー銃による連射を行うと、熊本藩も小銃で撃ち返し、さらにアームストロング砲が火を吹いた。

戦は性能が勝る武器を手にする者が勝つという大村益次郎の言葉通り、熊本藩の砲撃で長州勢は大きな被害を受け、進撃が止まった。それでも突撃しようとする長州の兵は次々と倒れていった。

この日、夕刻までの戦いで、長州勢は撃退されて、死傷者は百十四人にのぼった。長州勢にとって初めて苦戦を強いられた戦いだった。

さすがの高杉も歯ぎしりして悔しがったが、アームストロング砲の威力はどうしようもなかった。

だが、二日後の二十九日、戦局は思わぬ動きになった。この日の朝、熊本藩家老が幕府軍総司令官小笠原長行の本陣を訪れた。

家老は熊本藩がすでに弾薬を使い果たしていることを訴えた。さらにほかの藩に戦意が見られないことに苛立《いらだ》ち、小笠原に抗議を行った。しかし、小笠原が煮えきらない言葉を返すだけだったため、立腹した家老は席を蹴《け》って陣営に戻るなり、撤退の準備を始めた。

小笠原が曖昧《あいまい》なことしか言えなかったのには理由があった。このとき、幕府には秘事があった。将軍家茂が亡くなっていたのだ。

家茂は六月下旬に体調を崩した。七月に入って病状が悪化し、枕が上がらなくなった家茂は重篤となり、二十日夕六ッ半（午後七時ごろ）に亡くなった。二十一歳の若さだった。

幕府は家茂の死を秘めていたが、噂がしだいに広まり、熊本藩だけでなく動員されていた九州の諸藩も相次いで戦場を離脱した。また、小笠原自身も幕府軍艦富士山丸に乗り込んで逃げ出した。

これらの動きを察知した高杉は兵を進めて小倉城下に向かって進撃した。長州勢の猛攻を支えきれなくなった小倉藩は城に自ら火を放って退却した。

長州勢は城下に入り、勝鬨《かちどき》を上げた。

小倉口での長州勢の勝利を浜田城下で聞いた彦斎は複雑な心持ちになった。

彦斎が仕える熊本藩がアームストロング砲により長州勢を苦しめたあげく、幕府の司令官小笠原のやり方に腹を立てて勝手に撤退してしまったからだ。

（いったい、どういうつもりなのだ）

一時は長州勢を撃退するほどの軍功をあげながら、幕府への憤りから戦線を離脱してしまえば、長州と幕府を同時に敵にすることになる。

（熊本藩は孤立するではないか）

案じた彦斎は陣営を出て馬関に向かった。熊本に戻り、藩の重役を説いて尊王攘夷《そんのうじょうい》に藩論を統一しようと思い立ったのだ。窮地に陥りかけている熊本藩を救わねばならないと決意していた。

熊本藩を逆賊にしてしまっては池田屋で死んだ宮部鼎蔵に合わせる顔がないと思っていた。

二十三

馬関に着いた彦斎は、長州軍の本営に桂小五郎を訪ねた。

「わたしがひそかに国を脱して、国事に微力を尽くしてきたのは、おのれ一身の義を天下に述べようとしたのではない。わが藩の責務を負って国に尽くそうとしたのだ。故郷を思い、身はたとえ国を離れても心は国に背かずに来た。しかし、いま長州藩と熊本藩が戦火を交えたからには、このままにしておけぬ」

熊本藩を説得するため、国に戻ろうと思うと彦斎が話すと、桂は反対した。

「河上さん、脱藩した者が国に戻れば捕えられるに決まっておる。そうなれば斬首されぬとも限らぬ。肥後に戻るなど無謀ですぞ」

桂は真剣に引き止めたが、彦斎は自らの意志を変えようとはしない。言葉を重ねた桂はやがて言いくたびれたのか、

「ならば、高杉の意見を聞いてみましょう」

「それは無駄だ。高杉君は熊本藩と戦い、苦しめられたと聞いておる。わたしが肥後に戻ると言えばいい顔はしないだろう」

小倉城を落とした高杉晋作はその後、病が重くなり馬関の豪商白石正一郎の屋敷で療養していた。

小倉口での戦いで長州勢を最も苦しめたのは、熊本藩だった。

その熊本藩に自分が帰ることを高杉が許すはずがない、と彦斎は思った。それでも桂にうながされるまま、桂とともに高杉のもとを訪れた。

翌日の昼過ぎだった。

高杉は病床で起き上がって彦斎の話を聞いた。かたわらで甲斐甲斐《かいがい》しく世話をしている美しい女がいた。

おうのという、もとは馬関の芸者だった女だ。高杉と深い仲になり、いまでは妻同

様に高杉の身の回りの世話をしていた。

　彦斎の話を聞き終えた高杉は微笑を浮かべた。

「河上さんはあえて死地に飛び込もうというのですね」

「高杉さんと同じことをしようとしているまでだ」

　彦斎は静かに言った。

「わたしと同じことを？」

「功山寺決起のおり、奇兵隊の者たちでも高杉さんが成功するとは思わなかったはずだ。しかし、高杉さんは死地に飛びこんで、情勢をひっくり返したではありませんか」

「わたしには成算がありましたよ」

　高杉はくくっと笑った。

「わたしには成算がないと言われるのか」

　彦斎は鋭い目で高杉を見つめた。高杉は淡々と答える。

「河上さんはひとを斬る前に、血に染まり、地面に倒れた相手の姿が脳裏に浮かぶのではありませんか」

「それはそうだが――」

　そんなことが、なぜこの男にはわかるのだろうと思いつつ、彦斎は庭に目を転じた。

ちょうど高杉が薬湯を飲んだ茶碗《ちゃわん》をおうのが台所に下げようとしているところだった。庭からの日差しにほっそりとしたおうのの姿が浮かび上がった。その様を見て彦斎は京で別れた由依を思い出した。

肥後に戻れば生涯、由依と会うこともないのではないかと思った。しかし、故郷を同じくする由依ならば、何としても肥後に戻ろうとする彦斎の心をわかってくれるのではないだろうか。

高杉は話を続ける。

「わたしは決起する前にどうなるかが見えていました。小倉口での戦も同じです。どうなるかがわかっているから、そうしたまでのことです」

「それは、石州口での大村益次郎殿も同じなのだろうか」

彦斎は首をかしげて訊《き》いた。高杉と大村という自分とはまったく違った男たちが何を見ているのか知りたいと思った。

「大村さんはすべてを理で組み立てていきます。そこがわたしと違うところですが、最後には自分が組み立てた理を信じることができる。それは、やはり、何かが見えているからかもしれません」

「そういうものか」

彦斎は納得したようにうなずいた。

思い出してみれば、自分は神の託宣によってひとを斬るが、斬ろうと思った瞬間に死骸《しがい》となった相手の姿が脳裏に浮かぶ。それが神意であると思った。だからこそ、相手を斬ることにためらいを感じなかったのだ。

高杉は彦斎を見つめた。

「わたしは河上さんが肥後に戻ると言われるのなら、止めはいたしません。それが河上さんの歩む道であろうと思いますから。ただし、その先に何があるかは承知しておられたほうがよいかと思います」

「高杉さんには、わたしがどうなるか見えると言うのか」

高杉を見返して彦斎は訊いた。高杉はゆっくりと頭を縦に振ってつぶやくように言った。

——刑死

彦斎は処刑されて死ぬであろう、と高杉は言うのだ。眉《まゆ》ひとつ動かさず、彦斎は微笑んだ。

「それもまた望むところ。男子たるもの、戦場で死ぬか、おのれを貫き通して刑場に散るべきであろう。わたしはわが首を失うのを恐れたことはない」

きっぱりと彦斎が言うと、かたわらの桂が大きなため息をついた。高杉はにこりとして言い添えた。

「河上さん、わたしは、もう永くありませんから、三途《さんず》の川でお待ちしましょう。ただし、河上さんはすぐにではなく、われらの戦いがどうなったかを見定めてから来ていただきたい」

「それまで、藩がわたしを生かしておいてくれたなら、そうしよう」

「熊本藩には、〈人斬り彦斎〉の首をすぐに斬るほどの度胸はないでしょう。河上さんは、もっと生きて世の移り変わりを見てください。ただし――」

言葉を途切らせて、高杉は、くくっと笑った。彦斎は眉根《まゆね》を寄せて高杉を見据えた。

「ただし、どうなのだ。はっきり言ってもらいたい」

悪戯《いたずら》っぽい目で高杉は彦斎を見た。

「河上さんは憤ることになると思いますよ」

思いがけない高杉の言葉に彦斎は息を呑《の》んだ。

「尊攘派が幕府に負けるというのか」

「いいえ、勝ちます。幕府は亡《ほろ》びるでしょう。そして王政復古の世となりますが、河上さんにとっては気にいらないでしょう」

「なぜだ」

「長州は薩摩と手を組みました。幕府の征討を退けるため、やむを得ない方便ですが、薩摩は常に裏切る。薩摩と組んだ長州は今まで通りではいられないでしょう。河上さんの望んだ世にはならない」

高杉の澄んだ声が彦斎の耳に響いた。

彦斎は高杉の言葉を天からの声として聞いた。しばらく沈思した彦斎は、それでも自らの決意が変わらぬことを示すため、和歌を詠じた。


仇波《あだなみ》と人はいふとも国のため身を不知火《しらぬい》の海や渡らん

高杉は目を閉じて彦斎が詠じる歌に聞き入った。


慶応三年（一八六七）一月——

彦斎は馬関を発《た》って海路、まず肥前に向かった。

桂は彦斎の身を案じ、かつて江戸の斎藤弥九郎《さいとうやくろう》の開いた練兵館《れんぺいかん》で同門だった大村藩の渡辺昇《わたなべのぼる》への紹介状を書いてくれた。

肥後に直行する前に、長崎に近い肥前大村藩を訪ねて国許《くにもと》の様子を探ることができるようにとの配慮だった。

渡辺は六尺豊かな巨漢で、かつて京にいたころ尊攘派として新撰組につけ狙われた。だが、市中で遭遇した新撰組を何人も斬って、評判になっていた。

このころ大村に戻っていた渡辺は藩論を尊王攘夷《そんのうじょうい》に統一しており、熊本藩の情勢についても知っていた。

桂の紹介状を持った彦斎が訪ねると歓待した。渡辺は彦斎の京での働きをよく知っており、

「河上さんが訪ねてきてくれたのは、まことに嬉《うれ》しゅうござる」

と言って屋敷の客間で酒を勧めた。すでに夜になり、月が昇っていた。

彦斎は杯を受けた後、

「肥後の様子でご存じのことをお聞かせ願いたい」

と言った。渡辺は杯を置いて口を開いた。

「御国は容易ならんことになっております。佐幕派の役人どもが尊攘派を目の仇《かたき》にして捕えております」

轟武兵衛、山田十郎《やまだじゅうろう》などの主だった尊攘派はすでに捕えられ、獄中で拷問を加えられているようだ、と渡辺は話した。

「さようですか」

彦斎はもはや杯をとろうとはしなかった。色白のととのった容貌《ようぼう》に憂愁の色が浮かんでいた。肥後の尊攘派は宮部鼎蔵始め、

松田重助

高木元右衛門
小坂《こさかこじろう》小次郎
加屋《かやしろう》四郎
酒井庄之助
宮部春蔵
中津彦太郎
西島亀太郎《にしじまかめたろう》

などが京で割腹、あるいは戦死していた。このほかにも脱藩して江戸に行き、さらには長州に走って命を失い、あるいは行方不明となった者は多い。

(どれほどの同志たちがこの世を去っていったことか)

彦斎は暗澹《あんたん》として口を閉ざした。渡辺はさらに言葉を継いだ。

「悪いことは申さぬ。河上殿が生きる場は国許ではなく、長州なのではござらぬか。肥後に戻れば命を失うだけでござるぞ」

「されど、やむを得ません」

彦斎は微笑んだ。

「どうしても肥後に戻られるか」

「わたしは肥後に生まれ、育ちました。帝《みかど》の世になし奉りたいとの悲願を抱いたのも肥後においてです。言わば肥後はわが発願の地でもあります。肥後を変えずして、この国を変えることはできぬと存じます」

彦斎の言葉を聞いて渡辺はため息をついた。

「肥後の頑固者を、肥後もっこすと言うと聞きましたが、まさに河上殿は肥後もっこすでありますな」

「いや、わたしなどさほどの者ではありません。わが師の宮部鼎蔵先生は京の池田屋で命を落とされましたが、決しておのれの行く道を変えぬ方でした」

しみじみとした口調で彦斎は話した。渡辺は大きくうなずいた。

「長州の吉田松陰先生もさような方であったとうかがっております」

「宮部先生も吉田先生もおのが命を投げ出し、世の中を変える道を切り開かれた。われらもそれに続くのみです」

彦斎の言葉には迷いが無かった。渡辺は大きく頭を縦に振った。

「河上さんの言われる通りです。天子様の新しき世をもたらすため、われらの命は捧《ささ》げましょう」

彦斎は立ち上がると障子を開けて縁側に出た。

夜空に煌々《こうこう》と満月が輝いている。

（肥後に戻れば、あの月をどこで見ることになるのか）

彦斎は月光に照らされながら夜空を見上げ続けた。

大村を出た彦斎は、長崎で土佐の溝淵広之丞《みぞぶちひろのじょう》に会って土佐藩の内情などを聞いたうえで、海を渡って肥後の八代《やつしろ》に向かった。

八代は熊本藩家老の松井佐渡《まついさど》の領地だった。松井家は代々八代三万石を所領として八代城を預けられている。

彦斎は茶坊主だったころ、松井佐渡に目をかけられ、しばしば時局への意見を聞かれたこともあった。それだけに、肥後藩が長州勢と戦ったことを知り、まず松井を説くべきだと思った。旧知の松井なら自分の訴えを聞いてくれるのではないか、とも考えたのだ。

彦斎は二月六日に八代の湊《みなと》に入った。

上陸した彦斎はすぐに河口番所の役人に見咎《みとが》められた。役人に取り囲まれた彦斎は、あえて正直に名乗った。

「河上彦斎である」

彦斎の名を聞いて役人たちは驚愕《きょうがく》した。

肥後尊攘派の巨魁《きょかい》であり、脱藩して京で〈人斬り彦斎〉と呼ばれたことを役人たちも知っていた。

「河上彦斎と言えば脱藩人ではないか。神妙にいたせ」

役人たちは震えながら刀の柄《つか》に手をかけた。彦斎が刀を抜けば、何人かは斬られるだろう。それが自分かもしれないと怯《おび》えていた。

彦斎は役人たちを見まわして、懐から書状を取り出した。

「それがし松井佐渡様に面会いたしたい。その願いをこの書状に認《したた》めております。お取次ぎ願いたい」

国老の松井に会いたいと彦斎が言うと、役人たちは顔を見合わせた。このまま彦斎を捕えるべきではあったが、家老の名を出されると、あるいは松井は彦斎と関わりがあるのかもしれないと考えた。役人のひとりが、

「ご家老様に取り次ぐゆえ、われらに同道いたせ」

と緊張した声で言った。

「かたじけない」

彦斎はやわらかな声で応じた。そして役人たちにうながされるまま、出町《でまち》の宿に赴いて旅籠《はたご》の一室に入った。

役人たちは彦斎に見張りをつけたうえで、書状を八代城に届けた。

この書状を読んだ松井はううむ、とうなり声をあげた。書状には、長州をめぐる情勢などが書かれ、

――重大の事件も御座候間、暫《しばら》く寛大の沙汰《さた》を被り、右の件々御直に申し上げ度《た》く、生涯の願ひに付、先《ま》づ御聞き届け仰せつけられ候様伏して嘆願し奉り候

と認められていた。さらに、重大事件については、

――薩長《さっちょう》密約の事

と書き添えられていた。彦斎は薩摩と長州が同盟を結んだことを知っており、これによって天下の形勢が大きく変わることを松井に伝えようとしていた。

薩長密約という文言を読んだ松井は息を呑《の》んだ。すでに幕府の長州征討戦は失敗に終わっていた。そのうえ薩摩と長州が手を組んだとなれば時勢が大きく変わることは明らかだった。

(何ということだ。かほどの天下の大事をあの茶坊主あがりの男は知っているのか)

松井は迂闊《うかつ》に彦斎には会えないと思った。もし、会ってしまえば、尊王攘夷《そんのうじょうい》派に巻き込まれてしまうだろう。そうなれば身の破滅かもしれない。

松井は書状を持ってきた役人に向かって、

「わしは病だ。会えぬと伝えよ」

と言った。さらに急使を藩庁に遣わして、彦斎の処分をどうするかを問い合わせた。

この間、彦斎は旅籠で待ち続けたが、間もなくやってきたのは彦斎を捕縛するために遣わされた役人たちだった。

彦斎は、唇を噛《か》んだ。

「松井様は、わたしが申し上げたことをお取り上げにならなかったか」

無念そうにつぶやきながらも彦斎は役人に抗《あらが》わず、両刀を差し出した。役人は緊張しながら、

――神妙である
と言った。彦斎は薄く笑った。

「わたしは故郷の者に向ける刃は持っておらぬ」

彦斎はただちに縄を打たれ、熊本まで護送された後、投獄された。

二十四

彦斎は獄中での取り調べで、時勢について縷々《るる》述べるとともに、藩論を尊王攘夷に統一しなければならぬ、と訴えた。

曰《いわ》く──

薩摩の小松帯刀と西郷吉之助は京で長州の桂小五郎と密談して盟約をかわした。薩摩はすでに長州を守るために動いており、幕府の長州征討が失敗するのは火を見るよりも明らかである。なお、幕府が長州征討を諦《あきら》めなくとも、諸藩はもはや幕府に従わないだろう。

薩摩と長州は今後、兵庫の開港などをめぐってひそかに朝廷に建言し、天朝と幕府の間を引き裂き、帝《みかど》を擁して天下に号令しようとするに違いない。

このときに当たって、熊本藩は佐幕派であると薩摩や長州から見做《みな》されている。このままに過ぎれば熊本藩は孤立する。薩摩が討幕の動きを起こす前に旗幟《きし》を明らかにしなければならない。そのためにそれがしは帰国いたした。

彦斎は滔々《とうとう》と思うところを述べ、さらに、

「長州人は、かねてから薩摩は常に反覆表裏することを知っております。このため根から信じ切っているわけではありません。いずれ、長州と薩摩の間に争いが起きます。そのとき、熊本藩が長州につくならば、薩摩を退け、時局を動かし、天朝の世といたすことができましょう。長州の奇兵隊と戦い、いったんは退けた力のある熊本藩が天下に乗り出すのはいまでございます」

と熊本藩の行くべき道を論じた。

だが、熊本藩の役人たちは彦斎の建言に耳を貸そうとはしなかった。彦斎が獄に投じられて二ヵ月が過ぎたころ、取り調べの後、役人が、

「本日は、特別のお計らいにより、面会を差し許す」

と告げた。彦斎は獄舎に通じる屋敷の控えの間に入れられた。

(面会とは誰であろう)

怪訝《けげん》な思いでいるうちに、襖《ふすま》が開いて入ってきたのは由依だった。

「これは、どうされた」

彦斎は驚きの声をあげた。由依は微笑して答える。

「ご存じでいらっしゃいましょうか。三条実美様は幕府の長州征討に先立ち、長州から太宰府に動座されました。わたくしは京のご家族から三条公への書状を託されて太宰府に参ったのです。そこで、彦斎様のことを知りました。三条公は彦斎様のことを大層、案じられて、わたくしを使者として遣わされたのでございます」

「さようでしたか」

三条実美は、ちょうど熊本藩の古閑《こが》富次が太宰府に来ていたのを幸いに、由依に書状を託してともに肥後へ向かわせたのだ。

実美は、書状で彦斎が皇国のために働いてきた者であるとして、寛大なる処置を望む、と告げていた。

「なるほど、わたしは、もはや獄中で死するのみと覚悟いたしておりましたが、三条様のお言葉があれば、藩も無暗《むやみ》なことはできぬでしょう」

彦斎はにこりとした。由依は投獄されて痩《や》せた彦斎を痛ましげに見ながら、

「ならば、わたくしが参ったことはお役に立ちましたか」

と言った。

「命を救われたと思います」

彦斎が頭を下げると由依は涙ぐんだ。

「されど、獄からは出してもらえぬのでしょうか」

「それはありますまい。藩の重役たちは因循姑息《いんじゅんこそく》にして時勢の成り行きを見る目がありません。わたしを獄から出すのは天朝様の世となってからのことでしょう。しかし、そのときではもはや遅い。熊本藩は時流に乗り遅れ、薩摩に名をなさしめることになります」

彦斎は淡々と言った。

「それでは、彦斎様の多年のご苦労も報われませぬな」

「報われようと思ってなしてきたことではありませんから、それはかまわぬのです。しかし、もし、薩摩によって尊王攘夷の道が閉ざされるようなことがあれば、わたしは再び剣をとることになるでしょう」

彦斎の目が爛々《らんらん》と輝いた。由依は小さく吐息をついた。

「彦斎様は獄にあっても変わられませぬな」

「皇国に捧《ささ》げた一身です。まして宮部先生始め、道半ばに倒れた同志たちのことを想えば、挫《くじ》けるわけには参りません」

きっぱりと言い切る彦斎をじっと見つめた由依は間もなく去っていった。

彦斎は獄舎に戻ると、あらためて時局に思いを馳《は》せた。

長州征討に失敗した幕府の威光は地に落ち、この国に大きな変動が起きるに違いないと思った。そのときに獄にいることは辛《つら》かったが、一方で獄中にあって世の移り変わりを見定めよ、というのが天意なのではないか、とも思った。

河上さんの望んだ世にはならない、という高杉の言葉がいまも耳の奥に残っていた。

そうだとしたら、自分はどうするのか。

幕府の長州征討に立ち向かうため、人斬りであることを封じ、戦場で剣を振るってきたが、あるいは、今一度、

――人斬り彦斎
として立たねばならないのだろうか。

彦斎は瞑目《めいもく》して考えにふけるのだった。

一年後——

彦斎は突如、出獄を許された。獄中にあって、もともと色白だった彦斎の顔は蒼白《そうはく》になり、目は鋭さを増していた。

彦斎が放免されたのは、すでに徳川慶喜が大政を奉還して、幕府が倒れ、王政復古の号令とともに大赦令が出されたからである。

獄から出された者の中には、轟武兵衛、山田十郎とともに、彦斎とかねてから交わりの深かった大野鉄兵衛がいた。

獄舎を出た彦斎は大野との再会を喜んだ。彦斎同様に顔色が青白くなり、やつれた鉄兵衛は白い歯を見せて笑った。

「ようやく悲願がかなったな」

彦斎はうなずいて応じた。

「さよう。同志たちの苦労が報われたのだ」

鉄兵衛は目を光らせて彦斎に近寄り、

「されど、油断はできまい。薩摩の権謀は底が知れぬぞ」

と囁《ささや》いた。彦斎は平然として答える。

「わかっておる。何事もこれからだ」

まわりには藩の役人がいるため、それ以上のことは話せなかった。

彦斎はこの日、谷尾崎《たにおざき》にある家に帰った。

妻のていと五歳になる息子の彦太郎、母親の和歌が涙ながらに迎えてくれた。

「彦斎殿は、どれほど苦労なされたことか」

和歌が袖《そで》で顔をおおって泣いた。

「お国のためですから」

ていは、言葉少なに言いながらも目に涙を滲《にじ》ませていた。京洛《けいらく》にあって国事に奔走する間、どれほど家族が肩身の狭い思いをしたかと思うと彦斎の胸にあふれるものがあった。

家に戻って静養しつつ、彦斎は上方の情勢を耳にした。

太宰府にいた三条実美ら五卿《ごきょう》は官位が復して京に戻っていた。また、薩長《さっちょう》同盟をなしとげた土佐の坂本龍馬と中岡慎太郎は京で何者かに襲われ横死していた。

さらに京では鳥羽伏見《とばふしみ》の戦いが起き、徳川方が敗北し、朝廷は徳川慶喜追討の大号令を発した。

すでに有栖川宮熾仁《ありすがわのみやたるひと》親王が東征大総督となって京を進発、江戸へ向かったという。世の移り変わりの速さに彦斎は瞠目《どうもく》した。

新政府は諸藩から人材を登用しつつあったが、熊本藩から京に召し出されたのは、横井小楠ら尊王攘夷《そんのうじょうい》派とは一線を画してきた者たちが多かった。尊攘派が呼び出されぬことに肥後勤王党の者たちは苛立《いらだ》ちを深めた。

そんな中、彦斎に藩庁から書記に任じ、軍事掛とするという達しがあった。だが、彦斎は応じなかった。

(いまさら、藩の役人になってどうする)

という思いだった。彦斎が辞する旨を伝えると藩庁ではあわてて、

——外交掛
にすると伝えてきた。藩を代表して諸藩をめぐり、情勢を探るという役目だった。

彦斎はこれに応じて出仕することを決めた。

王政復古の世がどうなっているのか、見定めなければならないと思ったからだ。このとき、松井佐渡が彦斎を城中に呼び出した。

彦斎がひさしぶりに登城すると、松井は御用部屋で対面した。神妙に手をつかえ、頭を下げた彦斎に向かって、松井は苦笑まじりに、

「河上彦斎、そなたの申しておった通りの世となったな」

と声をかけた。

彦斎は頭を上げて、

——御意
とだけ短く答えた。松井はさらに言葉を続ける。

「そなたが、帰国して八代でわしに会いたいと申してきたおり、会わずに獄に投じたことを恨んでおるか」

「決してさようなことはございません。ただ、時機を逸するのを惜しんだばかりでございます」

「そうであろうな。だが、あのおり、熊本藩は小倉口の戦から幕府に無断で撤退したばかりであった。いわば幕府に睨《にら》まれていたおりだけに、そなたと会って長州に通じていると思われては困るという思いが先立ったのだ。いまとなってみれば、わしの浅慮であった。許せ――」

「もったいのうございます」

彦斎は頭を下げただけで、それ以上は言わない。松井はしばらく考えてから口を開いた。

「そなたには、これから天下の動きを調べてもらわねばならぬが、わしの目にはどうにも奇怪に思えてならぬことがある」

「なんでございましょうか」

彦斎は目を細めて松井を見つめた。

「新政府は諸藩から徴士を召し出しておるが、わが藩で声がかかるのはいずれもかつての実学党の面々ばかりだ。勤王党の者の名があがらないのはなぜだ」

松井は首をかしげて訊《き》いた。

「おそらく薩摩と長州は王政復古の功を両藩だけのものにしたいのであろうと存じます。これまで尊王攘夷の戦いに馳せ参じ、途中で倒れた者は諸藩におります。されど新政府が成ったいま、薩摩と長州はそれらの者たちに功を奪われることを恐れているのではないかと存じます」

彦斎が告げると、松井は大きくうなずいた。

「なるほどな。さようなことではないかとわしも推察しておった。特にわが藩は多年、薩摩とはそりが合わずに来た。わが藩の者で新政府に入れるのは尊王攘夷の功を言い立てず、物の役に立つ者に限るということであろうな」

ひややかな松井の言葉に彦斎は淡々と応じた。

「さようにございます」

松井はじっと彦斎を見据えた。

「ならば、そなたはどういたすのだ」

「さて、どういたすかと仰せられても、世の移り変わりを見ておりませぬ。ただいまはお答えいたしようもございません」

「だが、わしとしては聞いておかねばならぬ。そなたは言うなればいままでは獄中に囚《とら》われていた虎だ。その虎を再び世に放てば争乱のもととなるかもしれぬではないか」

眉間《みけん》にしわを寄せて松井は彦斎の顔をうかがい見た。

「さようにお考えであるのなら、それがしを用いられぬほうがようございます。いったん、世に出ましたなら、それがしのなすことを止める術《すべ》はございますまい」

「なるほどな。世に放つぐらいなら斬っておいたほうがわが藩のためかもしれぬな」

松井はにやりと笑った。彦斎は軽く頭を下げて、

――御意
と顔色も変えずに言ってのけた。

松井はため息をついてから、やはり、〈人斬り彦斎〉を世に出すことはできぬな、とつぶやいた。

松井の言葉を聞いても彦斎は黙したままだった。松井は膝《ひざ》を叩《たた》いてから、

「そなた、名を変えろ」

と強い口調で言った。

「改名いたせと仰せでございますか」

「そうだ。肥後の彦斎が国許《くにもと》を出たとあっては、世間が騒ごう。それゆえ、名を変えて世の動きを見て参れ」

彦斎はしばらく考えてから、

「承知仕《つかまつ》りました」

と答えた。松井は安堵《あんど》の表情を浮かべた。

「そうか。聞き分けてくれるとありがたいぞ。さすれば、何と名のることにいたす

か」

彦斎は目を閉じて思案していたが、やがて口を開いて、

――高田源兵衛《こうだげんべえ》

という名を告げた。

「高田源兵衛か、よい名だ」

松井はほっとしたように言った。

「恐れ入ります」

彦斎は頭を下げた。

たとえ、何と名のろうと自分が変わることはない、と思っていた。再び、風雲の中に出ていくのだ、と思った彦斎は武者震いした。

その様を松井は恐れるように見つめている。

二十五

二月二十一日――

彦斎は熊本を発《た》った。

藩主の弟である長岡護美《ながおかもりよし》が朝廷の召命を受けて上京する一行に加わり、諸国を歴訪するためだった。

小島沖から乗船し、長崎を経て馬関に着いた。

わずか一年がたっただけのはずだが、馬関の風景すら変わって見えた。かつて高杉晋作が挙兵し、藩政府と戦うために出撃し、さらには幕府の征討軍を迎え撃った〈四境戦争〉では奇兵隊士たちが眦《まなじり》を決して屯《たむろ》していた馬関は殺気に満ちていたが、いまはただの港町に過ぎない。

高杉晋作は昨年四月十四日、維新を前に病没していた。桂小五郎は名を木戸《きど》孝允《たかよし》とあらためて新政府に出仕し、長州を離れていた。

（すべては変わったか）

かつて熱風が吹き荒《すさ》び、炎に煽《あお》られるかのようだったころの馬関を思い出して彦斎は寂寥《せきりよう》の思いを抱いた。

彦斎は馬関から因州、備前をめぐった後、京に入り壬生《みぶ》の藩邸に落ち着いた。すぐに三条実美の屋敷を訪ねたが、実美は出仕していて留守だった。おそらくそうだろうと思っていた彦斎は、控えの間で由依と会って話した。

由依は彦斎が出獄したことを喜んだが、新政府についての話になると眉《まゆ》を曇らせた。

「新政府は彦斎様のお気に召さぬかと存じます」

「なぜです。尊王攘夷《そんのうじょうい》の志が失われましたか」

彦斎は鋭い目で由依を見つめた。由依はため息をついて、

「尊王は変わらぬと思いますが、攘夷《じょうい》を唱える方はおられなくなったような気がいたします」

と言った。

「さようか――」

彦斎はさりげなくつぶやいたが、目には殺気が宿っていた。

河上さんは憤ることになると思いますよ、と高杉が最後に会ったとき言ったことを思い出した。

幕府は亡び、王政復古の世となるだろうが、新たな世は、彦斎にとっては気にいらないだろう、とも言っていた。その時には彦斎は、

――刑死
するだろうとも高杉は予言していた。

(高杉の神才をもってすれば、世の動きが見て取れていたということだろう)

だとすれば、自分が刑死するという予言も現実のものになるのかと思いつつ、彦斎

は眉ひとつ動かさない。もとより、いつでも死ぬ覚悟はできている。だが、宮部鼎蔵始め、尊王攘夷の志のために倒れていった数多《あまた》の同志たちのことを思えば、長州や薩摩が攘夷を行わぬのは許し難かった。

彦斎は静かに口を開いた。

「由依殿、わたしは戦場に立ち続けていればすでに死んでおろう。熊本で獄に投じられたからこそ、王政復古の世を見届けることができた。思えば、これがわたしの天命なのかもしれません」

由依は息を呑《の》んだ。

「もし、長州や薩摩の方々が攘夷の志を捨てたときには、いかがされますか」

彦斎は微笑んだ。

「斬ります。わたしは京にいたころの人斬り彦斎に戻ることになる」

「それでは、かつての尊王攘夷派同士が相争うことになりはしませぬか」

由依が案じるように言うと彦斎は、ためらいを見せずに答えた。

「それぐらいのことはいたさねば、佐幕であれ尊攘であれ、これまで死んだ者たちが浮かばれますまい」

彦斎の声には凜乎《りんこ》とした響きがあった。

三日後――

彦斎はこのころ太政官《だじょうかん》の役所が置かれていた二条城に、三条実美と木戸孝允を訪ねた。

実美は京にあったころから彦斎とは面識があり、特に〈七卿落《しちきょうお》ち〉で長州に赴いたおりには、護衛の任を務めてもらっただけに彦斎の上洛《じょうらく》を喜び、笑顔で迎えた。

木戸も彦斎が久坂玄瑞の意図に応じて京で人斬りを行い、さらに幕府の長州征討を受けた〈四境戦争〉では獅子奮迅《ししふんじん》の働きをしたことを熟知している。

木戸も彦斎を歓待したが、話が攘夷決行に及ぶと口をつぐんだ。実美も困惑した表情で、

「攘夷のことはそうやすやすと参らんのや。武器ひとつとっても、諸外国にかなわんそうや。いまは彼の長ずる文明を受け入れて、諸外国と対等になるのが急務やないか」

ともぞもぞと言った。

明らかに薩摩や長州の藩士による入れ知恵の言葉だとわかるだけに、彦斎はかっとして膝を乗り出した。

色白で婦人のごとしと言われた顔が紅潮している。

「それでは幕府の言い分と同じではございませんか。先帝の御陵墓の土も乾かぬいま、

先帝が心にかけておられた攘夷を忘れて何となさる。水火も辞せずに戦い、倒れていった泉下の同志たちに顔向けができますのか」

彦斎が語気を強めると、木戸が口を挟んだ。

「さように申しても、いま、ただちに攘夷を行っても戦になれば必ず負ける。負ける戦は新政府としてすることはできぬ」

ひややかに言い放つ木戸を彦斎は睨《にら》みすえた。

「ほう、さようなことはかつて高杉殿も言っておられました」

「そうか。高杉もさように思っていたのであろう」

木戸がほっとしたように言うと、彦斎は嗤《わら》った。

「ただし、高杉殿が負ける戦をせぬというのは勝つ戦をするためでござる。西洋の強きに怯《おび》え、自ら膝《ひざ》を屈するのとは違います」

「膝を屈するとは無礼ではないか」

険しい顔になった木戸が声を荒らげた。常に如才なくひとと交わる木戸にしては珍しいことだった。

さようでしょうか、と言ってから彦斎は珍しく次のような長広舌を振るった。

これまで、われらが帝《みかど》の親征を仰いで、攘夷の戦いを行おうとしたのは、たとえ一度は敗れても、やがてこの国のひとびとが皆一致団結して内を固め、外に国威を振るうようになると考えたからだ。

やがて外夷《がいい》もわが国を見直し、礼を尽くして来るようになるのは必定だ。そうなってこそ、開港もしてよいし、通商もできるのだ。これでこそ国利と国威とをともに得ることができる。

それなのに、こともあろうに外夷の口車にのって刀を鞘《さや》に納め、知恵者ぶって外夷と手を結ぶなどさようなことは侍のなすべきことではない。

彦斎は声涙ともにくだらんばかりに説いた。

だが木戸は、このままでは外夷の侵略を許すばかりだ、むしろ外国と手を握り、わが国が富強となることを目指すべきだ、と言い張るばかりだった。彦斎は憤然として、

「さような惰弱な根性でどうしてわが国を富強にすることができますか。形ばかり富強となっても外夷に侮られ従えられるだけではありませんか。彦斎は死すとも攘夷の志は捨て申さぬ」

と言い放つと席を立った。彦斎の胸には、幕末、何のために〈人斬り〉を重ねたのかという思いがあった。われが斬り、彼が死ぬ、それはすべて攘夷の大義のためであった。外夷を打ち払い、この国を守らんがための一殺多生の剣であると思えばこそ、〈人斬り〉を重ねたのだ。

それなのに、いまになって外国と手を握るのであれば、幕府がしていたこととどこ

が違うのか。長州や薩摩は幕府に取って代わるために尊王攘夷を唱え、幕府が倒れるや口をぬぐおうとしている。

（彼らの尊王攘夷は詐術であった）

彦斎は歯噛《はが》みする思いだった。

彦斎自身は決して頑迷な鎖国攘夷論者ではない。わが国をまず脅かすのはロシアであるとみて、蝦夷《えぞ》を開発し、彼の地の物産の輸出によって国防の資金を得ることを考えていた。

さらにイギリス人船長を雇って上海《シャンハイ》との貿易を行うことなども視野に入れており、言うならば彼の思想は、

――洋夷制御論

であった。しかし、それは新政府が外国と妥協しようとするやり方とは大きく違うものだ。「河上彦斎言行録」では、この時期の彦斎と木戸孝允（桂小五郎）のやり取りについて次のように伝えている。

――小五郎の説、やゝ攘夷《じょうい》のなすべからざるを云うものの如し。彦斎忽《たちま》ち髪立ち眦《まなじり》裂け、直ちに立って小五郎の鼻を捻《つま》み、大喝これを叱《しっ》して曰《いわ》く、「足下もこの説をなすか」と。小五郎只《ただ》黙然として已《や》むと……

彦斎が、木戸の鼻を捻《ひね》りあげたというのは真ではないだろうが、冷静沈着な木戸が思わず顔をそむけるほどの激しさで彦斎は詰め寄ったのだ。

彦斎は藩邸に戻ると、藩士の古荘嘉門《ふるしょうかもん》と時局について話し合った。古荘はこれまで学校党と呼ばれる熊本藩の実権を握る保守派に属しており、彦斎たち勤王党とは一線を画していた。だが、時勢の急変で彦斎と親しく意見を交わすようになっていた。

彦斎は冷静な口調で言った。

「新政府は薩長の思いのままに動いており、もはや攘夷の志を忘れています。薩長のための天下を築こうとしているに過ぎません。わが藩は正論を朝廷に建白した後、帰国すべきでしょう」

古荘は腕を組んで考えた後、口を開いた。

「しかし、藩政府はいま、帰国すれば新政府の中での立場を失うことになると恐れるでしょう。おそらく河上さんの意見は取り上げないでしょう」

真面目な顔で古荘に言われた彦斎は苦笑して言葉を継いだ。

「ならば、こういう案があるがどうでしょうか」

と声をひそめた。

彦斎は古荘の耳元に顔を近づけ、囁《ささや》くように何事かを告げた。彦斎の言葉を聞いた古荘は、

「なるほど、それは面白い――」

とつぶやいて大きくうなずいた。


閏《うるう》四月八日――

彦斎は藩から信濃、加賀、越後方面の探索を命じられて藩士の佐々淳次郎《さゝじゅんじろう》とともに京を出立した。このとき、古荘も竹添進一郎《たけぞえしんいちろう》、植野虎弥太《うえのこやた》とともに江戸へ向かっていた。

信濃に入った彦斎は、松代藩士たちと会って情勢を訊《き》いた。この際、彦斎は高田源兵衛と名のっている。

松代藩士たちは、酒席を設けて彦斎たちを歓待した。そして高田源兵衛という熊本藩士が河上彦斎だとは気づかないまま、

「わが藩には佐久間象山という高名な学者がおりましたが、惜しむらくは先年、京で熊本藩の河上彦斎なる者に斬られてござる。河上はその後、藩の獄に投じられたと聞いておりますが、いかがなりましたでしょうか」

と問うた。彦斎は杯を口元に運びつつ言った。

「さて、河上がどうなったかは存じませんが、そのことを訊かれていかがされるおつもりですか」

松代藩士は酒で顔を赤くしつつ答える。

「象山の遺児がいまも河上を仇《かたき》として討ちたいと願っておるそうでござる。その志が不憫《ふびん》ゆえ、討たしてやりたいと思うのでござる」

「いかにももっともなことでござる。同じ藩の者のことゆえ、助力するというわけには参りませんが、佐久間象山先生のご子息の悲願がかなうことをそれがしも祈念いたしますぞ」

彦斎は眉《まゆ》ひとつ動かさずに平然と言ってのけた。この会話を傍らで聞いていた佐々は後に、

「あの時くらい冷や汗が出たことはなかった」

と朋輩《ほうばい》に漏らした。その後、彦斎は各地をまわり、報告のため京に戻った。

一方、古荘は江戸に下ると勝海舟を訪ねた。

このとき、勝に面会した古荘が持ち掛けたのは、榎本武揚《えのもとたけあき》率いる幕府海軍と奥羽諸藩を連合させて新政府に戦いを挑ませよう、という策だった。

薩摩の西郷吉之助が率いる官軍が江戸に迫り、戦火から江戸のひとびとを救おうと官軍に乗り込んだ勝が、西郷と談判して江戸城の無血開城をなしとげたばかりの時期

である。

官軍と彰義隊《しょうぎたい》の上野《うえの》戦争が翌月勃発《ぼっぱつ》するこの時期、各地で火種はくすぶっている。どこかの藩が火を放てば、燎原《りょうげん》の炎のように燃え広がるのは明らかだった。

日ごろ豪胆な勝も、古荘が説く奇策に驚いて、

「驚いたね。肥後は議論倒れと聞いていたが、とんでもないことを考える。誰の入れ知恵だね」

勝に訊かれて古荘は昂然《こうぜん》として答えた。

「わが藩の河上彦斎でござる」

彦斎は、古荘に耳打ちして、

——奥羽連合して戦わば、両三年は維持すべく、且《かつ》(新政府は)苦戦ならむ。さる時は薩長国をあげてこれに応ぜむ。若《も》し然《さ》らんにはその国空虚、中原に人無きに至らむ、此《こ》の時、兵を発し、天子を挟み、人心を鼓舞して、不逞《ふてい》を撃って正大の旗を邦内に立てむ
と囁いたのである。

新政府が奥羽諸藩連合との戦にてこずり、国許《くにもと》も空になるから、その間に九州で兵

を挙げて上洛《じょうらく》し、帝《みかど》を擁して不逞（薩摩、長州）を撃って、正義の旗を立てよう、というのだ。古荘はそんなことを勝に話した。

「奥羽連合して戦わば、両三年は維持すべくか、あの〈人斬り彦斎〉がねえ」

勝はひややかに応じた。古荘は膝《ひざ》を乗り出した。

「世のひとは河上殿をさように、〈人斬り〉と呼びます。されど、彼の仁は誰かに命じられてひとを斬ったのではござらん。おのれの信じるところにしたがい、斬るおのれも、斬られる相手も、ともにこの国を守るための祭壇に上げる覚悟で、あたかも業のようにひとを斬ったのでござる」

「そうかもしれねえが、河上が斬った中には、佐久間象山のように生かしておいたほうが国のためになった奴もいる。そんな者まで斬ってしまえば、ただの人殺しだよ」

冷たい勝の言い方に古荘は頭を横に振った。

「決して、さようなひとではありません」

「さて、どうだかねえ」

勝はそっぽを向いた。だが、しばらくしてため息とともにつぶやいた。

「彦斎も亦《また》快男子なるかな」

古荘はその後、東北に向かい、仙台《せんだい》に入った。仙台に滞在すること一カ月、この間に奥羽二十六藩は連合して薩長の軍にあたることを決した。事態の成り行きを見届けた古荘たちは京へと戻った。すでに京へ戻っていた彦斎に対して藩政府は、

——豊後国鶴崎《ぶんごのくにつるさき》郷士隊長ヲ命ズ

という辞令を出した。豊後国鶴崎は熊本藩にとって飛び地であり、海路、上方に出動できる要地で、彦斎はかねてからここに軍勢を駐屯させ、急な事態に備えるべきだ、と主張していた。

彦斎を京に置いていては何を仕出かすかわからない。九州に戻そうというのが藩政府の考えだった。

二十六

明治二年（一八六九）一月二十二日——

彦斎は三条邸を訪れて由依に京を出立すると告げた。由依は大きく目を見開いて、

「では、鶴崎に行かれますか」

と言った。彦斎は秀麗な顔に笑みを浮かべた。

「藩命です。わたしも赴きたいと思っておりましたから」

鶴崎が肥後領の飛び地となったのは、加藤清正以来である。

関ヶ原の戦いのおり、清正は東軍に属した。西軍の小西行長《こにしゆきなが》が敗戦後に没収された領地は清正に与えられた。だが、清正は小西領のうち、天草《あまくさ》諸島を豊後の鶴崎、野津原《のつはる》、久住《くじゆう》と換えてもらった。

関ヶ原合戦後も大坂城には豊臣秀頼《とよとみひでより》がいた。清正は秀頼への忠誠心を失っておらず、上方で戦が起きた際、ただちに瀬戸内航路で馳《は》せ上るために鶴崎の湊《みなと》を得たのかもしれない。

このころ熊本藩では鶴崎に常備軍三百を置き、蒸気船一隻、帆前船一隻を持ち、砲台も備えるなどの構想が進んでおり、イギリスのマルタ島のように海外へ兵を送る根城とすべし、という意見もあった。地中海のマルタ島は、このころイギリス領で地中海をインドへ向かう航路の要衝となることから軍事的に重視されていた。

その鶴崎で兵を率いる者としては、勇名が鳴り響いた彦斎しかいないというのが家中の見方だった。

由依は声をひそめて言った。

「なにやら、彦斎様が京を発《た》たれれば、二度とお目にかかれぬような気がいたします。横井小楠様のこともございますし」

小楠の名を聞いて彦斎は眉をひそめた。

一月五日――

京都寺町通りで白昼、横井小楠が刺客に襲われた。

小楠は熊本では学校党、勤王党と対立する実学党の学者だったが、永年、越前藩主松平春嶽に用いられていた。しかし、ある時、刺客に襲われて逃げたことを士道忘却として咎《とが》められ、熊本に戻って閑居していた。

しかし、王政復古とともに召命を受けて新政府では薩摩の西郷吉之助、大久保一蔵(利通)、小松帯刀、長州の木戸孝允、広沢兵助《ひろさわへいすけ》(真臣《さねおみ》)、土佐の後藤象二郎《ごとうしょうじろう》、佐賀の副島次郎《そえじまじろう》(種臣《たねおみ》)らとともに参与となっていた。

そんな小楠はこの日、直垂《ひたたれ》の正装で禁裏に出仕し、午後二時過ぎに退庁した。寺町御門から駕籠《かご》で御所を出て、しばらく進んだところで刺客に襲われた。

前後から数人の刺客が襲ってくると小楠は駕籠を出て短刀で戦ったがあえなく斬られ、刺客によって首を落とされた。

刺客たちが掲げた斬奸状《ざんかんじょう》には、

――夷賊ニ同心シ天主教ヲ蔓延《まんえん》サセ

とあった。小楠が博学多識で外国の事情にも通じていることから、キリスト教を広めようとしていると邪推したのだ。

刺客たちは石見国や備前国の若い郷士たちだっただけに、何者かが背後で操ったのではないかと噂された。

「横井小楠を殺させたのは薩長でしょう。彼らは肥後の者が煙たいのです」

彦斎はあっさり言ってのけた。

小楠はかねてから彦斎たちが対立していた実学党の指導者であっただけに、遭難したことについて彦斎はさほど同情しなかった。ただ、薩摩と長州は両藩以外から新政府に登用された者が邪魔になるとためらいもなく殺すのであろう、と思った。

「ですが、横井様は見識を買われて新政府に迎え入れられたはずではありませんか」

「その見識が薩長には邪魔なのです。いまや新政府はかつて攘夷《じょうい》を唱えたことを忘れ、外国と手を結ぼうとしています。新政府はいわば、鵺《ぬえ》のごとき化け物です」

「鵺でございますか」

由依は呆然《ぼうぜん》としてつぶやいた。鵺は『平家物語』などに登場する妖怪《ようかい》で、顔が猿、胴が狸、手足が虎で、尾は蛇とされている。

思えば〈禁門の変〉では敵対し、戦火を交えた薩摩と長州が力を合わせて幕府を倒して作った新政府は、鵺のごとく正体のわからないものだった。

奥羽越列藩同盟の抗戦は昨年九月に米沢《よねざわ》藩、仙台藩、会津藩が相次いで新政府軍に降伏した。いまなお箱館《はこだて》の五稜郭《ごりょうかく》に幕府海軍を率いた榎本武揚が籠《こも》っているものの、もはや勝敗の帰趨《きすう》は見えていた。

（奥羽越列藩の東北義軍が薩長を倒せなかったからには、九州、山口の西南義軍が立つしかない）

そのために一日も早く鶴崎に赴いて兵を鍛錬しようと彦斎は思った。

「次に京に上るのは鵺退治の時でしょう」

彦斎は静かに言い残して辞去した。

由依は玄関まで見送ったが、なぜかしら目にうっすらと涙が湧き、去りゆく彦斎の後ろ姿が陽炎《かげろう》のようにゆらめいて見えた。もはや、彦斎とは会えないのではないか、そんな思いが哀しみとともに由依の胸に満ちた。

九州に帰った彦斎は、鶴崎に着任するなり本営を、

――有終館《ゆうしゅうかん》

と名づけた。ここに鶴崎士族兵隊、鶴崎管下の三郷から壮年兵が集まった。有終館にはかつての奇兵隊のように、地元の若者が次々に馳せ参じた。

指導者は彦斎のほか、古荘嘉門、庄野彦右衛門《しょうのひこえもん》、松岡太兵衛《まつおかたへえ》、池永一平《いけながいっぺい》、木村弦雄《きむらつるお》

ら多士済々だった。

剣術、柔術や学問に励む有終館生は二百五十二人となった。これを小隊、大隊に分けて兵として訓練するのである。そのため、以下のような軍令を定めていた。

一、人々忠義を第一とし天朝国家の御為《おんため》と申す儀を能《よ》く心にしるし聊《いささ》かも私の心を挿《はさ》む間《ま》敷《じき》事

一、軍陣にては勇気を第一とす、臆病《おくびょう》の振舞これあり武士道を忘却いたし候はば屹《きっ》度《と》軍法に処せらるべき事

一、隊長並びに頭分の指図を違背いたし候はば罪科たるべき事

一、武士に不似合不行跡の儀これあり候はば罪状の軽重に応じ罪科たるべき事

あたかもかつて彦斎が戦った新撰組の局中法度を思わせる厳しい軍律だった。学びつつ戦う、奇兵隊であり、新撰組でもある組織を作りたいと彦斎は考えていた。

彦斎は全軍を統括する隊長として隊員たちの訓練にあたり、同時に豊後七藩の連合ができないかと画策し、ひとを派遣するなどした。

このころ、長州藩主毛利敬親《たかちか》と薩摩藩主島津忠義《ただよし》、肥前佐賀藩主鍋島直大《なべしまなおひろ》、土佐藩主山内豊範《とよのり》は連署して版籍奉還の建白書を新政府に提出した。これに触発されて、同

じ趣旨の建白を行う藩が相ついだ。

五月には箱館の五稜郭に籠っていた榎本武揚や大鳥圭介《おおとりけいすけ》らが官軍に降伏した。五稜郭でなおも戦っていた新撰組の土方歳三は降伏を前に戦死しており、抗する者がいなくなった新政府の礎が固まっていた。

新政府は六月に入って建白を許可するとともに、建白書を提出していなかった藩に対して版籍奉還を命じ、旧藩主を改めて知藩事に任命した。

さらに家格の高い武士も平士もすべてを士族として武士の身分格式を無くした。これにより、藩政に対する政府の管理は一段と強まっていた。

六月になって彦斎は思いがけないことを聞いた。

熊本での師であった林桜園が召命され、東京と改められた江戸に向かうことになったというのだ。

(高齢の先生が東上されて大丈夫なのだろうか)

彦斎は案じたが、桜園門下の僚友大野鉄兵衛が付き添っていると聞いて心安んじるしかなかった。

この時期、新政府は王政復古の方針に基づいて祭政一致を行うべく、太政官とともに、祭祀《さいし》を司《つかさど》る神祇官《じんぎかん》を設けた。

そのため祭政一致をどのように行っていくかについて諮問すべく、古事記に詳しい

人物を求めていた。その中で、

――列藩にも藤次《とうじ》（桜園の通称）ほどの人物は相聞こえ申さず

として桜園が召命されることになったのだ。すでに古希を越えていた桜園にとって長旅は苦痛だろうが、新政府の召命とあれば、やむをえなかった。だが、桜園の神がかりな思想を新政府の高官たちが聞き入れるとは彦斎には思えなかった。

（権勢に驕《おご》り高ぶった薩長の者どもは、先生の意見に耳を傾けることはあるまい）

彦斎はひややかに思った。

桜園は七月に熊本を発《た》ち、八月には東京に着いた。しかし、旅の疲れから床につき、岩倉具視ら政府要人に意見具申ができたのは、しばらくしてからのことになった。

彦斎が思った通り、岩倉は桜園の話を聞き捨てにしただけだったが、桜園に推奨する人物はいるかと問うた。

桜園はこの時、大野鉄兵衛の名をあげたという。

この年九月、大村益次郎が京で刺客に襲われ、重傷を負った。医師の手当てを受けたが、敗血症を起こし、十一月五日に死去した。享年四十五。

幕府の長州征討に際し、司令官として幕府軍を打ち破る功績をあげた大村は、慶応四年（一八六八）正月、毛利元徳《もとのり》に従って上洛《じょうらく》、新政府に出仕した。後に江戸に赴き、上野に拠《よ》る彰義隊討伐を指揮してあざやかな勝利を収めた。さらに江戸にあって東北戦争の軍事指導を行って軍功を重ねた。

だが、大村は兵部大輔《ひょうぶたいふ》に就任すると、大胆な兵制改革に着手した。陸軍をフランス式兵制、海軍をイギリス式兵制に変えたのだ。その中で武士が嫌がる、

——被髪脱刀

を大村は行おうとした。すなわち、髷《まげ》を切り、帯刀をやめさせるというのだ。これに憤激した者は多く、大村を襲ったのもかねてから頑迷な攘夷派として知られる長州の神代直人《こうじろなおと》たちだった。彼らは斬奸状《ざんかんじょう》で、

——回天討幕の本義は尊王攘夷《そんのうじょうい》にあり、何《な》んぞ大業成りて後、異国に歓（款）を通ぜんや

としている。

王政復古の時代となりながらも、取り残されていこうとする攘夷派の憤りが大村に向けられた形だった。しかも十二月に入って刺客たちが死刑にされようとしたとき、

政府の弾正台から横槍《よこやり》が入って処刑が一時、中断するという騒ぎになった。

これは、大村暗殺を長州派の退潮であるとして喜ぶ薩摩派が刺客を助命しようと暗躍したためだという。新政府の内部は混沌《こんとん》としていた。

大村は国民皆兵主義に基づく徴兵制度創出の構想に基づいて軍制改革を進めていた。

この軍制改革では長州の奇兵隊始め諸隊を解散して常備軍四大隊を編成しようとしていた。軍制改革が行われれば、諸隊はほとんどが切り捨てられることになる。

(波乱が起きることになろう)

彦斎は長州での動きから目を離さなかった。

この年の暮になって、有終館の彦斎のもとを長州の奇兵隊からの使者が訪れた。

津守幹太郎《つもりかんたろう》
桑山誠一郎《くわやませいいちろう》
大野省三《おおのしようぞう》
と名のった。三人は有終館の一室で口々に、

「河上様、ぜひ、山口に来て、山口の諸隊を統括していただけませぬか」

「もはや、新政府の暴戻《ぼうれい》は許せませぬ」

「われらは奇兵隊を守り抜く覚悟です」

と熱を込めて要請した。

彦斎は使者たちの話に冷静な面持ちで耳を傾けながらもひと言も発しない。奇兵隊がなぜ彦斎を統括者として仰ごうとしているのか、その背景がわかっているからだ。

（うっかりのれば、長州内部の争いに巻き込まれることになる）

そんな考えが彦斎を慎重にしていた。

彦斎を訪ねてきた奇兵隊士たちは、彦斎を擁立することで、諸隊の廃止に抗《あらが》おうとしていた。言うならば新政府の幹部たちを、

——人斬り彦斎
の名で脅そうというのだ。

四境戦争でともに苦労した奇兵隊士たちを見捨てるのは忍びなかったが、うかつに彼らの話にのれば、反乱の指導者に祭り上げられかねない。

新政府の変節を指弾して兵をあげるのは望むところだが、奇兵隊の反乱は所詮《しょせん》、長州内部の争いで終わるのは目に見えていた。決起するなら九州で行いたい。

「わたしにはできぬ」

彦斎が頭を横に振ると、奇兵隊士たちは必死に食い下がった。

「無理は承知しておりますが、何とかお助け願いたい」

「このままでは、戦場に散った亡き奇兵隊士たちが浮かばれません」

「新政府の暴戻に鉄槌《てっつい》をお下しください」

彦斎は奇兵隊士たちを睨《にら》んだ。

「すべては長州での身内争いでござる。肥後者が何も言うべきではなく、すべきでもございません」

彦斎がきっぱり答えると、奇兵隊士たちは悄然《しょうぜん》として山口に帰っていった。

奇兵隊士たちが去ると彦斎はこのまま鶴崎にいては事態に巻き込まれると思い、長崎に出向した。さらに熊本を経て鶴崎に戻ったのは翌明治三年一月のことだった。

この時には山口の奇兵隊はすでに暴発していた。

二十七

前年十二月に入って奇兵隊と遊撃隊、鋭武隊、振武隊、健武隊など諸隊の一部が山口の屯所を脱走して南へ向かい、周防宮市《みやいち》に集まった。

その数、およそ二千だった。

脱走隊士たちは山口から勝坂《かっさか》まで十八ヵ所に砲台を築き、各地に斥候を出していまにも戦を始める勢いだった。

藩政府は当初、脱走した隊士たちをなだめようと使者を送り、隊士たちと話し合う姿勢をみせた。いまは知藩事である毛利敬親父子が説得しようとしたが、隊士たちは態度を硬化させるばかりか、却《かえ》って山口にある知藩事の居館を囲んだ。

脱走隊士がかつての藩主に筒先を向ける事態になると、士族の隊である干城《かんじょう》隊が敬親父子を救出するため山口に向かった。

脱走隊士たちは干城隊の動きを察知すると、途中で待ち受け、迎撃して内戦状態になった。四境戦争をともに戦った者たちが互いに殺し合う事態となったのである。

二月七日、藩政府はようやく軍を発して脱走隊士を殲滅《せんめつ》すべし、という考えになった。新政府は山陽、山陰、西海、四国の藩県に脱走隊士が逃れてくれば捕縛するようにとの命令を発した。

このころ藩政改革のため帰国していた木戸孝允は、脱走隊士たちに対して、

――もはや長兵に非ず、諸隊に非ず、忘恩の徒、狂気の衆なり、宜《よろ》しく討伐すべし

と討伐を宣言し、自ら兵三百を率いて小郡《おごおり》に向かった。

木戸は支藩にも出兵を要請した。このため長府《ちょうふ》藩兵と清末《きよすえ》藩兵は山陽道を東に進み、岩国藩兵と徳山《とくやま》藩兵は三田尻へと向かった。

木戸は九日朝には小郡に達し、柳井田《やないだ》関門を一時占拠したが、脱隊兵士の反撃によ

り三田尻まで退《ひ》かねばならなくなった。

四境戦争から戊辰《ぼしん》の戦にかけて戦線を転じてきた隊士たちは戦慣れしており、木戸が率いる常備軍を度々打ち破った。

苦戦続きに、さすがの木戸が日記に、

——今日ノ苦難語リ尽クスベカラズ

と書き記したほどだった。

鶴崎の彦斎のもとには、逐一、戦況が報じられてきた。

(木戸が手こずっているようだ)

彦斎は怜悧《れいり》な木戸がうろたえる様子を思い描いて笑った。

高杉晋作か大村益次郎が生きていれば、奇兵隊の反乱に際してかような醜態をさらすことはなかったはずだ、と思った。というよりも、ふたりが生きていれば、奇兵隊はじめ諸隊に居場所を与え、決して反乱など起こさせなかっただろう。

だが、脱走隊士二千の兵力で政府軍を打ち負かすのは無理だと思える。いずれ脱隊兵士たちは鎮圧されるだろうが、かつて討幕の大きな力となっていた奇兵隊を新政府が滅ぼせば、どうなるか。

長州の威信は地に落ちるだろう。

そんなことを考えていたおり、熊本から大野鉄兵衛が訪ねてきた。鉄兵衛は、ひたすら師である林桜園に仕えて日々を過ごしていた。

有終館の彦斎は鉄兵衛が来た目的を察した。

「先生からの使いできたのか」

鉄兵衛は荘重な顔でうなずいた。

「いかにもそうだ」

「神のお告げがあったのか」

東京から戻った桜園が日々、神と対話する暮らしをしていることはかねてから鉄兵衛に聞いていた。あるいは、新政府を討つべしという神託が下ったのか、と彦斎は目を輝かせた。

鉄兵衛はゆっくりと頭を横に振った。

「そうではないが、先生は今の世を嘆いておられる」

「それはわたしも同じだ。攘夷《じょうい》のために働いてきたが、新政府は外国と手を握ろうとしておる。かほどの裏切りを目の当たりにするとは思わなかった」

彦斎は頬を紅潮させて言った。

「先生もそう仰せになっておられる。お主がこのまま雌伏しておるはずはないから、いずれ決起するであろう、そのときの心得を伝えたいと思われたのだ」

「決起の心得――」

彦斎は鉄兵衛を見つめた。鉄兵衛はうなずいた。

「先生はお主の全身全霊はすでに神剣である。ただ、まっすぐに行くだけでよいと仰せだ。ただし、衆を頼まず、ただひとり行けと」

彦斎は鉄兵衛の言葉に耳を傾けた。

「そうか、ただひとり行け、と先生は仰せになったのか」

「これは神託ではないぞ、あくまで先生が仰せになったことだ。先生は東京へ旅された疲れからか近頃、お体の具合がよくない。ご遺言と思って聞くべきであろう」

鉄兵衛はかすかに哀しみをにじませる口調で言った。

東京から戻った桜園は衰えがはなはだしく、神に祈禱《きとう》する日々の暮らしは変わらないものの、痩《や》せて床に臥《ふ》す日も多くなっていた。

鉄兵衛は桜園の快癒を神に祈り、ある時は断食や塩断ちなどをしており、顔色もよくなかった。しかし、それほどの祈禱を繰り返しても桜園の容態ははかばかしくなかった。

「そうなのか」

彦斎は目を閉じた。

思えば宮部鼎蔵始め、多くの同志を失い、いまは師のいのちも危うくなっている。それなのに、どれほどのことをなせたのか。

いままた、桜園の寿命が尽きようとしているということであれば、肥後勤王党はついに悲願を果たせないまま終わるのかという思いが彦斎の胸を暗くしていた。

攘夷を行わぬ徳川幕府は倒せたが、新たに薩長の幕府が生まれ、またしても外国と手を結ぼうとしているだけだ。

「われらは何をなしたのであろうか」

彦斎が苦しげに言うと、鉄兵衛は声を高くした。

「先生は、何をなしたかを考えるなとも仰せであった。ひとはただひたすらにおのれの道を進めばよいのだ、さすれば、後から続く者は波のごとしであろうと」

「わたしの後に波のごとくひとが続くのか」

彦斎は瞼《まぶた》を上げて鉄兵衛を見つめた。

これまで、ひとりで〈人斬り〉を重ねてきた。自らの進むところにひとが波のごとく続くとは思いがけない言葉だった。

「わたしもまた、お主に続く波であるに違いあるまい」

にこりと笑って鉄兵衛は言った。

それからしばらくして木戸が率いる鎮撫軍《ちんぶぐん》は勢いを盛り返した。脱隊兵士勢と激戦を繰り広げ、三田尻から宮市にかけてしのぎを削った。これらの戦闘について現地から東京の伊藤博文に送られた報告書には、

——十二字（時）頃ヨリ争闘ヲ初メ大激戦ニ相成凡《およ》ソ七万発之弾薬ヲ費シ候

とある。わずかの間に七万発を撃ち尽くす激しい戦いだったのだ。鎮圧にかつてない辛苦を強いられた木戸はこのころ、脱隊兵士を暴徒と呼ぶだけでは気がすまずに、

——逆臣乱賊

と憎悪を込めて手紙に書き記した。もはや、かつての同志だという思いは毛ほども残っていなかった。

この間、有終館では隊士たちが、長州の様子を知って騒ぎ立てていた。

「奇兵隊とともに立つべきではないのか」

「新政府に、目に物見せてやりたいぞ」

奇兵隊に同情する者がいるかと思うと、

「奇兵隊なぞ、もう古いのだ」

「所詮《しょせん》、恩賞が少ないことに不満を言っているだけのことだ」

などと反乱を起こした脱隊兵士をつめたく見る者もいた。いずれにしても、維新の担い手としての自負を持つ長州藩で起きた反乱は全国を震撼《しんかん》させた。

このまま行けば、新政府の瓦解《がかい》にもつながりかねない事態となる恐れがあった。それだけに木戸は必死で陣頭指揮を執った。

そんな時木戸の脳裏に、新政府は攘夷を捨てたのか、と詰め寄った彦斎の顔が浮かんだ。

脱隊兵士たちは、諸隊の解散を迫られ、居場所を失うことを憤っているだけだが、このような乱に彦斎が加わり、必殺の剣を振るうならば収拾がつかなくなる。

何としてでも他国にまで反乱の火の粉を飛ばしてはならない、と木戸は腹の底から思った。

政府軍はようやく脱隊兵士を鎮圧し、三月には首魁《しゅかい》三十二人を死罪として処刑した。この脱隊兵士の反乱により、鎮圧軍は二十人が死亡、負傷者六十四人におよび、脱隊兵士側は六十人が死亡、負傷者は七十三人だった。

脱隊兵士勢が敗北したことを伝え聞いた彦斎は、

（あの男は、わたしを頼って逃げてくるのではないだろうか）

とある男のことを思い浮かべていた。

その男はかねてから倨傲《きよごう》で、ひとを誹《そし》り、人望がないことで知られていた。しかし、そうだとしても、自らが歩まねばならない道を行くためには、会わねばならないのではないかと彦斎は思っていた。

はたして間もなく有終館の前にふたりの供を連れた壮年の武士が立った。武士は門衛に案内を請うたが、名のらない。門衛が不審に思って、

「お名をお聞かせください」

と言うと、武士は傲然《ごうぜん》として、館長に告げよう、と答えた。有終館館長の高田源兵衛が京で恐れられた河上彦斎であることは誰もが知っている。

その彦斎に対して、これほどの態度がとれるのは、よほどの人物に違いない、と門衛は緊張した。

門衛に案内されて奥座敷に上がった武士の前に出てきた彦斎はからりと笑った。

「やはり、大楽《だいらく》殿でしたか」

武士は長州の大楽源太郎《げんたろう》だった。

大楽は長州藩の重臣の家来山県信七郎《やまがたのぶしちろう》の子として生まれ、少年のころ大楽家の養嗣子となった。長じて、九州日田《ひた》の咸宜園《かんぎえん》で広瀬淡窓《ひろせたんそう》に学び、さらに海防僧と言われた月性の薫陶を受けた。

大楽は国事に目覚め、京に出て梁川星巌《やながわせいがん》や梅田雲浜ら尊王の志厚いひとたちと交わ

った。〈安政の大獄〉では嫌疑を受けて国許《くにもと》にひそんだ。長州の志士としての経歴は最も古いひとりである。

その後、久坂玄瑞、高杉晋作らと行をともにしていたが、維新後は故郷で西山書屋《せいざんしょや》を開塾して門人の教育にあたっていた。

新政府では吉田松陰の門下生である松下村塾の系譜につながる者に陽が当たり、大楽のような月性門下は疎んじられるところがあった。

これを根に持った大楽は新政府を白眼視するとともに、不満を持つ者たちを自らの塾に集めては、反乱を煽《あお》っていた。

それだけに大村益次郎が襲撃されると、背後で刺客を操っていたのではないかと疑われ、幽閉された。その後、奇兵隊など諸隊の脱隊兵士が反乱を起こすと、またもや黒幕であろうと疑われた。このため大楽は長州から逃亡したのだ。

彦斎は、大楽とかねてから面識があるだけに、

「長州では苦労されましたな」

と率直に言った。学者らしい細面の大楽は苦笑した。

「妙なことだ。昔と変わらぬ尊王攘夷《そんのうじょうい》の志を抱いているだけで、かつての同志から不穏の輩《やから》として扱われる」

「彼らは変わったのです」

あっさり彦斎が言うと大楽は口をゆがめた。

「変わるなど許されぬ。どれほどの同志が尊王攘夷のために命を捨て、血を流したと思っているのだ」

「まことにさようです。しかし、それを言ってもいまは詮無《せんな》いことです。わたしの力の及ぶ限り匿《かくま》いますのでご安心くだされ」

力強い彦斎の言葉に大楽はほっとしたようにうなずいた。

彦斎は微笑みながらも、大楽を匿うことで、新政府との戦いが始まるという覚悟を定めていた。

二十八

大楽源太郎が彦斎のもとに匿われていることは、間もなく新政府に知られた。

有終館のまわりには、密偵らしい男たちがうろつき始めた。彦斎はこれを知ると、隊士たちに、

「有終館をうかがう者を見つけたならば斬り捨てよ」

と命じた。〈人斬り彦斎〉の気迫がこもった命令に隊士たちは緊張した。隊士たちが三人一組で警邏《けいら》するようになると、密偵は姿を消した。

だが、新政府は熊本藩に対して、

「大楽源太郎が鶴崎に潜んでいるようだ。大楽を捕えて差し出せ、さもなくば同罪である」

と通達した。これを受けて、熊本藩では、彦斎に大楽を捕えよと厳命を下した。

これを受けて彦斎は大楽を匿っていた知人宅に赴いて、

「もはや、この地ではあなたを匿い切れぬようです」

と告げた。大楽は眉《まゆ》をひそめてため息をついた。

「そうか。ここにも政府の手がまわってきたか」

「やむを得ません。竹田《たけだ》藩の同志に大楽殿の身を預けましょう」

彦斎はかねてから意見を同じくしている竹田藩の赤座弥太郎《あかざやたろう》と角石虎三郎《かくいしとらさぶろう》に連絡をとって大楽を託した。

大楽はいったん竹田に身を潜めたが、やはり身の危険が迫ったため、久留米藩の小《お》河吉右衛門《ごうきちえもん》方へと移った。

彦斎は大楽の身を案じつつ、諸国の情勢に目を配った。このころ新政府に不満を抱く者は各地にいた。

東北には米沢藩士の雲井龍雄《くもいたつお》、長州の大楽源太郎、富永有隣《とみながゆうりん》、秋月《あきづき》に宮崎車之助《みやざきしやのすけ》、さらに肥後の彦斎などだ。中でも雲井は明治二年（一八六九）の春、東京に出て天下

の形勢をうかがい、翌年、芝白金の寺院を借りると、

――帰順部曲点検所
という標札を掲げて集会場とした。

困窮した武士の授産所として太政官に設立の許可を求めたが、新政府に不満を持つ武士たちを集めるための隠れ蓑《みの》ではないかと疑われた。

大木《おおき》喬任《たかとう》東京府大参事は、雲井の動きを怪しいと見て、五月になって米沢藩に身柄の引き取りを命じた。

このころ、大久保利通のもとに、雲井一派は、新政府への不満を扇動し、大久保利通の暗殺、政府転覆を企てている、と密告があった。驚いた大久保は東京府の役人に雲井の動きについて質《ただ》した。

翌日には、雲井に対する召喚状が出され、東京に護送された。これに連座して五十人が検挙され、雲井は十二月に梟首刑《きょうしゅ》に処せられた。

彦斎は門人を雲井のもとに派遣して、連絡をとっていたが、新政府の弾圧の前になすすべもなかった。

このころ、彦斎の周辺にも不審な動きがあった。

沢田《さわだ》衛守《えもり》という土佐人が有終館に出入りしては、しきりに時局を論じた。彦斎は、沢田について、

——怪しい男だ
と見て、相手にせず、有終館の目的を訊《き》かれた際には、

「熊本の常備軍に過ぎぬ」

と笑って答えた。だが、沢田は彦斎と親しく有終館の名づけ親でもあった鶴崎の碩《せき》学毛利空桑《がくもうりくうそう》のもとを訪れた。

沢田は空桑と酒を酌み交わして、新政府に対する批判を盛んに口にした。空桑は豪《ごう》放磊落《ほうらいらく》な学者だけにひとを疑うことを知らない。

おおいに痛飲して時局への悲憤慷慨《ひふんこうがい》を語り、王政復古の御代となりながら攘夷《じょうい》を行おうとしない新政府を指弾した。

泥酔して寝込んだ空桑が夜半になって起き出すと、沢田の姿が見えない。不審に思って沢田の宿にひとをやると、すでにもぬけの殻だった。

「しまった。密偵だったか」

空桑は沢田に新政府への不満をもらしたことを後悔して、彦斎のもとを訪れて相談した。彦斎はすぐに門人の沢春三《さわしゅんぞう》を呼んで、

「新政府のまわし者が有終館を探って逃げた。追って斬り捨てよ」

と命じた。

沢は屈強な手練《てだ》れで、彦斎の命にはいつも黙って従う男だった。このときも、

「かしこまりました」

と二つ返事で引き受け、沢田の後を追った。

沢は別府で沢田に追いついたが、すぐには斬らなかった。同じ妓楼《ぎろう》に泊まって様子をうかがい、翌朝、出立した沢田の後をつけた。

沢はさらに二日間、つけまわして沢田の様子をうかがった。四日市付近の路傍で沢田がまわりの風景に見惚《みと》れているところに、沢はゆっくりと近づき、すれ違い様に斬りつけた。沢田がうめいて倒れると、沢は振り返りもせずに足を速め、立ち去った。

沢田が一刀で絶命したという確信があったからである。

鶴崎に戻った沢は彦斎に、

「密偵は斬り捨てました」

と報告した。

彦斎は、そうか、と当然のごとくうなずき、特に沢を褒めもしなかった。沢もまた、それを当たり前だと思ったのか、斬った男のことをすぐに忘れた。

彦斎が密偵のことに関心を失ったのは、この時期、神祇官《じんぎかん》の元判事である愛宕通旭《おたぎみちてる》と公家《くげ》の外山光輔《とやまみつすけ》がそれぞれ新政府の東京遷都に反発して、諸国の攘夷派と連絡を取り合っており、その使者が彦斎のもとにも訪れていたからである。

愛宕は秋田藩士や久留米、土佐藩士らと共謀して蜂起《ほうき》し、日光を占領して東京に火を放ち、天皇を東京から連れ出すことを計画していた。
　一方、外山は青蓮院門跡家臣や菊亭《きくてい》家の家臣に接触して仲間に引き入れ、さらに久留米藩に潜伏している大楽にも連絡をとった。その使者が彦斎のもとにも訪れたのだ。
（いま、諸国の攘夷派は分散しているだけに雲井龍雄のように捕らわれてしまうが、公家が中心となればまとまるかもしれぬ）
　彦斎は愛宕と外山の動きに望みを託そうとしていた。
　愛宕と外山が東京で騒ぎを起こしている隙に隊士たちを率いて上洛《じょうらく》して攘夷派を糾合すれば、新政府を倒すことも夢ではない、と思った。
　東京での動きに思いをめぐらした彦斎は、隊舎の外に刀を持って出ると、ひさしぶりに居合を使った。
　――一閃《いっせん》
　白刃がきらめいた。刀を納めた彦斎は、たった今、目の前で倒れた人間の幻を見て、にやりとした。
　それは、新政府の大立者である、
　木戸孝允
　大久保利通
　の姿だった。

（必ず、奴らを倒してやる）

彦斎は自分の背に幕末、非命に倒れた志士たちの霊が宿るのを感じた。


だが、事態は急変した。

明治三年五月、熊本藩では知藩事だった細川韶邦《よしくに》がかつて佐幕派であり、新政府とうまくいっていなかったことから、隠退して弟の護久《もりひさ》が知藩事となった。

護久は実学党の米田虎雄《こめだとらお》を大参事に任じ、道家之山《どうけしざん》、津田信弘《つだのぶひろ》らを登用、藩政改革を断行した。この改革には新政府の意向が反映しており、熊本藩の新たな体制の目標は有終館を潰《つぶ》すことだった。

——七月三日
彦斎のもとに通達状が届いた。

——高田源兵衛
右者今度改革ニ付職務被免
彦斎を罷免するとともに、有終館を取り潰すというのである。彦斎はただちに有終館の幹部たちを集めて協議した。

毛利空桑が腹立たしげに、

「藩は新政府に媚《こ》びて攘夷の動きを封じようとしているのだ。藩命といえども、断固拒むべきである」

と激語すると、幹部たちは一様にうなずいた。沢春三が膝《ひざ》を乗り出して言った。

「わたしがひそかに熊本に戻り、実学党の藩幹部を斬りましょう。そうすれば、藩の重役たちも震え上がって有終館の取り潰しをやめるのではありませんか」

賛成する者が多かったが、彦斎は腕を組み目を閉じて黙したままだった。やがて目を見開いた彦斎は、

「暴発すれば、一時の快は得られるが、まことの攘夷を行うことはできぬ。ここは藩命に従おう」

と言った。さらに、彦斎は意外なことを口にした。

「新聞を作り、同志を募ろう」

新聞ですか、と幹部たちは驚いて、顔を見合わせた。

戊辰《ぼしん》戦争の始まった慶応四年（一八六八）、江戸に『中外《ちゅうがい》新聞』ができたのを皮切りに幕府系の新聞が十紙近くも出現した。

これに対して新政府系の新聞として『太政官日誌』など二、三の新聞も発行された。江戸を制圧した新政府は新聞の無許可発行を厳禁したため、新政府系紙と外国系紙

を除く新聞が姿を消した。

だが、翌明治二年二月になると新聞紙印行条例が公布され、新聞発行が許可制となったため、あらためて新聞が登場しようとしていた。

彦斎は幹部たちを見まわして言った。

「わたしには功山寺決起を行った長州の高杉晋作のような破天荒の才はなく、四境戦争で幕府を退けた大村益次郎のような識もない。あるのは、一剣と国を思う赤誠だけだ。それゆえ、わが思うところを天下に述べ、然《しか》る後、剣を振るうことが、わたしのなすべきところだろう」

彦斎はこのとき、死を決意していた。

有終館閉鎖に抗《あらが》えば、いたずらに藩の弾圧を招き、犠牲となる者が増える。それよりは、いったん藩に屈しても、ひとりの刺客として上京し新政府の要人を手にかけよう、と思った。

「わたしがなすべきことを、わたしは知っている」

彦斎は微笑した。

彦斎は間もなく熊本に戻った。

熊本では思ったよりも藩の監視の目が厳しく、新聞を発行することなどできる状況ではなかった。

彦斎が間もなく逮捕されるのではないかという噂が熊本城下に広がった。それでも彦斎は屋敷に蟄居《ちっきょ》したまま動かない。

間もなく同志たちの間に、

「決起して、熊本城を襲おうではないか」

という企てが持ち上がった。五、六十人が城下の藤崎宮《ふじさき》に集まり、藩政府の重役を襲撃する手はずがととのった。

このことを彦斎に報《しら》せる者があった。彦斎は紙に決起、鎮静と認《したた》めてから庭に出た。紙を池に浮かべ、祈念すると、二枚の紙がともに沈まない。それを見て、彦斎は蜂起を知らせに来た者に、

「神意は下りなかった。決起は思い止《とど》まるよう、皆に伝えよ」

と告げた。

蜂起は行われないまま、十月になって彦斎は投獄された。このとき、攘夷《じょうい》派の同志が藩庁に出頭する彦斎の世間体を慮《おもんぱか》って駕籠《かご》を用意した。しかし、彦斎は笑って、

「わたしは泥棒や強盗ではないのだから隠れていく必要はない」

と言って駕籠を帰し、歩いて藩庁に向かった。

彦斎を捕えに来た役人たちもあえて縄を打とうとはしなかった。

このとき、鶴崎の毛利空桑始め、彦斎の同志たちの多くも獄に投じられた。攘夷派への弾圧が始まったのである。

二十九

彦斎が獄中にあった明治四年（一八七二）一月九日、東京で事件が起きた。

長州出身の参議、広沢真臣《さねおみ》が麴町《こうじまち》の私邸で殺されたのである。この日の明け方、家人が気づいたとき、広沢は寝所で血に染まって倒れていた。

寝所の襖戸《ふすまど》が一枚、開けられ、縁側には血の足跡があり、外にも足袋《たび》や素足、麻裏の足跡が多数乱れてあった。

広沢邸の両側は同じ長州出身の木戸孝允と宍戸璣《たまき》（備後助）の屋敷で、境の板壁には泥の足跡があった。

広沢は前夜、愛妾《あいしょう》の福井《ふくい》かねと寝所をともにしており、かねも右のこめかみに傷を負っていた。賊が襲ったとき、かねは熟睡していたが、突然、刀の切っ先がこめかみにふれて傷を負い、驚いて飛び起きたという。賊は寝ていた広沢に斬りつけており、その切っ先がそれて、かねに傷を負わせたらしい。

かねは恐怖のために気を失ったが、ようやく意識を取り戻すと、女中部屋まで這《は》うようにしてたどりつき、女中に急を報せてひとを呼ばせた。

政府は現職の参議が私邸で殺されたことに驚愕《きょうがく》し、懸命の捜索を行わせ、下手人を捕えようとした。

その結果、福井かねと執事の起田正一《おきたしょういち》が密通していたことが露見し、起田が主家の金を着服していたこともわかった。

このことからふたりに疑いがかけられ、厳しい取り調べが行われた。しかし、真相は判然としなかった。このため、政府の要人たちは、広沢殺しの犯人として、

——人斬り彦斎
の名を思い浮かべた。熊本藩からは、彦斎を投獄しているとの報告がされていたが、幕末に彦斎が行った暗殺の手練《てだれ》ぶりを知る政府要人たちは、

「彦斎ならば獄から脱け出してでもやりかねぬ」

と囁《ささや》きあった。実は、この広沢参議殺しについて、福井かねは意外な人物の名を犯人としてあげていた。すなわち、彦斎を弾圧した熊本藩大参事の米田虎雄である。

米田は彦斎を憎み、罪に落とすことが正義だと思いこんでいた気配がある。そんな米田が、かねから暗闇の中で見た下手人の顔に似ているとされたのはいかなる因縁なのか。

かねの証言は妄想であるとして退けられたが、この事件がきっかけで彦斎への追及

が厳しくなることを思えば、無縁だとも言い切れない。

また、同じ長州人の広沢がしだいに出世しつつあることを嫉《ねた》んだ木戸孝允が何者かに命じて、広沢を殺させたのではないか、とまことしやかに言う者もいた。

広沢暗殺の犯人はその後もわからず、政府要人を疑心暗鬼に陥れたのである。

このころ、木戸は歯を悪くしての治療が体にこたえたのか、厭世《えんせい》的になっていたと言われる。

長州で木戸に次ぐ地位を占めていたとみられる広沢が暗殺され、その疑いが自分にかけられていると知ると、さらに憂鬱《ゆううつ》さが増し、木戸を引き籠《こも》らせた。

木戸は山口における奇兵隊の脱隊騒動の際も自ら兵を率いて討伐しており、長州をめぐる情勢の混沌《こんとん》は木戸を苦しめていた。

三月に入って、公家の愛宕通旭と外山光輔の企てが露見した。新政府を敵とする公家の企ては新政府を震撼《しんかん》させた。

政府要人を害そうと企《たくら》む者たちは全国におり、広沢暗殺は、たまたまその一例であるのかもしれない、と政府要人たちは考えた。

それだけに愛宕と外山というふたりの背後にいる者は誰なのかと人々は恐れた。そんなときに上がってくるのが、またしても彦斎の名だった。

このころ、政府要人にとって河上彦斎は、

――夢魔

のようだった。兵力を持つわけでもなく、弁舌に優れているわけでもない彦斎だが、幕末を知る者たちは彦斎の恐ろしさを骨身にしみて知っていた。

まず外山がつかまり、ついで愛宕が捕縛されると、外山と愛宕に連座する者たちが次々に捕われていった。

その中で、大楽源太郎をかくまっていた久留米藩の知藩事と藩幹部が捕まって処分を受けた。この事態に危機感を覚えた大楽は久留米から脱出しようとした。だが、このとき、久留米の尊攘派は政府の追及に耐えられず、大楽を暗殺して禍根を断とうと決意した。

三月十六日、激しい雨が降る夜だった。

大楽は久留米藩の尊攘派同志に、

「回天軍を起こす準備が出来たので来て欲しい」

と筑後《ちくご》川の河原に誘い出され、斬殺された。

大楽が殺されたという報せは獄中の彦斎のもとへも届いた。彦斎は苦笑して、

――豎子《じゅし》共ニ謀ルニ足ラズ

ともらしたと伝えられるが、これが大楽のことを言ったのか、大楽を殺した久留米藩士のことを言ったのかはわからない。

いずれにしても彦斎は久留米藩の事件に大きな関心を抱かざるを得なかった。久留米藩への弾圧をきっかけに、政府は全国的な謀反の企みがあったとして摘発に乗り出したのである。

その後、彦斎に対する取り調べは行われなかったが、五月に入って身柄を東京に移すようにとの新政府の沙汰《さた》が下った。熊本藩の尊攘派は切歯扼腕《せっしやくわん》したが、どうする術《すべ》もなかった。彦斎もまた、命に従って東京に赴くばかりだった。

このとき、彦斎は和歌によって心境を示した。

濡衣《ぬれぎぬ》に涙包みて思ひきや身を不知火《しらぬい》の別れせんとや

東京に着いた彦斎は小伝馬町の牢《ろう》へ投獄された。この獄には彦斎だけでなく、久留米で大楽を匿《かくま》ったとして、久留米藩重職の、

大参事　水野正名《みずのまさな》
小参事　鵜飼広登《うがいひろと》

軍務属 吉田足穂《よしだたるほ》らも投獄されていた。また、愛宕や外山もすでに獄中におり、政府が陰謀を企んだと見立てた者たちが獄につながれたことになる。

彦斎に対する政府の扱いが酷烈だったことは、東京に護送されて以降、一度も取り調べがなかったことで明らかだった。

監房は入口が狭いため、四つん這《ば》いになって入らねばならず、用便のたびに牢番を呼び、牢の鍵《かぎ》を開けてもらい、用を足すのだ。誇り高い彦斎にとってはいずれも耐え難いことばかりだった。

東京の獄に入れられた彦斎は、これは、かつて長州の吉田松陰が〈安政の大獄〉で捕らわれたのに似ていると思った。

（松陰殿は、自ら刑死することで弟子たちを奮い立たせた）

松陰の死後、久坂玄瑞や高杉晋作ら松下村塾に学んだ者たちは松陰に続こうと決起し、幕末の動乱を呼び起こした。思えば、きっかけは松陰の刑死であった。そのことに思い至ったとき、彦斎は莞爾《かんじ》と笑った。

ひとはいかなる逆境にあろうとも、思いさえ定かなら世の中を動かし、国の行く末を変えることができるのだ。

そう信じた彦斎は獄中にあっても泰然自若として過ごした。その様はまるで死に向かって自らを浄《きよ》めようとする行者のごとくだった。

新政府は尊攘派を弾圧するとともに、

——廃藩置県

を行おうとひそかに画策していた。

新政府に不満を持つ尊攘派の摘発を行ったのも、藩を廃する大変革を行えば、新政府への反発が強まり、いっせいに反乱が起きると見て、乱の指導者となる人物をあらかじめ拘束したのである。

大久保が山口に籠っていた木戸のもとに自ら赴いて、汽船でともに上京し、薩摩から出てきた西郷とともに政府の体制をととのえた。

六月二十五日、これまでの参議は一斉に辞職し、西郷と木戸が参議となった。

そして山県有朋や鳥尾小弥太《とりおこやた》、野村靖《のむらやすし》、井上馨《いのうえかおる》など長州出身の官僚が廃藩の意見を提起し、木戸と西郷が容《い》れた。

七月九日、九段《くだん》の木戸邸に、西郷と大久保、大山巌《おおやまいわお》、山県、井上らが集まって廃藩の決意が固められた。席上、廃藩に同意せず反乱が起きればどうするかと危ぶむ声が出たが、西郷が、

「そのときは、それがしが兵を率いて討ちもうす」

と断固たる姿勢を示したため、一決した。

七月十四日、在京の知藩事五十六人が集められ、三条実美によって詔勅が読み上げられた。

これによって鎌倉幕府以来、七百年間続いた武家政治は終わりを遂げ、二百六十余の藩は廃止された。

懸念されていたような抵抗はなかったが、薩摩の島津久光だけは、

「西郷と大久保めに騙《だま》された」

と憤り、邸《やしき》で花火を打ち上げさせて鬱憤《うっぷん》を晴らしたという。


ようやく、取り調べが始まると彦斎は判事から、廃藩置県のことを聴いた。さらに、武士の脱刀、散髪が許されることになるだろう、と知らされて、さすがに、

（武士の世が無くなるのか）

と愕然《がくぜん》とした。判事は彦斎に好意を抱いているらしく、

「あなたの志はわかるが、すでに世の中は変わろうとしている。考えをあらためて政府に協力していただけないか。さように言っていただけば、必ず一命はお助けいたしますぞ」

と言った。

だが、一瞬の衝撃から醒《さ》めた彦斎は、

「お言葉はありがたいが、わたしは志とはさように変えることのできないものだと思っている。いま、政府はかつての尊攘の志を捨てて得体の知れぬ化け物になろうとしている。さような化け物の仲間に入りたいとは夢思わぬ」

ときっぱりと言ってのけた。

彦斎は獄舎に戻ってから吉田松陰や宮部鼎蔵ら非業の死を遂げた志士たちのことを思い、悲憤し、落涙した。

自ら手にかけた洋学者、佐久間象山のことも思い出した。

象山は外国通をもって自ら任じ、外国の文物を取り入れることに熱心だった。

彦斎はそんな象山を西洋の文物に走り、この国を壊そうとしていると思い、斬ったのだ。しかし、いまや彦斎が守ろうとした国は自ら崩れようとしていた。これからは攘夷《じょうい》を捨て、外国の文物を取り入れる欧化政策がさらに進むのだろう。

幕末に吹き荒れた尊攘運動とは正反対の世が訪れようとしていた。

いまも京にいる由依に思いを馳《は》せた。かつての自分たちの苦労は無駄になろうとしているのだ、と告げたかった。

(佐久間象山が望んだ世になるということか)

彦斎は薄暗い獄舎で目を光らせた。

京の町を栗毛の駿馬《しゅんめ》に乗って我が物顔に通っていた象山の姿は、いまも目に焼き付いている。何としても許し難いと思って斬ったが、時勢は象山をこそ良しとするのだろうか。自分が行ってきたことは何だったのかと思う。

薄闇の中に京で斬り捨てた佐幕派の者たちの顔が浮かんだ。さらに幕府の長州征討に抗して駆け回った戦場の光景が脳裏に浮かんだ。

彦斎が行くところ、常に血飛沫《ちしぶき》が上がり、死臭が漂った。

「何のための人斬りであったのか」

彦斎はうめいた。

薩摩と長州の者たちを新政府で出世させ、この国を西洋に屈服させただけだったのか、と思えば腹立たしさが募った。

死して護国の鬼となろう、と彦斎は胸中でつぶやいた。胸の中で込み上げるものがあった。

「このままでは終わらぬぞ」

彦斎は独言した。

廃藩置県を行った新政府にとって、次の課題は諸外国との条約改正問題だった。

旧幕府が欧米諸国と結んだ通商条約を改正する時期が、翌明治五年に迫っていたからである。

佐賀出身の大隈重信《おおくましげのぶ》は、政府内にあって条約改正の必要性を説き、そのためには改正前に諸外国の実情を知り交渉に備えなければならないとして、自ら海外への使節となることを望んだ。

これに対し、大久保は大隈に外交政策を握られることを危惧《きぐ》して、自らが海外使節になろうと思い立った。

大隈が抵抗する間もなく大久保は政府内で根回しをして、全権大使を岩倉具視とし、木戸、大久保が加わる大使節団の構想をまとめあげた。

こうして四十六人の使節に随従者十八人、山川捨松《やまかわすてまつ》、津田《つだ》むめら女子を含む留学生四十三人を加えた総勢百七人の大洋行団となった。

この年、十一月十二日、使節団一行は外輪船アメリカ号に乗り込み、横浜港から出航した。

三十

岩倉使節団が海外に出発して間もない十二月三日、彦斎に判決が言い渡された。判事は、「高田源兵衛、その方儀――」

と呼びかけたうえで、

——陰謀相企候始末不届至極ニ付庶民ニ下シ斬罪申付

と判決文を読み上げた。

彦斎は泰然自若として判決を聴いていた。

何も言わない。

法廷のひとびとは、彦斎の口辺に微笑が浮かんでいるのを見て、なぜかわからないが、ひやりとした。

彦斎は沈黙したまま悠々と退廷した。

処刑が行われたのは翌日である。

彦斎は処刑場に向かうため、獄を出ようとして同志のひとり横枕覚助《よこまくらかくすけ》を振り向き、

「どうか自分のために天下の同志に伝えてくれ。由来、鍋《なべ》の鉉《つる》というものは、曲がっているから役に立つ。だが、わたしは真っ直ぐにしてこれを使った。わたしが死なねばならなくなったのは、そのためだ。諸君はわたしにならわぬようにしてくれ」

と言って、大笑し処刑場へ向かった。

処刑に際し、彦斎が遺した和歌がある。

君がため死ぬる骸《むくろ》に草むさば赤き心の花や咲くらん

享年三十八歳だった。

熊本にいた同志の松山守善《まつやまもりよし》はある日の早暁、彦斎の夢を見た。

彦斎が東京の獄から放免されて熊本に戻ったと聞いて、彦斎の家を訪ねて二階に上がったところ、蒼白《そうはく》で髪も乱れた彦斎がいた。家族が泣き崩れているため、

「生きて帰られたのです。それが何よりではありませんか」

と守善が慰めたところで目が覚めた。

胸騒ぎがした守善はさっそく彦斎の家に行ってみた。すると彦斎の母、和歌が出てきて、

「今朝方、遺髪が届きました。かわいそうなことをいたしました」

と告げた。

守善は、さては今朝、見た夢に出てきたのは、処刑後に故郷に戻った彦斎の霊であったかと悟って涙を流した。

彦斎がこの世を去って数年後――。

明治九年（一八七六）十月二十四日の夜、熊本で騒擾《そうじょう》が起きた。敬神党《けいしんとう》の乱、あるいは、

――神風連《じんぷうれん》の乱

ともいう。乱の首謀者は、林桜園門下で彦斎と永年交わってきた大野鉄兵衛で、このころは名を、

――太田黒伴雄

とあらためていた。

神風連に加わった者の多くは、神社の神官に任じられ、長剣を帯び、ざんぎり頭にせず、髷《まげ》を結い、烏帽子《えぼし》をかぶっていた。

神風連が決起するきっかけになったのは、明治九年三月に発布された帯刀禁止令だった。帯刀禁止令はわが国の風儀を乱すものだとする神風連は、新政府に対して諫言《かんげん》書《しょ》を提出した。

帯刀禁止令は国を亡ぼすものだ、とする士族の反発は広がり、九月上旬には、太田黒は決起を決意した。

太田黒は彦斎の処刑後から決起を考えており、明治七年に新開《しんかい》大神宮で一度、宇気《うけ》比《い》を行ったが、決起への神託はなかった。

明治八年に宇気比を行った際も同様だった。だが、明治九年になって帯刀禁止令が

出され、あらためて宇気比を行うと初めて念願の許しが出た。

これを受けて勇躍した太田黒は十月二十四日夜、熊本城内の藤崎八旛宮《はちまんぐう》に百九十人余の同志とともに集合して決起した。その檄文《げきぶん》は、

――諸国同盟の義兵と共に姦邪《かんじゃ》の徒を誅鋤《ちゅうじょ》して以《もっ》て皇運挽回《ばんかい》の基を開かんと欲すとした。神風連はわが国古来の武器である刀剣を振るって、近代兵器を装備した熊本城の鎮台兵に襲いかかった。

太田黒は闇の中を熊本城に侵入し、刀を振りかざして突き進んだ。鎮台兵は突然の襲撃に狼狽《ろうばい》し、混乱して防戦もままならなかった。

そんな鎮台兵をひとり、またひとりと斬り捨てていく白い人影を太田黒は見た。あまりにも鮮やかな手並みに驚いて見つめる太田黒を人影が振り向いた。

――河上彦斎
太田黒は息を呑《の》んだ。しかし、次の瞬間には得心した。

(神の託宣を得た義挙に、彦斎の霊が加わるのは当然ではないか)

太田黒はにこりと笑うと刀を握り直して、白い人影に続いた。白い人影は闇の中を跳梁《ちょうりょう》して鎮台兵を殺《あや》めていく。その様を見て酔ったようになった太田黒も鎮台兵に

斬りつけていった。

この夜、神風連は熊本県鎮台司令長官種田《たねだ》政明《まさあき》少将と熊本県令安岡良亮《やすおかりょうすけ》を殺害するなど猛威を振るった。

二の丸の兵営を襲い、これを全焼させて鎮台側を大混乱に陥れたが、与倉知実《よくらともざね》歩兵第十三連隊長が神風連の襲撃を潜り抜けて姿を見せると、鎮台兵は落ち着きを取り戻した。

二十五日払暁――

態勢をととのえた鎮台兵が反撃し、鉄砲で狙撃《そげき》した。

だーん

だーん

銃声が雷鳴のように響き渡り、神風連の男たちが相次いで倒れた。

やがて太田黒をはじめ指導者が戦死したため神風連は敗走した。

だが、神風連が決起することはあらかじめ各地に伝えられており、十月二十七日には、筑前《ちくぜん》で、

――秋月《あきづき》の乱

が起きる。さらに翌二十八日には、松下村塾で吉田松陰門下だった前原一誠《まえばらいっせい》が決起して、

――萩《はぎ》の乱

が勃発《ぼっぱつ》した。

そして翌明治十年一月、鹿児島で私学校生徒が政府の火薬庫を襲って弾薬を奪ったことが引き金となって、このころ征韓論《せいかんろん》の争いに敗れて薩摩に戻っていた西郷隆盛が一万三千の鹿児島士族を率いて決起し、

――西南《せいなん》戦争

が起きた。

西郷軍には熊本や人吉《ひとよし》、飫肥《おび》、佐土原《さどはら》、延岡《のべおか》、高鍋《たかなべ》、中津、竹田など九州各地から不平士族が加わり、新政府成立後、最大の反乱となる。

神風連がこれらの反乱の口火を切ったことを思うと、あたかも彦斎の亡霊がひとびとを死の淵《ふち》に誘ったかのようだった。

解説

南野　森（九州大学法学部教授）

「美しきひと」とは「ゆるがぬひとでございます」（三〇頁）

一

　幕末期を扱う作品のファンであれば、「人斬り〇〇」と聞くとすぐに「人斬り以蔵」（司馬遼太郎、一九六四年）や『人斬り半次郎』（池波正太郎、一九六三年）、あるいは「人斬り新兵衛」（海音寺潮五郎、一九五五年）を思い出すのではないだろうか。それぞれ、土佐の岡田以蔵《おかだいぞう》（一八三八〜六五）、薩摩の中村半次郎《なかむらはんじろう》改め桐野利秋《きりのとしあき》（一八三九〜七七）、そして同じく薩摩の田中新兵衛《たなかしんべえ》（一八三二〜六三）を主人公としたものであるが、これらの作品と同じく、本書もまた、幕末期に実在した人物を主人公に据えた歴史小説である。二〇一六年に角川春樹事務所から単行本が刊行され、二〇一八年にハルキ文庫に収録された。

本書の主人公は、河上彦斎《かわかみげんさい》（一八三四～七二）。岡田以蔵、中村半次郎、田中新兵衛とならび、幕末の「四大人斬り」に数えられる尊皇攘夷の志士である（なお、海音寺には短編「人斬り彦斎」〔一九六一年〕もある）。

彦斎は、一一代将軍家斉《いえなり》の世、ちょうど水野《みずの》忠邦《ただくに》が老中となった年に、肥後熊本の下級藩士の家に生まれた。五年にわたり藩校時習館で文武を修めたのち、一六歳で掃除坊主に召し出され、やがて家老付きの茶坊主に昇格、藩主の参勤交代に従い江戸と肥後を往来するようにもなる。

身長は約一五〇センチと小柄で、しかも色白で女性的な容姿であったという。それが意外にも後に「人斬り」として名をとどろかせることになるのである。写真は残っていないようであるが、切れ長の涼しい目の奥はいつも鋭く光っていたのかもしれない。「人斬り」といっても、実際にどれほどの人を斬ったかは定かではないようであるが、たしかな史実として最もよく知られているのは、信濃松代藩の大学者にして教育者でもあった佐久間象山《さくましょうざん》（一八一一～六四）を、京の三条木屋町で、大胆にも白昼に暗殺したことであろう。彦斎が三〇歳になる直前のことであった。

それより少し前、彦斎が、いまの日本でいえばちょうど大学新入生から新卒社会人になってまだ数年目というほどの年頃であった一八五〇年代は、かのペリー来航（五三年）から始まり、西洋列強による強大な軍事力を誇示しての砲艦外交を前に、幕府がなし崩し的に不平等条約の締結と開港、そして開国へと進み、そのような流れに憤激する者たちに対する幕府の大弾圧（安政の大獄、五八〜五九年）とその反作用としての桜田門外の変（六〇年）へと至る、文字通りの激動期であった。二五〇年近くも続いた鎖国が、あっという間に脆《もろ》くも崩れていく瞬間である。

現代のわれわれの目から見れば、往事の歴史の大きな流れは一方向に決定的、不可逆的であり、外夷をうち攘《はら》うなど、思想や理想としてはともかく、およそ実現の不可能な、せいぜい守旧派の抵抗運動にとどまらざるをえないものであったことは、火を見るよりも明らかで、そして実際に歴史はそうなった。

現代のわれわれの目から見れば、したがって、攘夷派など頑迷にして蒙昧《もうまい》、世界的規模でものごとを俯瞰《ふかん》できず、旧習や既得権益の保守に汲々《きゅうきゅう》としているだけとも評せられかねないのに対し、開国派は開明的、進歩的であり、新しい国づくりを構想する気概に満ちており、明るいイメージで捉えられることとなる。

幕末期を扱う長編歴史小説を読みながら、たとえば胸の空《す》く思いがしたり、血湧き肉躍る興奮を覚えたりすることができるのは、そのような、明るく進取の気性に富んだ、回天の大仕事に情熱を傾ける人間の物語である場合が多いだろう。しかし彦斎には、そういう爽快さはない。陰か陽かで二分すれば、陰に分類されるであろう。

彦斎は、明治四年に斬首刑となるが、そのときわずか三七歳。いまだ不惑に至らずであった。しかし最後まで攘夷の思想を変えることなく、したがって新政府で重用され延命されることもなかった。三度繰り返すが、現代のわれわれの目から見れば、いったい何のための短い人生であったのか、とさえ思えてしまうかもしれない。ただ己の信じたところを最期まで揺るぎなく信じ通し、淡々と短い人生を終えた彦斎。

そんな、一見地味で暗い彦斎に光を当てるのが、葉室麟なのである。

二

葉室麟の歴史小説の「解説」——と呼ぶのも本来おこがましいのであるが、ここは慣習的用語法に従っておく——を、一介の憲法研究者にすぎない私が物するというのは、いかにも筋違い、僭越《せんえつ》な話である。もちろん法学のプロフェッショナルのなかにも歴史に詳しい人はいて、たとえば「法制史」「法史学」といった分野を専攻する人などは、そもそも歴史研究者であるし、また、そうでなくても小説や文芸に造詣《ぞうけい》の深い人も私の同業者にはたくさんいる。ところが私はといえば、いうまでもなく歴史家ではないし、人並み以上に熱心な小説の読み手というわけでもない。

そんな私に本書の解説の執筆機会が与えられたのは、したがってプロフェッショナルな理由ではなく、むしろパーソナルな理由による。

葉室さんが病に倒れ、あまりにも早く亡くなられたのは二〇一七年の一二月、クリスマスの直前のことであった。司馬遼太郎の「街道をゆく」のような歴史紀行としては葉室さんの最初にして最後の連載となった「曙光《しょこう》を旅する」が、朝日新聞西部本社版で始まったのは二〇一五年四月であったが、準備段階も含めて三年ほどのあいだ、最後まで葉室さんに伴走された佐々木亮記者からの突然の電話で私は訃報《ふほう》を知った。

葉室さんが闘病中であることを知らなかった私は、一瞬何が起きたのか理解ができず、涙声になっておられる佐々木記者の言葉にしばらく返す言葉もなかったことを覚えている。葉室さんは、あまりにも突然に、いなくなってしまわれた。

私が葉室さんに初めてお目にかかったのは、二〇一五年一〇月一三日。福岡市の繁華街である天神・中洲の夜景が美しく望める毎日新聞の福岡本部にお招きいただき、憲法について対談をさせていただいた。「ニッポンの肖像～葉室麟のロマン史談」と題して二年間（二〇一四年一月五日～二〇一五年一二月三日）連載された企画のうちの一回であった〈〈上〉が同年一一月五日朝刊、〈下〉が一二月三日朝刊に掲載、のちに『日本人の肖像』（講談社、二〇一六年）に所収）。

安倍内閣が集団的自衛権についての憲法九条解釈を変更し、それに反対する野党や市民が国会の内外で猛烈な抗議を繰り広げるなかで、参議院本会議が午前零時過ぎに開かれ、いわゆる平和安全法制が午前二時過ぎに可決、成立したのが九月一九日のことであった。その直後の憲法対談であったから、九条について語り合うことになるのだろうと予想していた私は、葉室さんの最初のひと言に面食らってしまった。

「憲法問題イコール九条と考えられがちですが、私はそれがよく分からない。日本国憲法の第一章で最初に取り上げられているのは天皇です。(…)戦後の憲法の成り立ちを考えると、憲法のメインにあるのは天皇制なのです。」

まさに慧眼《けいがん》というべき指摘で、おもわず背筋が伸びた記憶がある。以来、京都・木屋町での作家仲間との酒席にお誘いいただいたこともあるし、福岡・久留米を中心とする、葉室さんの熱心なファンであり友人でもある実に多様な人々の「そのひぐらしの会」の明るい宴席に交ぜていただいたこともある。いつも、どんな人にも威張ることなく、にこやかに酒を酌み交わし、話題はこと歴史にとどまらない幅の広さで周囲を愉快な気分にさせてくれる温かい人。そんな葉室さんが私は大好きであった。

朝日新聞の連載「曙光を旅する」の取材で熊本に同行させていただいたのは、二〇一七年三月二三日。大日本帝国憲法の起草者でもある井上毅《いのうえこわし》の史跡を歩くとともに、渡辺京二さんのお宅にお邪魔し、ともに石牟礼道子さんをお見舞いした。渡辺さん創刊の文芸誌「アルテリ」の発行拠点である書店兼喫茶店「橙書店(オレンジ)」や、石牟礼さんら水俣病闘争にかかわった人々が集ったバー「カリガリ」にも連れて行っていただいた。文字通りの僥倖《ぎょうこう》であった(このときの葉室さんの紀行は、二〇一七年四月一五日の朝刊に掲載、のちに石牟礼さんの病室での写真とともに『曙光を旅する』(朝日新聞出版、二〇一八年)に所収)。まさかその九ヶ月後に逝去されるとは、微塵《みじん》も予期することができなかった。もっともっと、葉室さんの考えを聞かせていただきたいことがあった。その思いは、いまなお、むしろかつて以上に、つのっている。

三

連載「曙光を旅する」の初回「時代に暗雲　詩人の出番」(二〇一五年四月一一日)で、葉室さんはこう書いている(単行本『曙光を旅する』一〇頁)。

「勝者ではなく敗者、あるいは脇役や端役の視線で歴史を見たい。歴史の主役が闊歩《かっぽ》する表通りではなく、裏通りや脇道、路地を歩きたかった。」

また第二回「元寇《げんこう》の時代　攘夷と重ね」(同年五月九日)では、元に滅ぼされた南宋《なんそう》のエリート官吏・文天祥《ぶんてんしょう》について、こう述べる(単行本一八頁、ただし改題)。

「元の世祖フビライは文天祥の清廉と才能を認め、何とか助命したいと考えた。だが、文天祥は応じない。文天祥が生きている限り、南宋の遺臣たちの元への反抗がやむことはないとフビライは悟った。1282年、文天祥は処刑された。享年47。」

もうひとつ、「曙光を旅する」からの引用をお許しいただきたい。第一一回「『沈黙』の祈り　時を超え」（二〇一六年二月一三日）である。長崎で遠藤周作の足跡を辿《たど》る回で、葉室さんはこう語る（単行本三四頁）。

「宗教的な意味での魂についてはよくわからない。だが、魂を『自分らしくあること』と考えたらどうか。自分が自分らしくあることを守りたい。そのためには死をも恐れないということなのか。」

　これ以上の引用は諦めざるをえないが、葉室さんの六六年という短い生涯のいちばん最後の三年間に、葉室さんが小説という形式に仮託することなくその思いを物した連載には、葉室麟という人のその時点での思想がおそらく凝縮されているはずである。「街道をゆく」のような長期連載になりえなかったのは痛恨の極みであるが、われわれは、たとえば本書を読んだあとにでも改めてこの連載を繙《ひもと》いてみることで、彦斎のような、歴史においては「敗者」に位置づけられるはずの、そして「意固地」な生き方を最後まで貫き消えていった人物にこそ光をあてて歴史を見ようとする葉室さんの、哲学のようなもの（の片鱗《へんりん》）を理解できた気になるかもしれない。

　現代のわれわれの目なるものは、ときに卑怯《ひきょう》者の目でもあるだろう。歴史の結末を知ったうえで、いわば勝ち馬に乗って過去を評価する目。葉室さんのいう「勝者の視点」にも連なるだろう。そのような目では、とても見つけ、見つめることのできないひとりの男の、どこまでも雄勁《ゆうけい》な生きざま。それを見せてくれるのが本書である。

本書は、二〇一八年六月にハルキ文庫から刊行されました。

神《しん》剣《けん》

人《ひと》斬《き》り彦斎《げんさい》

葉室《はむろ》 麟《りん》

令和5年 7月25日　初版発行

発行者●山下直久

発行●株式会社KADOKAWA
〒102-8177　東京都千代田区富士見2-13-3
電話　0570-002-301(ナビダイヤル)

角川文庫 23742

印刷所●株式会社暁印刷
製本所●本間製本株式会社

表紙画●和田三造

●お問い合わせ
https://www.kadokawa.co.jp/ (「お問い合わせ」へお進みください)
※内容によっては、お答えできない場合があります。
※サポートは日本国内のみとさせていただきます。
※Japanese text only

ISBN 978-4-04-113763-5　C0193

◇◇◇

角川文庫発刊に際して

角川源義

第二次世界大戦の敗北は、軍事力の敗北であった以上に、私たちの若い文化力の敗退であった。私たちの文化が戦争に対して如何に無力であり、単なるあだ花に過ぎなかったかを、私たちは身を以て体験し痛感した。西洋近代文化の摂取にとって、明治以後八十年の歳月は決して短かすぎたとは言えない。にもかかわらず、近代文化の伝統を確立し、自由な批判と柔軟な良識に富む文化層として自らを形成することに私たちは失敗して来た。そしてこれは、各層への文化の普及滲透を任務とする出版人の責任でもあった。

一九四五年以来、私たちは再び振出しに戻り、第一歩から踏み出すことを余儀なくされた。これは大きな不幸ではあるが、反面、これまでの混沌・未熟・歪曲の中にあった我が国の文化に秩序と確たる基礎を齎らすためには絶好の機会でもある。角川書店は、このような祖国の文化的危機にあたり、微力をも顧みず再建の礎石たるべき抱負と決意とをもって出発したが、ここに創立以来の念願を果すべく角川文庫を発刊する。これまで刊行されたあらゆる全集叢書文庫類の長所と短所とを検討し、古今東西の不朽の典籍を、良心的編集のもとに、廉価に、そして書架にふさわしい美本として、多くのひとびとに提供しようとする。しかし私たちは徒らに百科全書的な知識のジレッタントを作ることを目的とせず、あくまで祖国の文化に秩序と再建への道を示し、この文庫を角川書店の栄ある事業として、今後永久に継続発展せしめ、学芸と教養との殿堂として大成せんことを期したい。多くの読書子の愛情ある忠言と支持とによって、この希望と抱負とを完遂せしめられんことを願う。

一九四九年五月三日

角川文庫ベストセラー

蒼天見ゆ　葉室 麟

秋月藩士の父、そして母までも斬殺された臼井六郎は、固く仇討ちを誓う。だが武士の世では美風とされた仇討ちが明治に入ると禁じられてしまう。おのれは何をなすべきなのか。六郎が下した決断とは？

はだれ雪 (上)(下)　葉室 麟

浅野内匠頭の〝遺言〟を聞いたとして将軍綱吉の怒りにふれ、扇野藩に流罪となった旗本・永井勘解由。若くして扇野藩士・中川家の後家となった紗英はその接待役を命じられた。勘解由に惹かれていく紗英は……。

孤篷のひと　葉室 麟

千利休、古田織部、徳川家康、伊達政宗――。当代一の傑物たちと渡り合い、天下泰平の茶を目指した茶人・小堀遠州の静かなる情熱、そして到達した〝ひとの生きる道〟とは。あたたかな感動を呼ぶ歴史小説！

天翔ける　葉室 麟

幕末、福井藩は激動の時代のなか藩の舵取りを定めきれず大きく揺れていた。決断を迫られた前藩主・松平春嶽の前に現れたのは坂本龍馬を名のる1人の若者。明治維新の影の英雄、雄飛の物語がいまはじまる。

青嵐の坂　葉室 麟

扇野藩は財政破綻の危機に瀕していた。中老の檜弥八郎が藩政改革に当たるが、改革は失敗。挙げ句、弥八郎は賄賂の疑いで切腹してしまう。残された娘の那美は、偏屈で知られる親戚・矢吹主馬に預けられ……。

角川文庫ベストセラー

刀伊入寇　藤原隆家の闘い
葉室　麟

荒くれ者として恐れられる藤原隆家は、公卿ながらに強い敵を求め続けていた。一族同士がいがみ合う熾烈な政争に巻き込まれた隆家は、のちに九州に下向する。そこで直面したのは、異民族の襲来だった。

月神《げっしん》
葉室　麟

明治13年、内務省書記官の月形潔は、北海道に監獄を造るために横浜を発った。自身の処遇に悩む潔の頭に浮かぶのは、志士として散った従兄弟の月形洗蔵だった。2人の男の思いが、時空を超えて交差する。

戦国秘譚　神々に告ぐ　(上)(下)
安部龍太郎

戦国の世、将軍・足利義輝を助け秩序回復に奔走する関白・近衛前嗣は、上杉・織田の力を借りようとする。その前に、復讐に燃える松永久秀が立ちふさがる。彼の狙いは？　そして恐るべき朝廷の秘密とは——。

彷徨える帝　(上)(下)
安部龍太郎

室町幕府が開かれて百年。二つに分かれていた朝廷も一つに戻り、旧南朝方は逼塞を余儀なくされていた。幕府を崩壊させる秘密が込められた能面をめぐり、旧南朝方、将軍義教、赤松氏の決死の争奪戦が始まる！

浄土の帝
安部龍太郎

末法の世、平安末期。貴族たちの抗争は皇位継承をめぐる骨肉の争いと結びつき、鳥羽院崩御を機に戦乱の炎が都を包む。朝廷が権力を失っていく中、自らの存在意義を問い理想を追い求めた後白河帝の半生を描く。

角川文庫ベストセラー

天下布武 (上)(下)
夢どの与一郎
安部龍太郎

信長軍団の若武者・長岡与一郎は、万見仙千代、荒木新八郎ら仲間に支えられ明智光秀の娘・玉を娶る。大航海時代、イエズス会は信長に何を迫ったのか？　信長の夢に隠された真実を新視点で描く衝撃の歴史長編。

密室大坂城
安部龍太郎

大坂の陣。二十万の徳川軍に包囲された大坂城を守るのは秀吉の一粒種の秀頼。そこに母・淀殿がかつて犯した不貞を記した証拠が投げ込まれた。陥落寸前の城を舞台に母と子の過酷な運命を描く。傑作歴史小説！

幕末　開陽丸
徳川海軍最後の戦い
安部龍太郎

鳥羽・伏見の戦いに敗れ、旧幕軍は窮地に立たされていた。しかし、徳川最強の軍艦＝開陽丸は屈することなく、新政府軍と抗戦を続ける奥羽越列藩同盟救援のため北へ向うが……。直木賞作家の隠れた名作！

佐和山炎上
安部龍太郎

佐和山城で石田三成の三男・八郎に講義をしていた八十島庄次郎は、三成が関ヶ原で敗れたことを知る。徳川方に城が攻め込まれるのも時間の問題。はたして庄次郎の取った行動とは……。（『忠直卿御座船』改題）

維新の肖像
安部龍太郎

日露戦争後の日本の動向に危惧を抱いていたイェール大学の歴史学者・朝河貫一が、父・正澄が体験した戊辰戦争の意味を問い直す事で、破滅への道を転げ落ちていく日本の病根を見出そうとする。

角川文庫ベストセラー

平城京　安部龍太郎

遣唐大使の命に背き罰を受けていた阿倍船人は、突如兄から重大任務を告げられる。立ち退き交渉、政敵との闘い……数多の試練を乗り越え、青年は計画を完遂できるのか。直木賞作家が描く、渾身の歴史長編！

人斬り半次郎（幕末編）　池波正太郎

姓は中村、鹿児島城下の藩士に〈唐芋〉とさげすまれる貧乏郷士の出ながら剣は示現流の名手、精気溢れる美丈夫で、性剛直。西郷隆盛に見込まれ、国事に奔走するが……。

人斬り半次郎（賊将編）　池波正太郎

中村半次郎、改名して桐野利秋。日本初代の陸軍大将として得意の日々を送るが、征韓論をめぐって新政府は二つに分かれ、西郷は鹿児島に下った。その後を追う桐野。刻々と迫る西南戦争の危機……。

にっぽん怪盗伝　新装版　池波正太郎

火付盗賊改方の頭に就任した長谷川平蔵は、迷うことなく捕らえた強盗団に断罪を下した！　その深い理由とは？　「鬼平」外伝ともいうべきロングセラー捕物帳全12編が、文字が大きく読みやすい新装改版で登場。

近藤勇白書　池波正太郎

池田屋事件をはじめ、油小路の死闘、鳥羽伏見の戦いなど、「誠」の旗の下に結集した幕末新選組の活躍の跡を克明にたどりながら、局長近藤勇の熱血と豊かな人間味を描く痛快小説。

角川文庫ベストセラー

炎の武士
池波正太郎

戦国の世、各地に群雄が割拠し天下をとろうと争っていた。三河の国長篠城は武田勝頼の軍勢一万七千に包囲され、ありの這い出るすきもなかった……悲劇の武士の劇的な生きざまを描く。

卜伝最後の旅
池波正太郎

諸国の剣客との数々の真剣試合に勝利をおさめた剣豪塚原卜伝。武田信玄の招きを受けて甲斐の国を訪れたのは七十一歳の老境に達した春だった。多種多彩な人間を取りあげた時代小説。

戦国と幕末
池波正太郎

戦国時代の最後を飾る数々の英雄、忠臣蔵で末代まで名を残した赤穂義士、男伊達を誇る幡随院長兵衛、そして幕末のアンチ・ヒーロー土方歳三、永倉新八など、ユニークな史観で転換期の男たちの生き方を描く。

賊将
池波正太郎

西南戦争に散った快男児〈人斬り半次郎〉こと桐野利秋を描く表題作ほか、応仁の乱に何ら力を発揮できない足利義政の苦悩を描く「応仁の乱」など、直木賞受賞直前の力作を収録した珠玉短編集。

闇の狩人 (上)(下)
池波正太郎

盗賊の小頭・弥平次は、記憶喪失の浪人・谷川弥太郎を刺客から救う。時は過ぎ、江戸で弥太郎と再会した弥平次は、彼の身を案じ、失った過去を探ろうとする。しかし、二人にはさらなる刺客の魔の手が……。

角川文庫ベストセラー

忍者丹波大介　池波正太郎

関ヶ原の合戦で徳川方が勝利をおさめると、激変する時代の波のなかで、信義をモットーにしていた甲賀忍者のありかたも変質していく。丹波大介は甲賀を捨て一匹狼となり、黒い刃と闘うが……。

侠客（上）（下）　池波正太郎

江戸の人望を一身に集める長兵衛は、「町奴」として、つねに「旗本奴」との熾烈な争いの矢面に立っていた。そして、親友の旗本・水野十郎左衛門とも互いは心で通じながらも、対決を迫られることに――。

西郷隆盛　新装版　池波正太郎

薩摩の下級藩士の家に生まれ、幾多の苦難に見舞われながら幕末・維新を駆け抜けた西郷隆盛。歴史時代小説の名匠が、西郷の足どりを克明にたどり、維新史までを描破した力作。

武田家滅亡　伊東　潤

戦国時代最強を誇った武田の軍団は、なぜ信長の侵攻からわずかひと月で跡形もなく潰えてしまったのか？　戦国史上最大ともいえるその謎を、本格歴史小説界の俊英が解き明かす壮大な歴史長編。

山河果てるとも　天正伊賀悲雲録　伊東　潤

「五百年不乱行の国」と謳われた伊賀国に暗雲が垂れ込めていた。急成長する織田信長が触手を伸ばし始めたのだ。国衆の子、左衛門、忠兵衛、小源太、勘六の4人も、非情の運命に飲み込まれていく。歴史長編。

角川文庫ベストセラー

北天蒼星 上杉三郎景虎血戦録　伊東潤

関東の覇者、小田原・北条氏に生まれ、上杉謙信の養子となってその後継と目された三郎景虎。越相同盟による関東の平和を願うも、苛酷な運命が待ち受ける。己の理想に生きた悲劇の武将を描く歴史長編。

天地雷動　伊東潤

信玄亡き後、戦国最強の武田軍を背負った勝頼。信長、秀吉ら率いる敵軍だけでなく家中にも敵を抱え苦悩するが……かつてない臨場感と震えるほどの興奮！　熱き人間ドラマと壮絶な合戦を描ききった歴史長編！

西郷の首　伊東潤

西郷の首を発見した軍人と、大久保利通暗殺の実行犯は、かつての親友同士だった。激動の時代を生き抜いた二人の武士の友情、そして別離。「明治維新」に隠されたドラマを描く、美しくも切ない歴史長編。

家康謀殺　伊東潤

ついに家康が豊臣家討伐に動き出した。豊臣方は自分たちの命運をかけ、家康謀殺の手の者を放った。刺客は家康の輿かきに化けたというが……極限状態での情報戦を描く、手に汗握る合戦小説！

疾《はや》き雲のごとく　伊東潤

家族を斬って堀越公方に就任した足利茶々丸は、遊女と赴いた秘湯で謎の僧侶と出会う。果たしてその正体とは……関東の覇者・北条一族の礎を築いた早雲。風雲児の生き様を様々な視点から描いた名短編集。

角川文庫ベストセラー

町医 北村宗哲　佐藤雅美

やる気のない刺客　町医北村宗哲　佐藤雅美

口は禍いの門　町医北村宗哲　佐藤雅美

新選組血風録　新装版　司馬遼太郎

北斗の人　新装版　司馬遼太郎

芝神明前の医院はいつも大繁盛。腕利きであるうえ義に厚い宗哲だが、訳あって人を斬り逃亡していた過去を持つ。そのためか、つい厄介な頼み事まで引き受けてしまう。人情とペーソス溢れる人気シリーズ第1弾。

元渡世人にして腕利きの町医者、宗哲のもとにはいろいろな患者が訪れるが、厄介な頼み事も時にはある。人宿に奉公の口を探しに来た女が持ち込んだ騒動の意外な顚末とは？　人気シリーズ第2弾！

今村芳生なる医師が宗哲を訪ね、官医には蘭方（西洋医学）を禁ずる旨の達しに不満をぶちまけた。相手にされぬとみると、将軍家御匙の楽真院に直談判に及んだ。辟易した楽真院から対処を命じられた宗哲は……。

勤王佐幕の血なまぐさい抗争に明け暮れる維新前夜の京洛に、その治安維持を任務として組織された新選組。騒乱の世を、それぞれの夢と野心を抱いて白刃とともに生きた男たちを鮮烈に描く。司馬文学の代表作。

剣客にふさわしからぬ含羞と繊細さをもった少年は、北斗七星に誓いを立て、剣術を学ぶため江戸に出るが、なお独自の剣の道を究めるべく廻国修行に旅立つ。北辰一刀流を開いた千葉周作の青年期を爽やかに描く。

角川文庫ベストセラー

豊臣家の人々　新装版　司馬遼太郎

貧農の家に生まれ、関白にまで昇りつめた豊臣秀吉の奇蹟は、彼の縁者たちを異常な運命に巻き込んだ。平凡な彼らに与えられた非凡な栄達は、凋落の予兆となる悲劇をもたらす。豊臣衰亡を浮き彫りにする連作長編。

司馬遼太郎の日本史探訪　司馬遼太郎

歴史の転換期に直面して彼らは何を考えたのか。動乱の世の名将、維新の立役者、いち早く海を渡った人物など、源義経、織田信長ら時代を駆け抜けた男たちの夢と野心を、司馬遼太郎が解き明かす。

尻啖え孫市　(上)(下)　新装版　司馬遼太郎

織田信長の岐阜城下にふらりと現れた男。真っ赤な袖無羽織に二尺の大鉄扇、日本一と書いた旗を従者に持たせたその男こそ紀州雑賀党の若き頭目、雑賀孫市。無類の女好きの彼が信長の妹を見初めて……痛快長編。

山流し、さればこそ　諸田玲子

寛政年間、数馬は同僚の奸計により、「山流し」と忌避される甲府勝手小普請へ転出を命じられる。甲府は城下の繁栄とは裏腹に武士の風紀は乱れ、数馬も盗賊騒ぎに巻き込まれる。逆境の生き方を問う時代長編。

めおと　諸田玲子

小藩の江戸詰め藩士、倉田家に突然現れた女。若き当主・勇之助の腹違いの妹だというが、妻の幸江は疑念を抱く。「江戸褄の女」他、男女・夫婦のかたちを描く全6編。人気作家の原点、オリジナル時代短編集。